詩文課

，下至民初，讓我們共飲於一條名為文學的長流。

當你在困苦、茫然、焦慮、不安之中載浮載沉，

終有前人在迷霧之中向你伸出援手，與你共感。

作者
王能憲

目錄

目錄

推薦序

古代流傳下來的詩文浩如煙海，其中有些名篇已融入我們中華民族的基因之中。

自從南朝第一部詩文總集《昭明文選》問世以來，歷代編輯的詩文選本很多，各有千秋，功用不一，其中流傳最廣、影響最大的恐怕要算《千家詩》、《唐詩三百首》、《古文觀止》了。

即便是這些讀本，對我們今天的普通讀者而言，也需要做一些注釋、翻譯、講解之類的普及性工作。廣播電臺《閱讀和欣賞》節目就是這類普及工作的典範，自一九五〇年代開播以來，一直受到廣大聽眾，特別是古詩文愛好者的喜愛。因為這個節目講解的大都是古典詩文名篇，為節目撰稿的作者多是學養深厚的古典文學專家，而播出這些賞析稿的又都是著名的廣播員，收聽這個節目的確能給人以精神的享受和養分。

多年前，我曾給這個節目寫過稿，許多中文系的老先生也都是他們的作者。古詩文的賞析看似簡單，實則不易，與課堂教學或在報刊發表文章有所不同。既不能重複某些重點，也沒有板書等輔助形式，只能透過廣播員的朗誦，將一篇古典詩文講解得深入淺出，並將其意蘊闡發得淋漓盡致，使聽眾心領神會，陶醉在古詩文的意境之中。這絕不是輕而易舉的事情。

王能憲在一九八〇年代跟隨我攻讀博士學位之前，曾在師範大學中文系任教，那時就給廣播電臺的《閱讀和欣賞》節目寫稿。在從事學術研究工作的同時，仍孜孜不倦於古詩文的普及工作，繼續為《閱讀和欣賞》寫了三四十篇稿件。他具有紮實的文學功底，又長於分析和感悟，文筆亦佳，那些名作一經他講解賞析，更加沁人心脾，因此他寫的這些賞析稿播

推薦序

出後大受歡迎。這些賞析稿十幾年前被結集出版，很快便銷售一空。這次重新出版，配以書畫名家創作的書畫作品，更豐富了講解的內涵和表現形式。

閱讀古代優秀的文學作品是繼承傳統文化的一條重要途徑，相信此書一定會受到廣大讀者的喜愛，也希望能憲今後仍不捨棄古詩文的普及工作，為讀者提供更多的精神滋養。

袁行霈

自序：如何讀懂古人

奉獻在讀者面前的這本小冊子，絕大部分是為廣播電臺《閱讀和欣賞》節目撰寫的古典詩文賞析稿，因此有必要對這個節目以及我與這個節目的因緣做一些介紹。

《閱讀和欣賞》是廣播電臺一個歷久不衰的王牌節目。記得小時候在偏鄉無書可讀，更沒有電視可看，收聽《閱讀和欣賞》成了我的必修課。節目中介紹的大都是古今中外的佳作名篇，以中國古典文學作品居多。那深入淺出的講解，鞭辟入裡的分析，加上廣播員充滿熱情、富有表現力的解說，真是莫大的精神享受。我由一名忠實聽眾成為一名作者，這要感謝《閱讀和欣賞》節目的資深編輯。

那是十多年前的事了，當時我在師範大學中文系任教，編輯先生看到我在雜誌上發表的一篇文章就直接寫信給我，邀請我為《閱讀和欣賞》節目寫稿。我如約寫了幾篇，都被採用並播出了。隨後不久，我攻讀博士學位，與編輯先生有了直接見面的機會，聯繫也多了起來。開始是劉先生出題，我寫好稿後寄給他，經他編輯加工後再進行錄播，每次都要及時通知我播出時間，讓我聽後注意有無錯誤，有時還真能發現一兩處差錯，即在重播或彙編出版時予以訂正。後來寫得多了，編輯先生認為我的賞析稿寫得很合適，完全適應了廣播稿的特點和要求，乾脆讓我自己確定選題，當然都是我專業範圍之內的古典詩文，稿子寄給他幾乎不做什麼改動就播出了。這樣持續了兩三年，後來因為工作變動未能繼續下去，卻不料竟累積了這幾十篇稿子。

我這幾十篇古典詩文賞析稿，是在聽了和讀了前輩學者的賞析文章之後嘗試著撰寫而成的，雖然遠不能達到他們的境界，卻也是十分認真、十分用心地寫的。在寫作的過程中，有幾點感觸頗深，願意提出來與讀者諸君共同探討。

第一，力求體悟古人寫作時的心境、情感、筆墨。這當然殊非易事，因為寫作是一個極為複雜的過程。金聖歎說過：「飯前思得一文未作，飯後作之則為另一文。」「飯前」與「飯後」的差別尚且如此，何況是相隔了千百年的古人之作，更何況那些根本就無法給予準確繫年的作品，有的甚至究竟是早年之作還是晚歲之作都是一筆糊塗賬。連年代都無法確考，又如何能體察其寫作時的所思所感呢？據我的體會，儘管如此困難，還是應當努力也能夠做到這一點的。這首先要知人論世。孟夫子說：「頌其詩，讀其書，不知其人可乎？」豈止知其人，還要知其世。不僅要了解、研究作者的生平經歷、志趣、交遊，等等，還要了解、研究作者所處的時代和社會。這就需要閱讀作者的全部作品和相關的史籍，全面地、系統地了解作者的時代背景和人生態度。這樣才能很好地理解作者的為人和為文。其次是不能孤立地理解某一篇作品。我們閱讀和欣賞任何一篇古典詩文，都不能只見樹木不見森林，不能孤立地理解「這一篇」，要與作者的其他作品連繫起來，與作者師友的有關作品連繫起來，與作者同時代人或後人的評論連繫起來。只要做到了這兩條，就能夠從總體上掌握作者的思想脈絡，就能夠大體上體會到作者寫作時為什麼這樣想，而不那樣想；為什麼這樣寫，而不那樣寫。

第二，力求避免主觀性。人們常說，「一千個讀者就有一千個哈姆雷特」，講的就是主觀性亦即所謂接受美學的問題。讀者的主觀性——即讀者閱讀作品時不同的主觀感受——導致對作品理解的差異性。每一個讀者自身的經歷、學識、情趣，乃至思想立場、道德觀念、思維方式，都會自覺不自覺地影響到對作品的理解。閱讀同一時代人或者相去不遠時代人的作品尚且如此，那麼閱讀古人的作品，由於歷史時代、生活環境、人情風俗等的差異，這種主觀性帶來的問題尤為突出。也正是從這個意義上講，才有「詩無達詁」、「文無定解」的感嘆。馮友蘭先生在他所著的《中國哲學史》一書中談到歷史與歷史教科書的區別時講過這樣的話：「真實的歷史是客觀存在，人寫的歷史則是主觀認知（大意）。」這是十分精闢的見解。我常常想，寫古典詩文的賞析稿，相對於古典詩文「文本」這一客觀存在也便是主觀認知了，這與寫闡釋歷史的教科書和客觀存在的歷史之間的關係頗有相似之處。問題是這種主觀認知如何做到「與歷史的本來面目」相一致或者相接近，盡量避免或減少由於主觀性造成的對作品理解的偏差。這就是我在收集本書的一篇賞析文章中提出的，雖不能達到其「絕對值」，但應盡可能尋求其「近似值」。雖說「今人不見古時月」，但畢竟「今月曾經照古人」，只要我們認真努力去理解古人及其作品，力求使賞析稿符合古人的原意，盡量避免或減少自己的主觀性，這不是不可以做到的。

第三，力求賞析文稿語言的通俗和文辭的優美。深入淺出，是做學問值得宣導、值得稱道的一種精神和境界，也是寫賞析文章應當追求、應當做到的。尤其是作為廣播稿的《閱讀和欣賞》，更要以淺近通俗的語言和優美動人的文辭，把古典詩文名篇豐富的內涵和美妙的意境加以解析和闡發，再透過廣播員富有熱情和創造力的講解，傳達給聽眾。因為電臺播音播過即逝，不可能重複，必須讓聽眾聽明白，絕不可用太生僻和艱深的詞語，更不允許「掉書袋」，過多地旁徵博引。這就是為什麼廣播賞析稿特別要力求深入淺出的道理。同時，古典詩文名篇大都文采斐然，如果賞析文章寫得乾澀呆板，不僅不能很好地闡發和展現原作的藝術魅力，恐怕也難以引人入勝，有效地幫助讀者（聽眾）欣賞古典詩文的深厚意蘊。因而

自序

賞析文章也應當講究文采，成為與原作相稱的藝術品。

以上幾點是我在寫賞析文章時感受最深的體會，也是我始終如一去追求並努力去實踐的，至於做得如何，達到了什麼程度，這就有待於讀者諸君閱讀了本書之後予以評判。我在這裡懇切地希望，能夠得到各位的批評指教。

書中所收錄的都是中國古典詩文名篇的賞析文章，大體由三部分組成：絕大部分（約為百分之八十）是為廣播電臺《閱讀和欣賞》節目撰寫的賞析稿；此外有幾篇是給周先生主編的兩本書寫的，並得到周先生的復函稱讚；另有幾篇則是根據我在大學講授古典文學的講稿改寫而成的。這幾類賞析文章，因為撰寫的目的和對象不同，各有不同的特點，彙編時沒有刻意統一體例，文字上也沒有做太多的改動，基本上保留了各自原有的特色。

王能憲

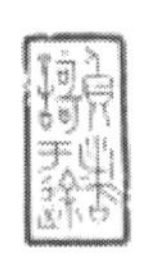

篆刻釋文：負者歌於途（邵晨 作）

豎子烹鵝圖　范曾 作

自序

一、材與不材之間：莊子的處世哲學

一、材與不材之間：莊子的處世哲學

莊子行於山中，見大木，枝葉盛茂，伐木者止其旁而不取也。問其故，曰：「無所可用。」莊子曰：「此木以不材得終其天年。」夫子出於山，舍於故人之家。故人喜，命豎子殺雁而烹之。豎子請曰：「其一能鳴，其一不能鳴，請奚殺？」主人曰：「殺不能鳴者。」

明日，弟子問於莊子曰：「昨日山中之木，以不材得終其天年；今主人之雁，以不材死。先生將何處？」莊子笑曰：「周將處乎材與不材之間。」

《莊子·山木》（節選）

莊子是戰國時代著名的哲學家。他和老子一樣，主張清靜無為，就是要求生活在世界上的人們一切都要順應自然，不要有任何人為的、主觀的努力。因此，總體上說來，莊子的思想是消極的。不過，另一方面，莊子的學說中又包含著許多辯證的思想、許多合理的成分，充滿智慧和哲理，富於思辨邏輯。而且，他的「十餘萬言」作品大抵用寓言的形式寫成，不僅篇幅宏大，汪洋恣肆，而且想像豐富，寓意深刻，有很濃的文學意味。

這篇寓言題為〈山木〉是因為文章開頭的一句中有「山」和「木」這兩個字。古代早期詩文，往往沒有標題，後人採用「首句標其目」的辦法，即用開頭兩個字，或開頭一句中包含的兩個字作題目。可見，「山木」這個標題，不是由文中的內容概括出來的，不同於莊子的其他寓言，像〈逍遙遊〉、〈庖丁解牛〉等標題是總括全篇內容的。〈山木〉這篇文章篇幅很長，內容很豐富，我們這裡只欣賞它的開頭一段文字。

文章以敘述故事的方式開頭：「莊子行於山中，見大木，枝葉盛茂。」莊子帶著他的一群學生在山中行走，看見一棵大樹，長得枝葉繁茂。「莊子行於山中」，字面上只寫莊子一個人行於山中，實際上連著後文看，他是和他的學生走在一起。「見大木」中的「大木」，就是大樹。「見大木」，自然沒有什麼新奇，莊子感到有點奇怪的是「伐木者止其旁而不取也」，伐木的人只是站在大樹的旁邊，卻並不砍伐，取以為用。這裡，「伐木者止其旁」中的「止」，是「停」的意思，「止其旁」，就是停在那棵大樹的旁邊。「不取」的「取」，是取材、取以為用的意思。這棵枝葉繁茂的大樹，為什麼伐木者「不取」呢？莊子便上前向伐木者打聽。「問其故，曰：『無所可用。』」問是什麼原因，伐木者告訴莊子說：「這棵樹不成材，派不上什麼用場。」於是，莊子回過頭來向他的學生們說道：「此木以不材得終其天年。」這棵大樹是因為沒有什麼用處才能活到它的自然壽限的呀！「不材」就是不成材、不能作材料、沒有用處的意思。注意：「不材」是這篇文章中的一個關鍵字語。「天年」，就是自然的壽命。「此木以不材得終其天年」，實際上是說，這棵大樹因為不成材，才沒有像那些可以作材料用的樹木一樣被伐木者砍伐掉，因此得以枝葉繁茂地一直生長下去，直到老死為，也就是享盡它自然的壽命。

以上一層意思是說莊子在山中見到一棵不成材的大樹，悟出了「此木以不材得終其天年」的道理。《莊子‧逍遙遊》說：「物無害者，無所可用。」一種物體，如果沒有誰加害於它，說明它一無所用，一無可取。對於伐木者來說，他來到山林中，當然要選取一些有用的樹木，砍伐下來，取材為用；對於山中的樹木來講，可用的木材總是先被砍伐，可以說成材為患，成材的反而倒楣。而無用的樹木則可以免遭砍伐的厄運，得以終其天年。從這一角度來看，那棵不成材大樹的一無可取，對它自身來說，倒成為另一種最大的「可取」——得以保存自己的生命。這一現象引起了莊子的注意，莊子並且將它和自己後來碰到的另一相反的現象連繫了起來。

「夫子出於山，舍於故人之家。」莊子和他的學生從山中出來之後，住在他的一個朋友家裡。「夫子」，這裡是對莊子的尊稱，因為這篇文章是他的門徒弟子整理的，所以門徒弟子稱他們的老師為「夫子」。

「舍」，是住宿、歇息的意思。「故人」，老朋友。「有朋自遠方來，不亦樂乎。」莊子來到老朋友家裡，「故人喜」，老朋友非常高興，於是十分熱情地招待他，「命豎子殺雁而烹之」，就讓家裡的童僕殺鵝烹調做菜招待他。「豎子」，是對童僕的稱呼，即家中的傭人。這裡的「雁」，據考證就是鵝。「烹」，即烹飪；一說作「享」，享用的意思，當然也可以解得通。這位故人見莊子到來，連忙吩咐童僕殺鵝擺酒，為他接風洗塵。「豎子請曰：『其一能鳴，其一不能鳴，請奚殺？』」童僕得到吩咐，就問主人老爺：「一隻鵝會叫，一隻鵝不會叫，殺哪一隻呢？」「請奚殺」的「奚」，是疑問代詞，「奚殺」就是「殺奚」，殺哪一隻。大概莊子的這位朋友家中供養了兩隻鵝，「其一能鳴，其一不能鳴」。這裡的「不能鳴」，是說養著沒有什麼用處的意思，與上文的「不材」意思相同，也是一個關鍵字語，不可忽略。主人聽了童僕的請示之後，立即回答道：「殺不能鳴者。」殺那隻不會叫的。

以上是第二層意思，寫莊子來到朋友家中，朋友殺鵝款待他，兩隻鵝，一隻會叫，一隻不會叫，那隻不會叫的被殺掉了。從第二層意思看，不成材也為患，不成材的也倒楣。這就與上文寫到的山中大木的情形正好相反。大木因為沒有用處而得以終其天年，而這隻鵝卻因為沒有用處而被殺掉。前後發生的兩件事湊到一起，很自然地引起了莊子和他的學生們的一番議論，這就是下面第三層的內容。

「明日，弟子問於莊子曰」，第二天，弟子們就向莊子請教。請教什麼呢？「昨日山中之木，以不材得終其天年；今主人之雁，以不材死。先生將何？」昨天山中的那棵大樹，因為不材得以享盡自然的壽命；如今主人家裡的鵝，卻因為不材被殺，先生如何看待這個問題呢？遇到這種情況，先生將如何自處呢？山中之木，成材的被砍掉，不成材的得以終其天年。

按照這個邏輯，主人之雁，就應當是那隻會叫的當宰，可主人偏偏殺了那隻不會叫的。同為「不材」，卻得到了截然相反的兩種結果。那麼，到底是成材好，還是不成材好呢？

莊子微微笑道：「周將處乎材與不材之間。」「周」是莊子的名字，莊子姓莊名周，這裡是莊子自稱。莊子說，我莊周將處於材與不材之間。「材與不材之間」，就是介乎成材與不成材二者之間。

以上就是節選的這篇寓言的開頭的一段文字。介紹到這裡，您也許早已明白了，原來莊子是透過「山中伐木」和「故人烹雁」這兩個前後矛盾的故事來闡述他的處世哲學的。蘇輿在評論〈山木〉的創作思想時說過：「旨同於〈人間世〉，處濁世避患害之術也。」說〈山木〉的主題思想與莊子的另一篇〈人間世〉一樣，是要闡明在汙濁的社會中如何全身遠禍的道理。〈人間世〉描寫的是社會上人際關係的複雜與爭鬥，指出如何處人與自處的方法。莊子生活在一個權謀爭霸的戰亂時代，他很有才能，卻不願做官，採取消極避世的態度。據《史記》記載，楚威王曾經派遣使臣，帶著很多錢財，請他出任楚國國相。莊子卻拒不接受，表示不為有國者所左右，要終身不仕，以快其志；寧可穿破衣，處陋巷，自得其樂。所謂「處乎材與不材之間」，大概就是這樣一種處世哲學和人生態度。

誠然，莊子的這種處世哲學與人生態度並不值得讚揚和效仿。但是，莊子之所以採取這種處世哲學與人生態度，又何嘗不是對那個現實社會不滿和抗爭的一種方法呢？莊子曾經激烈地抨擊當時極不合理的社會現象。他說：「竊鉤者誅，竊國者為諸侯，諸侯之門而仁義存焉。」偷一個鐵鉤子的小偷要被刑律處死，掠奪國家的大盜卻可以做諸侯；而一說起那些侯門上族，總是認為他們是最講仁義道德的，但實際上，那些侯門上族哪有什麼仁義道德可講。因而，莊子在那個汙濁的社會裡潔身自好，也是難能

可貴的。〈山木〉這篇寓言，所表達的就是莊子對當時現實社會全身遠禍之難的憤懣和感慨，它對於今天的讀者了當時的那個社會，仍有深刻的認知意義。

掃碼收聽

二、獨立不遷的人格頌歌

后皇嘉樹，橘徠服兮。受命不遷，生南國兮。
深固難徙，更壹志兮。綠葉素榮，紛其可喜兮。
曾枝剡棘，圓果摶兮。青黃雜糅，文章爛兮。
精色內白，類可任兮。紛緼宜修，姱而不醜兮。

嗟爾幼志，有以異兮。獨立不遷，豈不可喜兮？
深固難徙，廓其無求兮。蘇世獨立，橫而不流兮。
閉心自慎，終不失過兮。秉德無私，參天地兮。
願歲並謝，與長友兮。淑離不淫，梗其有理兮。
年歲雖少，可師長兮。行比伯夷，置以為像兮。
《楚辭 · 橘頌》

楚辭是繼《詩經》之後中國文學的又一高峰。楚辭是在楚國民歌的基礎上發展起來的，帶有鮮明的地域特色，即所謂「書楚語，作楚聲，紀楚地，名楚物」。屈原是楚辭的奠基者和主要作家，其代表作品有《九歌》、《九章》、〈天問〉、〈離騷〉等，展現了楚辭的最高成就。

〈橘頌〉是《九章》之一。《九章》包括〈惜誦〉、〈涉江〉、〈哀郢〉、〈抽思〉、〈懷沙〉、〈思美人〉、〈惜往日〉、〈橘頌〉、〈悲回風〉九篇作品，這些作品並非一時一地之作，是漢人劉向編輯《楚辭》時彙集而成，並冠以此名。一般認為，〈橘頌〉是屈原早期的作品。這主要從兩方面分析：從內容上看，通篇詠物言志，充滿了積極向上的精神，沒有絲毫悲憤痛苦的情緒，可以看出是作於政治上失意之前；從形式上看，基本上繼承了《詩經》的四言形式，句法沒有多少變化，不像後來成熟時期的作品那樣句式參差，變化多端。

這是一首托物言志的詩，全詩以擬人化的手法頌橘抒懷，字面上歌頌橘樹的品格，實則是在歌頌自己的理想人格，那就是「受命不遷」、「蘇世獨立，橫而不流」、「秉德無私」等高尚情操和堅貞品質。

全詩分為兩部分，第一部分寫橘的形貌，即外在之美。第二部分寫橘的本質，即內在之美。

我們先來看第一部分。

「后皇嘉樹，橘徠服兮。受命不遷，生南國兮。深固難徙，更壹志兮。」這幾句說橘樹是一種只宜生長在南方楚地的皇天后土中的佳木，不能遷移到別處。后，是后土、大地的意思；皇，即皇天。這裡所謂的皇天后土，是詩人用來形容和讚美自己祖國的。嘉樹，則是對橘樹的讚美和稱頌。

徠，同「來」；服，是適合、適宜的意思。兮，是楚地方言，也是楚辭中使用得最多的感嘆詞，用在句末以增強詠嘆的語氣和韻味。「后皇嘉樹，橘徠服兮」，這兩句說橘樹生來就適宜在楚地這皇天后土中生長。「受命不遷，生南國兮」，是說橘樹稟受自然的天性，只能在南方生長，不能遷移到別的地方。《周禮．考工記》上說：「橘逾淮而北為枳。」橘樹只適宜在南方溫和的土壤中生長，遷移到淮河以北就變種為枳了。「深固難徙，更壹志兮」，這兩句進一步強調橘樹品性專一、堅貞不移的特徵。

「綠葉素榮，紛其可喜兮。曾枝剡棘，圓果摶兮。青黃雜糅，文章爛兮。」這幾句描寫橘樹的枝葉、花朵和果實的美麗。「綠葉素榮，紛其可喜兮」，是說橘樹綠葉白花，枝繁葉茂，蓬蓬勃勃的樣子，十分可愛。素榮，是指白色的花。紛，指枝葉紛繁茂盛。「曾枝剡棘，圓果摶兮」，進一步描寫橘樹枝幹上長著尖尖的刺，枝頭掛著圓圓的果實。有人說這是形容橘樹具有方圓統一、剛柔相濟的品性，似乎有一定道理。曾，同「層」，重疊的意思。剡棘，鋒利的刺。橘樹的枝幹上都長有尖銳的刺。摶，通「團」，描述橘子的形狀，即「圓果」。「青黃雜糅，文章爛

兮」，接著描寫果實的色彩：橘子未成熟時是青的，已成熟時是黃的，將熟未熟時，則是青黃雜糅，顏色十分鮮豔好看。「文章」是形容橘子的色彩，「爛」是燦爛豔麗。

「精色內白，類可任兮。紛緼宜修，姱而不醜兮。」這兩句總寫橘的形貌特徵。「精色內白，類可任兮」：橘子的外表色澤精美，而內瓤晶瑩剔透，這好像是可以擔當大任的君子。精色，是承接前一句「青黃雜糅，文章爛兮」，稱讚橘子的外表色澤精美。內白，是說橘子的內瓤潔白，這與我們今天所見到的橙紅色的橘瓣不同，不知道是物種的進化，還是品種的不同。類，是「像」的意思。可任，即可以擔當重任。「紛緼宜修，姱而不醜兮」：由於橘樹具有與眾不同的品性，無論怎樣修飾都得體而美好。紛緼，茂盛的樣子。宜修，適宜於修飾。姱，美好。不醜，超群出眾。以上第一部分，描寫橘樹的生存環境、枝葉、花果，從外表到內質，都美好可嘉。

再來看第二部分。

「嗟爾幼志，有以異兮。」這一句總領，說橘樹自幼具有與眾不同的優秀品質。嗟，是感嘆之詞，在這裡表示贊許的意思。爾，指吟詠的對象「橘」；也有說是作者自況。本來，詩人就是托物言志，寫橘即是寫己，物己融為一體。有以異，即有所以異，也就是說橘樹與其他樹相比有異常之處。那麼，橘樹有哪些異常之處呢？

首先，具有獨立性。「獨立不遷，豈不可喜兮？深固難徙，廓其無求兮。蘇世獨立，橫而不流兮。」這幾句是稱讚橘樹具有與世獨立、不隨流俗的品格，這是對第一部分「受命不遷，生南國兮。深固難徙，更壹志兮」這些內容做更進一步的強調和發揮。廓，是廣大的意思；廓其無求，這裡指胸懷廣闊，一無所求。蘇世獨立，即清醒地獨立於世，也就是眾人皆醉我獨醒之意。不流，即不隨波逐流。

其次，有高尚的道德。「閉心自慎，終不失過兮。」這句說橘樹具有謙虛謹慎，不致招致過失的品德。閉心，指加強自我修養，不受外界的誘惑；自慎，即「慎獨」之意，閉心自慎，就是謹慎自守。「秉德無私，參天地兮。」是說橘樹具有無私的美德，可以與天地並立。「願歲並謝，與長友兮。」由於橘樹有這樣美好的品德和修養，因此希望永遠與它做朋友。願歲並謝，是說願意與橘一起度過歲月，一同終其一生。歲，指歲時、歲月。謝，即消逝、逝去。

再次，有耿介正直的品格。「淑離不淫，梗其有理兮。」這句說橘樹既有內美，又有外美；既剛強正直，又通情達理。淑，內心美好。離，同「麗」，這裡指外在之美。不淫，不過度，恰到好處。梗，同「耿」，梗其有理，是正直而有法度。因此，接著說：「年歲雖少，可師長兮。行比伯夷，置以為像兮。」年歲雖少，是呼應前面「嗟爾幼志」的，說橘樹雖然年幼，但它的優秀品質和道德修養卻是可以作為師長加以效法的。行比伯夷，是說橘樹的品行可以與古時候的賢人伯夷相比。伯夷是商朝末年孤竹君的長子，他和弟弟叔齊反對武王伐紂，武王滅商後，因恥食周粟，餓死在首陽山上。因此，後人把伯夷當作堅持操守、品格高尚的典型。置以為像，說是作為榜樣。「行比伯夷，置以為像兮」，最後這兩句可以看作是對全詩的總結。詩人以行比伯夷的橘樹為榜樣，表明自己要砥礪品質和情操，做一個品格高尚的人。

前面說到，這是一首托物言志的詩，透過對橘的讚美和謳歌，展現了詩人對理想人格的嚮往和追求。這種理想人格最突出的一點，就是詩中反覆吟詠的獨立不遷的精神。屈原的一生，「路曼曼其修遠兮，吾將上下而求索」，他始終熱愛自己的祖國，與邪惡勢力做不屈的鬥爭，就是對這一

人格精神不懈地追求和實踐。香港電影《屈原》以〈橘頌〉為主題曲，可以說是抓住了屈原精神最本質的一點，起到了有力的烘托作用。詩中對橘的形狀和特徵的描寫，賦予了它人格化的情感，橘這一藝術形象實際上就是詩人自己的形象。詩人把自己的主觀意志完全傾注到客觀物象之中，使二者達到完美的統一，首開了後代詠物詩文的先河。

屈子詠橘圖 何家英 作

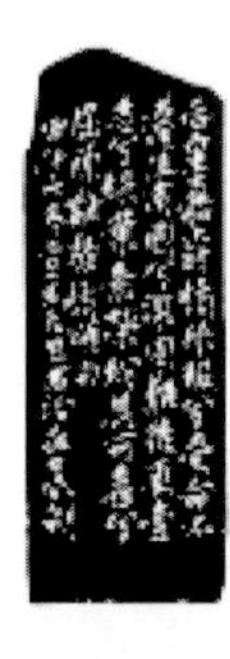

篆刻釋文：受命不遷（邵晨 作）

篆刻釋文：受命不遷

（殷玉剛 作）

三、修身養性，才能安身立命

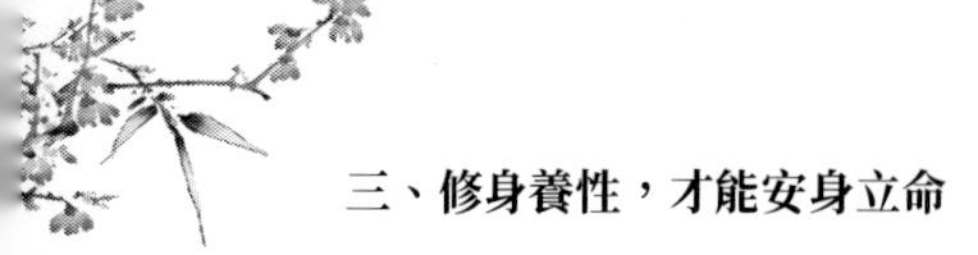

心猶面首也，是以甚致飾焉。面一旦不修飾，則塵垢穢之；心一朝不思善，則邪惡入之。咸知飾其面，不修其心，惑矣。夫面之不飾，愚者謂之醜；心之不修，賢者謂之惡。愚者謂之醜，猶可；賢者謂之惡，將何容焉？

故覽照拭面，則思其心之潔也；傅脂，則思其心之和也；加粉，則思其心之鮮也；澤髮，則思其心之潤也；用櫛，則思其心之理也；立髻，則思其心之正也；攝鬢，則思其心之整也。

〈女訓〉　蔡邕

人們常說：「愛美之心，人皆有之。」尤其是女性特別注意修飾和打扮，這就是一種愛美之心的表現。如果說一個男子不修邊幅還能表現出某種風度的話，那麼一個女子蓬頭垢面、邋裡邋遢，就很難說她懂得什麼是美，也肯定不會給別人留下什麼美感。然而，這僅僅是一種外表的美，如果只注重外表的修飾，而不注意內在美，也就是心性的修養、靈魂的淨化和道德的完善，還不能算是真正的美，至少不是一種完全的美。自古以來就非常重視人的內在美的修養。這種內在的修養比起外表的修飾和打扮更為重要。東漢時候的著名文學家蔡邕寫的這篇〈女訓〉，認為人的心靈就像容貌一樣，需要修飾和美化，強調修身養性的重要意義，今天讀來仍然很受啟發，很有教育意義。

蔡邕是東漢末年人，字伯喈，陳留郡圉縣人（有說為河南尉氏縣人，也有說法是現在的河南杞縣人）。漢靈帝時他擔任議郎，因上書批評朝政而獲罪，被流放到朔方。後來被召回為祭酒、侍御史，一直做到中郎將，因此歷史上又稱他為「蔡中郎」。蔡邕精通經史、音律、天文、書法，是當時著名的文學家和書法家，著有《蔡中郎集》。這篇〈女訓〉是他教育女兒蔡文姬的一篇訓詞。「訓」，就是教訓的訓、訓練的訓，有訓教、開導的意義。古人教育子女，常常有一些近乎格言的家訓、家規，並流傳後世。譬如，南北朝時期顏之推的《顏氏家訓》，從各個方面教育子弟如何立身做人，如何讀書治學，是一部很有名的著作。蔡邕的這篇〈女訓〉主要是教育女兒必須重視道德修養以及要重視道德修養的原因。

蔡邕的女兒蔡文姬，是歷史上傑出的女詩人，她名琰，字文姬，博學多才，精於音律。她的一生也十分坎坷，曾被匈奴擄去為妻，在那裡生活了十二年。後來曹操把她贖回，她抑鬱而死。她著有著名的〈悲憤詩〉、〈胡笳十八拍〉等。這篇〈女訓〉大概是在蔡文姬年幼的時候，父親蔡邕寫給她的，從中可以看出父親對女兒的諄諄教誨和殷切期望。

文章是這樣開頭的：「心猶面首也，是以甚致飾焉。」說人的心靈就像面孔一樣，必須好好修飾和美化。「面首」就是面貌、面容，也就是臉蛋。「甚」是強調程度，要求必須好好地、認真地注意心靈的修養。「致飾」，「致」是給予的意思，「飾」是修飾的意思，「致飾」就是給予修飾。作者開門見山，用一個十分通俗淺顯的比喻，指出修養心性的必要性。這個取自日常生活的比喻，既通俗易懂，又新奇有趣，富有啟示意義。並且，文章題為〈女訓〉，是寫給女兒的，這個信手拈來的比喻也十分貼切自然。作者用這個比喻簡潔而鮮明地揭示了文章的主旨：修心就像修飾面容一樣重要。一個女子，面容不可不加修飾；而心性的修養，包括道德的陶冶，品格的提高，才藝的學習等等，尤為重要，更加不可忽視。下文就圍繞修心與飾面兩方面進行對比，闡明修身養性的重要意義。

「面一旦不修，則塵垢穢之；心一朝不思善，則邪惡入之。」人的面容一旦不加以修飾，不梳頭、不洗臉，就會塵垢滿面，骯髒不堪；心靈一旦不注意修養，不追求真善美，邪惡的東西就會乘虛而入。這個道理看起來十分簡單，誰都能夠明白；但是，人們往往「咸知飾其面，不修其心」，大家都知道修飾自己的面容，卻並不知道修飾自己的心性。這種情

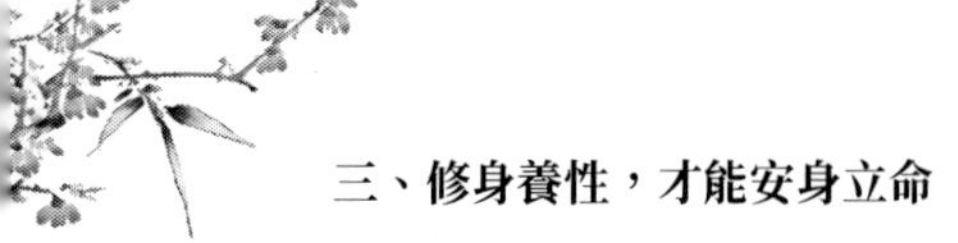

況不能不使作者大為感慨，所以他說「惑矣」真是不可理解啊！

接著分析「不修其心」會帶來怎樣的後果：「夫面之不飾，愚者謂之醜；心之不修，賢者謂之惡。」如果人的面目不加修飾，汙穢不堪，連最普通的人都會說：「多麼難看！」如果心靈不注意修養，胡作非為，聖賢就會說：這是邪惡！請注意，這裡的「愚者」和「賢者」兩相對比，「愚者」並不是指愚蠢的人，而是指修養不高的人，「賢者」則是指修養很深的聖賢。文章接著說：「愚者謂之醜，猶可，賢者謂之惡，將何容焉？」這兩句意思是說，人們認為不修飾面容是一種醜陋，這倒是無關緊要；而聖賢認為不修養心性這種惡行是萬萬不可的，否則真不知如何在人世間安身立命！

以上是文章的前半部分，強調修養心性就像修飾面容那樣不可或缺，不可忽視。接下來用一組排比句進一步說明應該如何修養心性。文章說：「故覽照拭面，則思其心之潔也」，對著鏡子擦洗面孔的時候，就應該想到如何使心靈保持高潔和清白，不被外界的邪惡所污染。「傅脂，則思其心之和也」，塗抹胭脂的時候，就應該想到如何使心靈吸收外界的種種美好事物，與自己融為一體。「加粉，則思其心之鮮也」，擦拭香粉的時候，就應該想到如何使心靈光鮮活潑，保持旺盛的生命力和進取心。「澤髮，則思其心之潤也」，澤潤頭髮的時候，就應該想到如何使心靈中正平和，不要焦急浮躁。「用櫛，則思其心之理也」，用梳子、篦子梳理秀髮的時候，就應該想到如何使心靈有條有理，不可有絲毫紊亂。「立髻，則思其心之正也」，挽紮髮髻的時候，就應該想到如何使心地正直，不偏不倚。「攝鬢，則思其心之整也」，整理雲鬢的時候，就應該想到如何使心性嚴整，不為外物所動。在這一連串排比句中，覽照拭面、傅脂、加粉、澤髮、用櫛、立髻、攝鬢，這些都是古時候女子在閨房內每天必須認真仔細完成的功課，作者用來比喻如何修養心性、陶冶情操，兩相比較，一一對應，與文章開頭提出的心靈就像面容一樣要很好地修飾的觀點緊密呼應。

古代歷來十分重視心性的修養，以涵養道德，砥礪節操。孔子認為首先必須修身誠意，然後才能治國平天下，曾子強調每天要「三省吾身」。孟子提出養「浩然之氣」，要求讀書人「窮則獨善其身，達則兼善天下」。屈原綴蘭樹蕙，強調「既有此內美兮，又重之以修能」。諸葛亮曾說過「靜以修身，儉以養德」。歐陽修認為君子修身應當「內正其心，外正其容」。這些都是至今仍為人們奉為座右銘的格言警句。蔡邕的這篇〈女訓〉的宗旨也是強調修身養性，但它與上面這些格言警句的不同之處，在於作者不是乾巴巴地抽象說教，而是透過生動形象的比喻，把道理講得既淺顯而又深刻，既通俗而又透闢，使人更容易明瞭，更容易接受。蔡文姬之所以能夠成為傑出的女詩人，恐怕與她父親的諄諄教誨、與這篇〈女訓〉不是沒有關係的。

文姬覽鏡圖　趙建成 作

掃碼收聽

四、俯仰天地的生命哲學

永和九年，歲在癸丑，暮春之初，會於會稽山陰之蘭亭，修禊事也。群賢畢至，少長咸集。此地有崇山峻嶺，茂林修竹，又有清流激湍，映帶左右，引以為流觴曲水，列座其次，雖無絲竹管弦之盛，一觴一詠，亦足以暢敘幽情。是日也，天朗氣清，惠風和暢。仰觀宇宙之大，俯察品類之盛，所以遊目騁懷，足以極視聽之娛，信可樂也。

夫人之相與，俯仰一世，或取諸懷抱，悟言一室之內；或因寄所托，放浪形骸之外。雖趣舍萬殊，靜躁不同，當其欣於所遇，暫得於己，怏然自足，曾不知老之將至。及其所之既倦，情隨事遷，感慨系之矣。向之所欣，俯仰之間，已為陳跡，猶不能不以之興懷。況修短隨化，終期於盡，古人云：「死生亦大矣」，豈不痛哉！

每覽昔人興感之由，若合一契，未嘗不臨文嗟悼，不能喻之於懷。固知一死生為虛誕，齊彭殤為妄作。後之視今，亦猶今之視昔，悲夫！故列序時人，錄其所述。雖世殊事異，所以興懷，其致一也。後之覽者，亦將有感於斯文。

〈蘭亭集序〉　王羲之

〈蘭亭集序〉（或簡稱〈蘭亭序〉），以書法傳世，幾乎家喻戶曉；而王羲之作為書聖，更是人人皆知。但實際上，王羲之不僅是著名的書法家，也是著名的文學家。〈蘭亭集序〉不僅以行書法帖傳世，也是千古傳誦的散文名篇。

王羲之，字逸少，琅玡臨沂（今屬山東）人。出身貴族，曾任右軍將軍、會稽內史等，世稱王右軍。他生活的東晉時代，是一個政治黑暗而思想活躍的時代。王羲之與跟他差不多同時（稍後）的另一位大詩人陶淵明在生活態度和文學創作等方面都十分相似：陶淵明不為五斗米折腰，歸隱田園，王羲之也以性好山水為由，稱病辭官；他們在駢文大盛，浮詞誇飾之風愈演愈烈的時候，都以散文著稱，詩歌也崇尚自然，透出一股清新秀逸之氣。

本文選自《晉書．王羲之傳》。在〈王羲之傳〉中，還有一段與本文相關的話：「會稽有佳山水，名士多居之，謝安未仕時亦居焉。孫綽、李充、許詢、支遁等皆以文義冠世，並築室東土，與羲之同好。嘗與同志宴集於會稽山陰之蘭亭，羲之自為之序以申其志。」本文記載的就是他們這些文人宴集中的一次。晉穆帝永和九年（西元三五三年）三月初三，王羲之與當時的名士在會稽郡山陰縣境內的蘭亭，舉行了一次規模盛大的集會。參與這次文人雅集的有謝安、孫綽、支遁、許詢及王羲之的子姪王凝之、王獻之、王渙之等四十餘人。蘭亭，正如上文所說，是山水佳勝之地，暮春三月，春光明媚，與會者在水邊臨流賦詩，各抒懷抱。此次雅集共得詩三十七首，編為《蘭亭集詩》，由王羲之撰寫〈蘭亭集序〉，孫綽撰寫〈蘭亭集跋〉。王羲之的這篇〈蘭亭集序〉，對雅集的情況做了生動的描繪，並抒發了對人生的無限感慨。

全文分三個段落，以記敘雅集的盛況開始，圍繞如何看待生死問題逐步展開議論。先來看第一段，開門見山敘述這次雅集的時間、地點、事由以及當時的環境、天氣、人物和活動等。「永和九年，歲在癸丑，暮春之初，會於會稽山陰之蘭亭，修禊事也。」古時風俗，人們在三月的上巳日（即上旬的「巳」日），聚集到水邊洗濯，以消除不祥，稱之為「修禊」。曹魏之後，修禊的日期定於每年的三月三日，這一風俗在南方的一些地區保留至今。王羲之他們這次文士雅集，就是根據這一風俗在蘭亭水濱舉行的一次大規模聚會。當然，他們倒不一定是為了什麼消災除病，只不過借此機會見見朋友，喝喝酒，作作詩而已。所以下文說：「群賢畢至，少長咸集」。參與這次集會的，不僅有當時著名的政治家謝安、文學家孫綽等，還有玄學家支遁、許詢等；不僅有以上這些與王羲之同輩的好友，還有王凝之、王獻之、王渙之這些子姪輩的後起之秀。所以用「群賢畢至，少長咸集」來描寫當時名流匯集、少長皆歡的盛況，是十分恰當的。

來赴會的人物都是一時之俊，那麼這裡的環境又如何呢？「此地有崇山峻嶺，茂林修竹，又有清流激湍，映帶左右」。前兩句寫山，後兩句寫水，山有起伏，水有迴環，山間有竹木，水中有清流，山光水色，互為映照。置身於這樣秀麗的山水勝景之中，怎能不引發文人雅士們的詩興呢？「引以為流觴曲水，列座其次，雖無絲竹管弦之盛，一觴一詠，亦足以暢敘幽情。」把迴環彎曲的流水用來流傳酒杯，客人們列座在水邊，雖然沒有宮廷中絲竹和舞女的盛大排場，但酒杯順流而下，停在誰的面前，誰就取而飲之，這樣一邊喝酒，一邊作詩，也足以表達歡樂而幽深的情懷。文人雅士們以「流觴曲水」、「一觴一詠」這樣別致的形式聚會，趕上當日的天氣很好，「天朗氣清，惠風和暢」，因而，「仰觀宇宙之大，俯察品類之盛，所以遊目騁懷，足以極視聽之娛，信可樂也」。這裡最可注意的是「仰觀宇宙之大，俯察品類之盛」兩句。文中反覆出現多次而又與本文的主旨緊密關聯的兩個字——「俯」、「仰」，在這裡第一次出現，表達了作者關注宇宙萬物的博大胸懷。「品類」，就是物類，即宇宙間的各種物類。「遊目騁懷」，是舉目觀覽，任情欣賞。當然，從字面上看，作者這裡「仰觀」「俯察」和「遊目騁懷」的是「足以極視聽之娛」的山水勝景和「群賢畢至」的文士雅集，因而最後歸結到一個「樂」字，這是第一段的總結，也為下一段做了鋪墊。

第二段由雅集的快樂情景聯想到人生短暫，進而抒發感慨。「夫人之相與，俯仰一世，或取諸懷抱，悟言一室之內；或因寄所托，放浪形骸之外。」人生在世，俯仰之間一生就過去了。這是感嘆人生易老，光陰易逝。注意，這裡第二次出現了「俯仰」二字。「俯仰一世」，是感嘆人生的短促，一低頭一抬頭之間，人的一生就過去了，真如白駒過隙，一閃而過。「人之相與」，是說人生活在社會中，必定要與各式各樣的人接觸和交往，人們對待人生的態度也各不相同，這裡針對當時的社會現實，主要列舉了兩種不同的人生方式和態度：「或取諸懷抱，悟言一室之內」，這是針對當時清談玄學的風氣而言的，他們為了辨析玄理，終日悟談，不尚實務；「或因寄所托，放浪形骸之外」，這是針對當時一些人追求適己任性、放蕩不羈、不拘節束的種種怪誕行為而言的。這兩種不同類型的人生態度，「雖趣舍萬殊，靜躁不同，當其欣於所遇，暫得於己，快然自足，曾不知老之將至」。以上兩種人，他們的人生態度和生活方式雖然千差萬別，但是，當他們得到一時的快樂和滿足的時候，就會高興得忘乎所以，不知道生命在一天天走向衰老。「及其所之既倦，情隨事遷，感慨系之矣。」等到自己對所鍾情的事物產生厭倦的時候，則感慨萬端。「向之所欣，俯仰之間，已為陳跡，猶不能不以之興懷。」以往高興的事情，俯仰之間就成了過眼雲煙，怎能不令人傷感萬分呢？這裡第三次出現「俯仰」二字，也還是從時間和生命的角度，進一步深化文章的主題。因此接著說，「況修短隨化，終期於盡，古人云：『死生亦大矣』，豈不痛哉！」更何況人的生命或長或短，那是由造化決定的；但無論長短，最終都有盡期，誰也免不了一死。古人說，死和生是一個大命題，「夫人之相與，俯仰一世」、「況修短隨化，終期於盡」，這是多麼哀傷多麼悲痛啊！這裡所謂古人云，乃是《莊子·德充符》中所引孔子的話，作者用來點明文章的主旨，即生死這一生命哲學的大命題。作者雖然感嘆人生短促，最後落實到一個「痛」字，帶有一種無可奈何的消極成分；但更主要的是警示和勸勉人們珍惜時光，在短促而有限的生命裡，抓緊時間，奮發有為。作者所「痛」的不僅僅是生命短促，更重要的是對待生命的態度。文中列舉的清談玄學、不重實務的人生態度和放浪形骸、遊戲人生的態度，都不是作者所贊成的積極的人生態度。

文章的最後一段交代作序的緣由，進一步闡發對生命哲學的認知。「每覽昔人興感之由，若合一契，未嘗不臨文嗟悼，不能喻之於懷。」這裡所謂「昔人興感」，應當是指古人關於生命問題的感受，如孔子見流水而感嘆歲月不居，逝者如斯（《論語‧子罕》）；屈原感嘆日月不留，春秋代序，「老冉冉其將至兮，恐修名之不立」（〈離騷〉）；曹操則長歌當哭，「對酒當歌，人生幾何」（〈短歌行〉）……作者說他與古人的感受完全相同，就像符契相合一般，因此讀這些文章時，無不感慨萬分，久久不能忘懷。接著，正面闡述了自己對生命哲學的認知：「固知一死生為虛誕，齊彭殤為妄作。」這無疑是對當時老莊哲學盛行，一些人放浪形骸，浪費甚至自戕生命的行為和風氣的有力批判。「一死生」、「齊彭殤」，是莊子生命哲學中的一個重要觀點，《莊子‧齊物論》一文中說：「天下莫大於秋毫之末而太山為小，莫壽於殤子而彭祖為夭。天地與我並生，而萬物與我為一。」在他看來，連肉眼都看不清的秋毫之末是天下最大的東西，而巍巍泰山卻小得可憐；最長壽的莫過於早殤的孩子，而活了八百歲的彭祖與夭折的孩童沒有什麼兩樣。相對地看，這種說法雖然有一定的道理，但是，他把生和死、大和小、物和我等相對的哲學範疇完全等同起來，無視它們之間的差別，則陷入了虛妄荒誕的泥淖。王羲之不為當時的玄學迷霧所籠罩，能夠正確地看待生死，提出「一死生為虛誕，齊彭殤為妄作」這樣具有積極意義的生死觀，實在是難能可貴的。文章最後說，「後之視今，亦猶今之視昔，悲夫！故列序時人，錄其所述。雖世殊事異，所以興懷，其致一也。後之覽者，亦將有感於斯文。」這幾句話仍然從生命哲學的高度，交代寫作這篇序文的緣由。生命與時空是緊密相連的，前後、今昔，既是時間的概念，也與生死攸關。人的生命世代相傳，生生不息，衍化成歷史和時代。作者說，後人看待今天的我們，就像我們看待已經成為往昔的古人一樣，也就是說，我們為後人留下什麼，就看我們怎樣對待人生。固然，後人看我們，我們的生命早已不復存在，生命的形體早已了無蹤影，這實在是十分可悲的事情；但我們的思想和言論可以透過文字傳諸後世，能夠對後人有所啟示和裨益，不也是足以令人感到欣慰的嗎？因此，我把今天參與集會的人記載下來，把大家作的詩也收集起來，後人看到這些，儘管時代變遷，世事不同，但人們對待生死、快樂和悲傷的感受或許是一樣的。這正如同我讀古人的文章時，與古人「若合一契」；後人讀我這篇文章，大概也會產生同樣的感受吧！最後這一段話，實際上也是勉勵同遊之人積極面對人生，期望有所作為。

清人選編《古文觀止》時收錄了這篇文章，並評論說：「通篇著眼在『死生』二字，只為當時士大夫務清談，鮮實效，一死生而齊彭殤，無經濟大略，故觸景興懷，俯仰若有餘痛。但逸少曠達人，故雖蒼涼感嘆之中，自有無窮逸趣。」這個評論是很有見地的。王羲之雖然在一定程度上也受到老莊思想和佛教思想的影響，但儒家積極入世的思想仍然佔據著主導的方面，他反對當時崇尚虛玄、放浪形骸的風氣，並在文中有所針砭。（王羲之曾說過：「虛談廢務，浮文妨要，恐非當今所宜。」）他的一生恬淡曠達，雖然辭官歸隱，那是因為政治的黑暗。他的人生態度是積極而樂觀的，因而反映在文中的人生哲學也是積極而健康的，儘管一定程度上也流露出消極無奈的情緒。本文在文風上也突破了當時玄言佛理盛行的風氣，清新俊逸，樸素自然，寫景時用抒情筆調，情景相生，議論則直抒胸臆，以情感人。總之，〈蘭亭集序〉是一篇思想深刻、文筆優美、千古傳誦的散文名篇，不僅文章使人百讀不厭，書法為後世所珍重，而且蘭亭也因這篇序文而成為後人追慕不已的山水勝景，而文人借流觴曲水賦詩抒懷的雅事也世代相傳，沿襲至今。

祝帥 作

篆刻釋文：後之視今亦猶今之視昔（逯國平 作）

五、回歸自然，躬耕南野

五、回歸自然，躬耕南野

其一

少無適俗韻，性本愛丘山。誤落塵網中，一去三十年。

羈鳥戀舊林，池魚思故淵。開荒南野際，守拙歸園田。

方宅十餘畝，草屋八九間。榆柳蔭後簷，桃李羅堂前。

曖曖遠人村，依依墟裡煙。狗吠深巷中，雞鳴桑樹顛。

戶庭無塵雜，虛室有餘閒。久在樊籠裡，復得返自然。

其二

野外罕人事，窮巷寡輪鞅。白日掩荊扉，虛室絕塵想。

時復墟曲中，披草共來往。相見無雜言，但道桑麻長。

桑麻日已長，我土日已廣。常恐霜霰至，零落同草莽。

其三

種豆南山下，草盛豆苗稀。晨興理荒穢，帶月荷鋤歸。

道狹草木長，夕露沾我衣。衣沾不足惜，但使願無違。

〈歸園田居〉　陶淵明

〈歸園田居〉是陶淵明辭官歸隱後寫的一組詩，也是最能代表陶詩風格的名篇。詩中表現了詩人對黑暗官場的厭棄和對農村淳樸生活的熱愛，具體描繪了歸隱之後「躬耕自資」的生活。

這組詩一共有五首，這裡選講其中的三首。

先講解第一首。

這首詩是組詩的第一篇，大約寫於辭官歸隱之後的第二年。詩可分為前後兩部分，前面六句寫辭官歸隱的原因，後面十四句寫歸隱之後鄉居生活的景況。

「少無適俗韻，性本愛丘山。」詩一開頭，詩人就提出了自己愛好自然的本性以及這種本性和卑污世俗的對立。正是由於這種對立，詩人才決意擺脫庸俗不堪的官場，返歸自然，回到寧靜淳樸的田園生活。「韻」，是指人的氣質、性格、情趣；「適俗韻」就是迎合、適應世俗的性格。「丘山」，即大自然，也就是農村的田園山川。陶淵明說自己從小就沒有適應世俗的性格，本來就是愛好農村的田園生活的。這似乎是表白，似乎又是反省，更確切地說，似乎是在自我解嘲。為什麼呢？「誤落塵網中，一去三十年。」「塵網」，這裡指的就是官場。一旦做了官，一切活動就受到各種約束和限制，就像網一樣，使你的思想和手腳不得自由。「三十年」，是表明自己在官場待的時間太久，並非確指。一說「三十年」作「十三年」，因為陶淵明從二十九歲做江州祭酒開始步入官場，到四十一歲從彭澤縣令的任上辭職歸隱，一共十二年。而這首詩寫在歸隱之後的第二年，頭尾相加正好十三年。詩人既然「少無適俗韻，性本愛丘山」，如何還能「誤落塵網中，一去三十年」呢？這裡的原因是複雜的：一則陶淵明出身於一個世代官宦的家庭，曾祖陶侃官至大司馬，祖父陶茂和父親陶逸也做過太守、縣令一類的官，雖然到陶淵明時家道已經衰落，但由於受家庭影響，陶淵明懷有「大濟蒼生」的壯志，希圖一番事業；再則也為現實生活所迫，詩人在〈飲酒〉詩中說過：「疇昔苦長飢，投耒去學仕。」所以，十幾年來，陶淵明幾次出仕，又幾次歸田，過了一段徘徊於出仕與歸隱的矛盾生活。況且陶淵明所做的不過只是祭酒、參軍和縣令之類的小官，壯志和抱負既無法實現，又何必繼續降志辱身在官場周旋呢？這十幾年的生活，詩人用一個字加以總結，那就是「誤」，認為自己落入「塵網」是一個莫大的錯誤。這也就是詩人在〈歸去來兮辭〉中所說的：「悟已往之不諫，知來者之可追。實迷途其未遠，覺今是而昨非。」所以，從此以後，詩人徹底告別了官場，再也沒有出去做官，一直在農村過著隱居田園的生活。

「羈鳥戀舊林，池魚思故淵。」這兩句用具體形象進一步抒發自己思戀田園、歸隱心切的感情。「羈鳥」是被束縛在籠中的鳥；「池魚」是圈

養在池塘中的魚。這兩個形象如同上面所說的「塵網」一樣，都是比喻不自由的官場生活。

就像籠中的鳥兒希望飛回山林田野，池中的魚兒希望游歸江河湖海，這便是詩人歸隱前的心理狀態。如今詩人真的脫離了官場，回到了田園，就像重新獲得自由的鳥兒、魚兒一樣，該有多麼輕鬆和愉快！

接下來就是描寫歸隱田園後的嶄新生活。「開荒南野際，守拙歸園田。」詩人一回到家中，就開始了躬耕生活。「南野」，大約就是陶淵明所隱居的江西廬山南麓。「拙」，是與「巧」相對而言的，在官場必須巧於鑽營，可是陶淵明「性剛才拙」（〈與子儼等疏〉），不善逢迎，所以只好「守拙」回到田園山野來墾荒種地，過「躬耕自資」的生活。

「方宅十餘畝，草屋八九間。榆柳蔭後簷，桃李羅堂前。」這幾句是描寫自己的家園：十餘畝宅基地，八九間茅草屋。堂前屋後，榆柳成蔭，桃李滿枝。普普通通的草屋茅舍，在詩人的筆下，簡直是洞天福地一般美好。這裡需要注意的是「榆柳蔭後簷，桃李羅堂前」兩句是互文見義，即榆柳和桃李堂前屋後都有，並不是說榆柳只掩蔭於後簷，桃李只羅列於堂前。

高士圖——田黎明 作

此中有深意 熊廣琴 作

詩人這樣充滿深情地描繪了自己的家園，那麼，周圍的環境又是怎樣一番景象呢？「曖曖遠人村，依依墟裡煙。狗吠深巷中，雞鳴桑樹顛。」詩人舉目遠眺，但見遠方村落依稀可辨，炊煙裊裊，不時還聽到似乎是從深巷中傳來的狗吠聲，雄雞則飛到樹枝上引吭長鳴。這真是一幅充滿農家意趣和鄉土氣息的美麗圖畫。詩人用白描的手法，寫的不過是農村的尋常景物，卻是那麼優美，那麼恬淡，那麼富於詩情畫意。這當然是詩人返歸自然，熱愛田園生活的心理反映。柳宗元說過：「美不自美，因人而彰。」誰沒有見過這樣司空見慣的農村景物呢？可是唯有陶淵明才能寫出這樣美麗的詩句，這樣自然的風光，這樣動人的境界。儘管其中「狗吠深巷中，雞鳴桑樹顛」兩句是從漢樂府的〈雞鳴〉：「雞鳴高樹顛，狗吠深宮中」直接借用來的，但詩人借用得如此恰到好處，了無痕跡，使我們覺得完全是從詩人的筆底自然流出，與前後渾然一體。

「戶庭無塵雜，虛室有餘閒。」這兩句描寫在家的生活。「塵雜」，即世俗的雜務；「虛室」，虛空閒靜的居室，這裡採用《莊子．人間世》「虛室生白」的意思，比喻內心的明淨澄澈。嵇康在〈與山巨源絕交書〉中曾把「人間多事，堆案盈機」、「賓客盈坐，鳴聲聒耳」視為不堪為官的理由。劉禹錫也曾在〈陋室銘〉中稱讚其陋室「無絲竹之亂耳，無案牘之勞形」。陶淵明這兩句詩便包含有這兩方面的意思：我辭官歸隱，雖然家徒四壁，但沒有塵雜干擾，卻有閒暇讀書作文。這不正是詩人所要追求的淡泊與寧靜的境界嗎？

最後兩句「久在樊籠裡，復得返自然」總結全詩。「樊籠」與「塵網」相呼應，「久」與「三十年」相呼應，「返自然」與「愛丘山」相呼應。詩人再一次強調由「樊籠」返歸「自然」的喜悅之情，就像全詩的主旋律一樣，最後再一次奏響，給人以餘音裊裊的感覺。

下面接著講第二首。

這首詩共十二句，每四句一層意思。

「野外罕人事，窮巷寡輪鞅。白日掩荊扉，虛室絕塵想。」這四句寫詩人隱居生活的寧靜。「野外」，是說詩人隱居在山野村外。「人事」，這裡主要指人們之間的應酬交往。「窮巷」，即陋巷，和「野外」是一樣的意思。「寡輪鞅」，是說車馬稀少。「輪」，指車輪；「鞅」，是駕車時套在馬脖子上的皮帶，即馬脖套；「輪鞅」是以部分代全體，即指車馬而言，而車馬又是暗喻達官貴人。這兩句的意思是說，詩人辭官歸隱後，居住在窮鄉僻壤的陋巷裡，再也沒有什麼達官貴人坐車來到這裡。所以，白天關起柴門，在虛空寧靜的房子裡，一切世俗的念頭都不復存在了。「虛室」與第一首的含義相同；「塵想」也與第一首的「塵雜」近似。這裡詩人是以目前淡泊寧靜的隱居生活暗暗與昔日官場的喧囂相對比。在一般利祿之徒看來，這種寂寞是難以忍受的；可是陶淵明則不然，他在〈飲酒〉之其五中寫道：「結廬在人境，而無車馬喧。問君何能爾？心遠地自偏。」

陶淵明與官場斷絕往來的同時，卻與當地農民交往，並且結下了深厚的友誼：「時復墟曲中，披草共來往，相見無雜言，但道桑麻長。」這幾句便是寫詩人與農民交往的淳樸感情。「時復」，即時常、經常。「墟曲」，即偏僻的山村。「披草」，是指用雙手分開高高的荒草。「共來往」，即互相來往，也就是說，有時陶淵明去農人家中，有時則是農民來到陶淵明家中。他們的交往多半是為了農事，所以，「相見無雜言，但道桑麻長」。「雜言」，這裡大概是指仕宦利祿之類的事情，詩人言下之意是說，往日在官場裡，相互之間的交往是趨炎附勢，拉幫結派；而與農民的交往則沒有半點雜念，只不過談談農時農事而已。

陶淵明由於參加農業勞動，與農民就有了共同的語言，共同的哀樂，共同的感受。「桑麻日已長，我土日已廣。常恐霜霰至，零落同草莽。」這幾句寫詩人心憂農事，與農民同呼吸，共命運，簡直成了一個道道地地的農民了。他辛勤耕作，土地面積日益擴大，莊稼也長勢良好，唯一擔心的就是自然災害，生怕一場意外的霜雪，使得自己的辛勤勞動付諸東流。元人劉履說這兩句詩是比喻「朝將有傾危之禍」，認為陶淵明「雖處田野而不忘憂國」。（見劉履《選詩補注》卷五）這樣闡發所謂「微言大義」，只不過是儒家詩教的迂腐見解，實際上是十分牽強附會的。

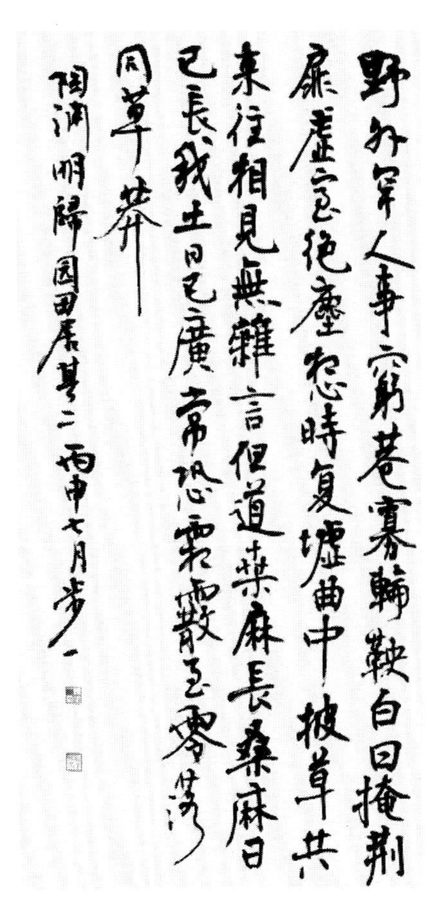

陳步一作

最後講第三首。

這首詩很短，記述了詩人一天勞動的經歷和感受。前四句寫勞動的情況，後四句寫歸途和感想。

「種豆南山下，草盛豆苗稀。晨興理荒穢，帶月荷鋤歸。」「南山」，可能就是第一首詩中說到的「開荒南野際」的「南野」，也就是〈飲酒〉詩中的「采菊東籬下，悠然見南山」的「南山」。陶淵明在那片他親手開墾的土地上種上了豆子，豆子長得如何呢？「草盛豆苗稀。」這也許是因為剛開墾的土地，野草容易生長的緣故；也許是詩人久別田園，農藝有些荒疏了，所以寫下了這樣帶有自嘲和諧謔色彩的句子。儘管如此，詩人畢竟是勤勞的，一大早就來到這裡除草，直到夜晚月上東山才回家。「晨興」，即早起。「理荒穢」，即除草。「帶月荷鋤歸」的「帶」，有的本子作「頂戴」的「戴」，因為人們常常用「披星戴月」來形容農人的勤勞或旅人的艱辛，所以這裡用「披星戴月」的「戴」表示詩人頂著月光回家，當然是可以的。但是，不如用現在這個「帶」字意義更加豐富。大家知道，在南方的夏日，太陽是非常厲害的，農民往往利用早晚的時間工作。也許這是一個初夏的日子，陶淵明早出晚歸，他要利用這清涼的月夜，少流一點汗水，多做一些農活，以至於月亮老高了，辛勞的詩人還在月光下勞動，全身染遍了月色。當他幹完了活，扛著鋤頭回家的時候，似乎口袋裡、衣袖中都裝滿了月光，把它帶到了家中。所以，這個「帶」字用得很妙，使詩的含義更為豐富，意境更為幽深。

詩人經過一天的辛勤勞動，踏著月光回家，此時此刻，內心的感受如何呢？「道狹草木長，夕露沾我衣。衣沾不足惜，但使願無違。」山路狹窄，草木叢生，夜露打溼了詩人的衣服。衣服打溼了並沒有什麼關係，只要不違背自己的心願，也就是人生的最大安慰了。「久在樊籠裡，復得返自然」，歸隱的快慰和喜悅，似乎消除了一天的勞累，也消除了其他一切煩惱。

這組詩的最後兩首寫詩人尋訪故舊而不得，不免有「人世滄桑」之感，但詩人最終還是從悵恨中解脫了出來。總之，全詩洋溢著一種歡快、達觀的明朗色彩，一種脫俗超凡、質性自然的氣韻，讀後不能不為之感染而產生感情的共鳴和思想的昇華。

陶淵明的時代是一個注重文辭聲色之美的時代，而陶詩卻如此質實樸素，明白如話。蘇東坡認為陶詩的這種藝術風格是「質而實綺，癯而實腴」，因為從字面上看起來，它似乎平淡無奇，而反覆體味，便覺得意蘊深厚，興味無窮，這是一種臻於化境的，後人難以企及的高妙境界。我們讀了〈歸園田居〉三首，就能夠體味和領悟到這樣一種境界。

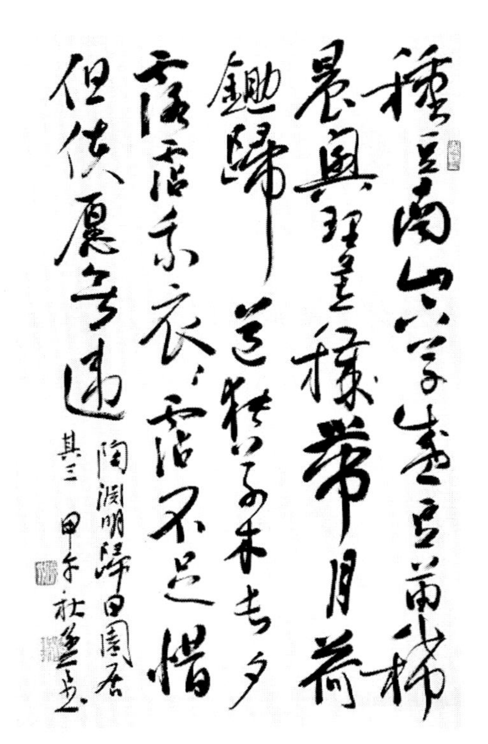

張鑒瑞 作

篆刻釋文：復得返自然（邵晨作）

五、回歸自然，躬耕南野

六、隱者之心，勞者之事

人生歸有道，衣食固其端。
孰是都不營，而以求自安？
開春理常業，歲功聊可觀。
晨出肆微勤，日入負耒還。
山中饒霜露，風氣亦先寒。
田家豈不苦，弗獲辭此難。
四體誠乃疲，庶無異患干。
盥濯息簷下，斗酒散襟顏。
遙遙沮溺心，千載乃相關。
但願長如此，躬耕非所嘆。
〈庚戌歲九月中于西田獲早稻〉　陶淵明

古時候有許多所謂「隱士」，其實不是真隱士，他們擁有巨大的莊園，眾多的僕役，並不需要親自參加農業勞動，同時還與朝廷和地方官吏有著千絲萬縷的連繫，所以本質上只是故作清高、沽名釣譽而已。陶淵明是一位真正的隱士。他一生活了六十多歲，絕大部分時間是在家鄉過著「躬耕自資」的隱居生活。雖然也曾斷斷續續做過幾次官，但從四十一歲毅然辭去彭澤令之後，他便再也不肯出仕了。在長期的隱居生活中，陶淵明依靠自己的勞動維持生活，同時也寫下了許多吟詠躬耕生活的動人詩篇。

〈庚戌歲九月中于西田獲早稻〉就是陶淵明吟詠躬耕生活的名篇之一。詩人經過辛勤的耕作，換來了勞動的果實，面對收穫，感慨萬端。勞動固然是艱辛的，但沒有其他方面的干擾，所以詩人希望像古賢人長沮、桀溺那樣，永遠躬耕不仕。儘管詩人帶有隱士的心理和感情，卻完全是以勞動者的身分，以自己的切身感受來讚美和謳歌勞動的，因此具有積極的思想意義。

先來解釋一下題目。「庚戌歲」，即東晉義熙六年，也就是西元四一〇年，當時詩人四十六歲。陶淵明四十一歲從彭澤令的任上辭官歸隱，到這一年已經是第六個年頭了。「西田」，也許就是詩人在〈歸去來兮辭〉中所說的「農人告餘以春及，將有事於西疇」的「西疇」。「早稻」，一作「旱稻」，因為早稻一般在農曆六月收穫，不可能到農曆九月中才收穫，而且詩中提到「山中饒霜露，風氣亦先寒」，是在「山中」種稻，所以作「旱稻」比較有理。

下面我們就來講解這首詩。

這首詩以議論開頭：「人生歸有道，衣食固其端。」所謂「人生歸有道」，清人方東樹解釋說：「言人之生理，固有常道。」「固」，是固然、當然的意思。「端」，即首，就是首要的意思。詩人開宗明義提出民以食為本的思想，指出「衣食」是人們賴以生存的最基本的物質條件。陶淵明不止一次表述過這種思想。〈勸農〉詩說：「民生在勤，勤則不匱。」〈移居〉之二說：「衣食當須紀，力耕不吾欺。」所以詩人接著反詰道：「孰是都不營，而以求自安？」「孰」是疑問詞，「怎麼」的意思。「是」，指上面提到的「衣食」。「營」，是經營。「安」，是安樂、安逸。這兩句的意思是，連衣食都不經營，怎麼可能求得自身的安樂呢？這裡雖有詩人自勉的成分，但同時也是針對當時的社會現實有感而發的。統治階級和上流社會輕蔑農桑，不勞而獲，卻心安理得地安享榮華富貴，豈不是太不公平了嗎？這自然地使人聯想起《詩經》中伐檀勞工對所謂「君子」的咒罵：「彼君子兮，不素餐兮！」你看那些君子們，不是白吃飯嗎？所以，我們可以這樣說，陶淵明繼承了《詩經》的現實主義批判精神。

以上四句是詩人抒發的議論和感想，接下來十二句描寫詩人勞作的情形和感受。「開春理常業，歲功聊可觀。」對於農民來說，「一年之計在

於春」，所以春天一到，就得開始忙碌了。「理常業」，就是從事農業勞動。陶淵明辭官歸隱從事農耕已經有五六個春秋了，所以他親切地把農務稱之為他的「常業」。「歲功」，就是一年的收成。由於詩人的辛勤耕作，這一年的收成也還可觀。這也就是詩人在〈移居〉詩中所講的「力耕不吾欺」，只要你努力耕種，大自然是不會虧待你的，耕耘自有收穫。這當然是詩人從勞動實踐中得到的體驗。「晨出肆微勤，日入負耒還。」詩人完全像農夫一樣，日出而作，日入而息。一大早就出工了，直到太陽下山才扛著農具回家。「肆」，是從事。「微勤」，是輕微的勞動，這當然是自謙的說法。「耒」，是古代的一種農具，這裡泛指一般農具。有的本子作「禾」，則是實指詩人收割稻子的當天挑著禾擔回家。「山中饒霜露，風氣亦先寒。」其中「饒」是多的意思；「風氣」，是指氣候。詩人在山中耕作，風寒露重，格外辛苦。以上六句為一層意思，現實地描寫了勞作的情況；下面六句主要是就勞作抒發感慨。

「田家豈不苦，弗獲辭此難。」種田人一年到頭日晒雨淋，肩挑背扛，豈不辛苦！可是又沒有什麼辦法擺脫這樣的艱難困苦。「弗獲」，就是得不到、不能夠的意思。「此難」就是上文所說的耕作的種種艱辛。詩人所謂的「田家」，不單單指普通的農民，而是包括自己在內的，甚至可以說，就是專指詩人自己而言的。「田家豈不苦」，這一聲沉重的嘆息，包含了詩人多少艱辛和汗水！「四體誠乃疲，庶無異患干。」一天勞動下來，確實腰酸背痛，疲憊不堪，但是卻可以避免其他禍患。這裡詩人是把現實的體力勞動同從前的官場生活相比。所謂「異患」，指的就是官場中的種種不測的禍患。「干」，是相犯、相擾。既然勞動的艱辛可以求得平安，沒有什麼意外的禍患相干，這樣也就樂在其中了。「盥濯息簷下，鬥酒散襟顏。」「盥」，是洗手。「濯」，是洗腳。「鬥」，是古代盛酒的器具，相當於杯子。「襟顏」，是指胸中之氣和臉上之色。這兩句說，勞動回到家裡之後，洗了手腳，坐在屋簷下休息休息，喝上幾盅酒，既散心解悶，又消除疲勞。有時還喚來鄰居一起共飲，「日入相與歸，壺漿勞近鄰」（〈癸卯歲始春懷古田舍二首〉），詩人也就滿足了，陶醉了。所以，最後詩人發出了內心的感嘆。

「遙遙沮溺心，千載乃相關。但願長如此，躬耕非所嘆。」長沮和桀溺，是春秋時代楚國的兩個隱士，長期隱居在農村一起從事耕作，不肯出來做官。「遙遙沮溺心，千載乃相關」，這兩句是說，遠隔千載的古賢長沮和桀溺與我的心是相通的。陶淵明多次在詩中提到長沮、桀溺等古代高賢隱士，表示要效法他們，永遠做一個躬耕田園的隱士。所以最後兩句說：「但願長如此，躬耕非所嘆。」但願永遠這樣春種秋收，躬耕勞作，絕不為此而嘆息。照字面作這樣的解釋，當是不成問題的，但是這首詩幾乎從頭至尾都在感嘆勞作的艱辛，而詩人卻偏偏說「躬耕非所」，其實這是詩人的牢騷之詞。誠然，陶淵明的歸隱和躬耕，完全是主觀意願，出乎自然，沒有半點勉強；但如果說這位「隱逸詩人」總是那麼悠然自得，內心沒有一點波瀾，沒有一點矛盾衝突，則未必盡然。陶淵明少懷大志，所以幾次隱退又幾次出仕，那麼執著地追求，但是終因無法適應汙穢庸俗的官場生活而辭官歸田，這已是不得已而求其次了，所謂「達人善覺，逃祿歸耕」。雖然如此，有志難為，於心何安？龔自珍〈舟中讀陶詩〉云：「莫信詩人竟平淡，二分梁甫一分騷。」龔自珍也認為陶淵明像屈原寫〈離騷〉一樣，是有牢騷成分的，只不過陶淵明的牢騷發得比較巧妙、比較委婉、比較含蓄而已。

袁行霈作

七、水碧山青畫不成，最美不過富春江

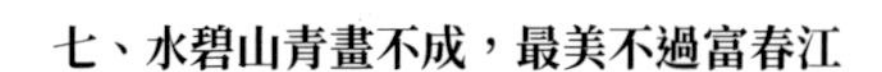

風煙俱淨，天山共色。從流飄蕩，任意東西。自富陽至桐廬，一百許里，奇山異水，天下獨絕。

水皆縹碧，千丈見底。游魚細石，直視無礙。急湍甚箭，猛浪若奔。

夾岸高山，皆生寒樹。負勢競上，互相軒邈。爭高直指，千百成峰。泉水激石，泠泠作響；好鳥相鳴，嚶嚶成韻。蟬則千轉不窮，猿則百叫無絕。鳶飛戾天者，望峰息心；經綸世務者，窺谷忘返。橫柯上蔽，在晝猶昏；疏條交映，有時見日。

〈與朱元思書〉　吳均

〈與朱元思書〉是一篇描寫山水風光的名作。在講解這篇作品之前，必須弄清楚下面幾個問題。

第一，題目叫作〈與朱元思書〉，可知這是作者寫給人家的一封信，卻又完全不像書信的格式，這是什麼緣故呢？因為這篇原作早已失傳，現在已經無法看到它的本來面目了，這段文字是從唐人編的一部類書《藝文類聚》中選出的，大概是作者寫給朱元思敘說行旅所見的一封信。《藝文類聚》的編者認為這段文字寫得很好，就把它截取來編入書中，作為描摹山水的範本。

第二個必須明瞭的問題，就是這篇文章句式整齊，音韻和諧，通篇是用駢文的形式寫成的，這是因為作者受時代風尚影響所造成的。我們知道，南北朝是駢文大盛的時代，講究聲律對偶、典故辭藻，為時風所尚。作者生在這個時代，免不了受這種風氣的影響。

第三是關於作者吳均，我們今天所能知道的情況不多。他是南朝梁代文學家，字叔庠，吳興故鄣（也就是現在的浙江安吉）人。史書上說他出身寒微，好學，有俊才，文章長於寫景，有清拔之氣，在當時影響很大，不少人仿效他，叫作「吳均體」。可見他在當時是很知名的。《藝文類聚》摘錄他文章多處，也可以證明這一點。

第四是題目的「朱元思」，有本子作「宋元思」，可能是「朱」、「宋」二字形近而誤，我們根據《藝文類聚》作「朱元思」。至於朱元思是何許人，他與作者有什麼關係，現已無從查考。因此，下面僅就這段文字進行講解分析。

這篇短文所描寫的是今浙江富春江一帶的山水風景，生動逼真，如詩如畫，讀後令人悠然神往。

全文可分成三個部分來理解：第一部分是總說，第二部分寫水，第三部分寫山。

先來看第一部分：

> 風煙俱淨，天山共色。從流飄蕩，任意東西。自富陽至桐廬，一百許里，奇山異水，天下獨絕。

這部分概括地敘述自富陽至桐廬沿江大約一百里路上的山水之美，所謂「奇山異水，天下獨絕」。文章開頭兩句「風煙俱淨，天山共色」，一下子就把我們帶到了一個清新明朗的綠色世界之中。「風煙」是指山間的雲霧，也可能是指附近村落的炊煙和晨霧。「俱」是完全的意思。「淨」是淨化、明淨的意思。「風煙俱淨」是說早晨太陽出來之後，煙霧消散，山川非常明麗，空氣格外清新。「天山共色」，是說藍天與蒼翠的山色渾然一體。「共色」就是一樣的顏色。開頭這兩句就像繪畫打底色一樣，定下了基本色調。整篇文章就是在「風煙俱淨，天山共色」這個基本色調上面進一步細緻描繪這裡的山水之美。「從流飄蕩，任意東西」，這是告訴我們作者是乘船遊覽，下面所描寫的奇山異水，也許都是在船中所見。可是作者沒有明言乘船，而是說「從流飄蕩」，就是坐在船上順著流水蕩漾。這樣寫，不僅顯得含蓄蘊藉，而且表現了作者閒逸放澹的精神境界。所謂「任意東西」，也就是坐在船上漫無目的地「從流飄蕩」。作者既不

是漁樵之人，也不是行色匆匆的過往客商，因此他才可能優遊自得地欣賞這裡的山水之美。「自富陽至桐廬，一百許里，奇山異水，天下獨絕。」這幾句是對這一帶山水之美的總的評價。富陽位於富春江下游，桐廬在富陽的西南。富陽和桐廬，現在都是杭州市的屬縣。這一帶不僅物產豐富，是有名的魚米之鄉，而且山川秀美，風景宜人，古人有所謂「水碧山青畫不如」的讚美之詞。元代大畫家黃公望繪有舉世聞名的《富春山居圖》，可惜這幅畫一分為二，分藏於兩地。當代著名畫家葉淺予用三年時間畫成巨幅長卷《富春山居新圖》，展示了如今富春江一帶的美麗山水和嶄新面貌。近年來，這裡陸續開闢了「瑤林仙境」、「閬苑石景」、「白雲源瀑布」以及「桐君山」、「嚴子陵釣台」等旅遊點，吸引了不少中外遊客。一九八七年春，筆者曾有幸到此一遊。當我置身於這秀麗的奇山異水之間，在驚異和陶醉之餘，很自然地就想起吳均這篇佳作，他下的評語是「天下獨絕」，確實沒有言過其實。

第二部分寫水，寫富春江江水之美。

> 水皆縹碧，千丈見底。游魚細石，直視無礙。急湍甚箭，猛浪若奔。

這裡寫水，先寫它的碧綠清澈，便是文章開頭「風煙俱淨」那個「淨」字的具體展現。「水皆縹碧，千丈見底」，這是說富春江的水清澈見底。「縹」也就是「碧」，都是描寫富春江水青碧如染的顏色。「千丈見底」是寫水之深，尤顯出水之清。「游魚細石，直視無礙」，這兩句更進一步透過遊魚細石描寫江水的清澈明淨，連水中的遊魚乃至細小的石塊都看得清清楚楚，沒有一點障礙。「直視無礙」，是說一直往下看，可以看得十分清楚，毫無障礙。這是以游魚細石來襯托水的清澈明淨，柳宗元寫〈小石潭記〉很受其影響。上面這幾句是描寫江水之清、江水之

「淨」，最後兩句則描寫江水的流動。「急湍甚箭，猛浪若奔」，「急湍」就是流得很急的水，大約是灘頭或江流陡轉之處，這些地方的水總是很急的。「甚箭」就是甚於箭，也就是說水流得比箭還要快。「猛浪」是大而急的浪，浪頭一個接著一個壓過來，好像在奔跑似的。這裡用兩個比喻來形容急流和大浪，十分生動形象，給人以激流險灘、驚濤駭浪之勢，與前幾句描寫水的澄澈明淨形成鮮明的對比。這樣，就充分地把第一部分總說中提到的「異水」的「異」字表現出來了。

水是如此之「異」，那麼山又是如何的「奇」呢？接著第三部分便是寫山的奇美。

> 夾岸高山，皆生寒樹。負勢競上，互相軒邈。爭高直指，千百成峰。泉水激石，泠泠作響；好鳥相鳴，嚶嚶成韻。蟬則千轉不窮，猿則百叫無絕。鳶飛戾天者，望峰息心；經綸世務者，窺谷忘返。橫柯上蔽，在晝猶昏；疏條交映，有時見日。

這段文字是全文的重點。《藝文類聚》摘錄這篇文章，把它列入卷七「山」的部分，可見作者的主要筆墨是用來寫山的。

「夾岸高山，皆生寒樹。負勢競上，互相軒邈。爭高直指，千百成峰。」這幾句從總體上描寫山勢。「夾岸高山」是說兩岸都是高山，中間夾著一碧流水。「皆生寒樹」是說兩岸的山上都長著樹木。「寒樹」頗為難解，詩詞中有所謂「寒雲」、「寒鴉」等說法，都是帶有作者的主觀意識的。這裡所謂「寒樹」，可能是說山崖上的樹木，由於土壤貧瘠，養分不足，枝幹枯瘦，看了使人產生寒涼的感覺。「負勢競上，互相軒邈」，是說兩岸的高山彷彿都在爭著往高處和遠方伸展，似乎要比個高下。這樣就把山給寫活了。「負勢競上」是說高山依憑著地勢，拼命地往上冒。「軒邈」，「軒」是高的意思，「邈」是遠的意思，兩個詞在這裡都作動

詞用，意思是這些高山互相爭雄，要比一比誰高誰遠。「爭高直指，千百成峰」，高山互相競爭，結果就形成了兩岸無數的峰巒。「直指」，是筆直地向上，「指」就是向的意思。作者描寫兩岸的山勢及其形成，不是從地理學的角度進行說明，而是採用了擬人化的手法，想像奇特，富於文學意味。

「泉水激石，泠泠作響；好鳥相鳴，嚶嚶成韻。蟬則千轉不窮，猿則百叫無絕。」這幾句進一步描寫山中所見，大約這時作者已從船上下來，來到山中歇息，故寫了在山中的所見所聞。「泉水激石，泠泠作響」，這裡又寫到水，但不是富春江的水，而是山中的泉水。「泉水激石」，乃是山中特有的景觀，「泠泠作響」，是說泉水撞擊在石頭上面，叮咚作響。「泠泠」是形容清脆的流水聲。「好鳥相鳴，嚶嚶成韻」，是林間鳥兒對唱，悅耳動聽。「相鳴」是相向和鳴。「嚶嚶」是鳥叫的聲音。「成韻」是說鳥鳴之聲十分和諧動聽。「蟬則千轉不窮，猿則百叫無絕」，這是典型的駢文句式，兩句中只有「蟬」和「猿」兩個詞意義不同，其他詞雖字不一樣，而意思是相同的：「千轉」就是「百叫」，「不窮」也就是「無絕」。這是為了對仗而又必須避免重複，但兩句中的第二個字，即虛詞「則」重複，這又是允許的。這兩句的意思，無非是說山中蟬鳴之聲和猿啼之聲不絕於耳。這層意思是以泉水之聲、鳥叫之聲以及蟬鳴猿啼之聲來反襯山林的幽靜。

「鳶飛戾天者，望峰息心；經綸世務者，窺穀忘反。」這幾句寫作者觸景生情，抒發感慨。「鳶飛戾天」，原是《詩經·大雅》中的句子「鳶飛戾天，魚躍於淵」。「鳶」是一種兇猛的鳥，形狀與鷹差不多。「戾」是到達的意思。鄭玄以為「鳶飛戾天」是比喻惡人遠去，這裡用來比喻那些追求高官厚祿的人。作者認為，這種人看到這些雄奇的高峰，就會平息心中的功名之念。「經綸世務者，窺谷忘返」，這兩句是對前兩句的補充，說那些忙於做官的人，看到這樣幽美的山谷，也會流連忘返。「經綸」是經營、治理的意思。「經綸世務」，就是從政當官。我們知道作者吳均是做過官的，而且官職還不小，做到了奉朝請。也許寫這篇文章的時候，正是他仕途失意之時，那麼這感慨就是為自己而發的；也許是為了規勸朋友朱元思的，由於資料缺乏，我們也就不得而知了。

「橫柯上蔽，在晝猶昏；疏條交映，有時見日。」這幾句描寫林間枝條交錯、濃蔭蔽日的景象。「橫柯上蔽，在晝猶昏」，是說林間樹枝縱橫交錯，遮天蔽日，以至於白天都像黃昏時候那樣陰暗。「柯」就是樹枝。「疏條交映，有時見日」，是說有的地方樹枝稀疏一些，有時候陽光從枝葉間篩落下來，微風一動，日光掩映。

這部分描寫富春江兩岸的奇山，是從山勢之奇，寫到山中之奇，最後寫到遊山者感受之奇，層層深入，歷歷如畫，給人以身臨其境之感。

中國的山水遊記，魏晉以前幾乎難以找到，陶淵明的〈桃花源記〉可以說是最早的一篇。到了南北朝時期，山水詩的興盛，也促進了山水遊記文的發展。北朝酈道元的《水經注》，雖然是為地理著作《水經》作注，但文字生動，描寫細膩，實際上具有山水遊記的性質。但是，嚴格地說來，陶淵明和酈道元的文章都還不能算作真正的山水遊記，桃花源是虛構的烏托邦。《水經注》本質上屬於注經。而吳均的這篇〈與朱元思書〉以及他的另外一些描寫山水的短札，如〈與施從事書〉、〈與顧章書〉等，才是自覺地描摹山水的，並達到了很高的藝術水準，對唐宋以來的山水遊記有著十分深遠的影響。因此，其開山之功不可抹殺。

吳均之所以能寫出這樣優美的山水遊記來，絕不是偶然的，而是時代的產物。魯迅先生說過六朝是文學自覺的時代。當時有所謂「文筆之辨」，把文學作品同經、史等應用文區別開來，強調文學的獨立性，文學觀念得到加強。駢文便是在這種風氣的影響下產生和發展起來的，儘管大多數駢文作品內容空泛，片面追求辭藻華麗，但其中也有不少情文並茂的佳作。〈與朱元思書〉雖然也是用駢文寫成的，但寫得自然流暢，沒有雕琢的痕跡，文辭清麗，而沒有堆砌的毛病。通篇不過一百四十餘字，次序井然，描寫生動，格調清新，如同一幅疏密有致的風景畫。

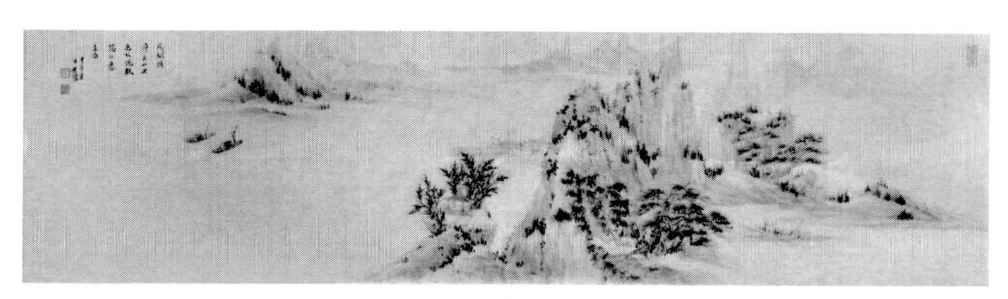

風煙俱淨圖 孟繁瑋 作

篆刻釋文：
天山共色
（駱芃芃 作）

篆刻釋文：
風煙俱淨
（吳義達 作）

篆刻釋文：
風煙俱淨
（邵晨 作）

篆刻釋文：
天山共色
（邵晨 作）

掃碼收聽

八、隱者情懷，佛家理趣

空山新雨後，天氣晚來秋。
明月松間照，清泉石上流。
竹喧歸浣女，蓮動下漁舟。
隨意春芳歇，王孫自可留。
〈山居秋暝〉　王維

王維是唐代著名的山水田園詩人，與孟浩然並稱「王孟」；又與李白（詩仙）、杜甫（詩聖）、李賀（詩鬼）等並稱「詩佛」。他的詩明顯受兩方面影響，一是受陶淵明、謝靈運等山水田園詩人影響，如「斜光照墟落，窮巷牛羊歸。野老念牧童，倚仗候荊扉」（〈渭川田家〉）；「渡頭餘落日，墟裡上孤煙。復值接輿醉，狂歌五柳前」（〈輞川閒居贈裴秀才迪〉）等詩句，與陶淵明筆下的山水田園詩俱無二致。二是受他晚年奉佛的影響，詩歌寫得空靈而富於禪機佛理，如「行到水窮處，坐看雲起時」（〈終南別業〉）；「澗戶寂無人，紛紛開且落」（〈辛夷塢〉）；「一生幾許傷心事，不向空門何處銷」（〈嘆白髮〉）等。當然，這兩者又常常融合在一起，以抒寫自己的隱逸生活和閒適情趣。

這首〈山居秋暝〉大約是詩人隱居輞川時期的作品。據李肇《國史補》記載：「王維好釋氏，故字摩詰。立性高致，得宋之問輞川別業，山水勝絕。」王維在輞川這片勝絕的山水之間徜徉，以其詩人特有的審美眼光和生動傳神的筆觸，寫下了不少優美的山水田園詩，〈山居秋暝〉是最為傳誦的名篇之一。詩人採用白描的手法，以樸素而清新的語言，描繪了一幅清秋薄暮、雨後初晴的山村圖景。

這是一首五律。首聯點題。「空山新雨後，天氣晚來秋。」這兩句詩十個字，點明題意，交代了季節（秋天）、時間（傍晚）、地點（山中）、天氣（雨後），並為全詩的景物描寫在時空上、色調上做了一個總的鋪墊。這兩句之中，「空山」和「新雨」這兩個意象值得很好領悟。空山，因此詩寫的是明月初升時分的情景，這時的山間不像白天那樣喧囂，是寧謐而安靜的，所謂「夜靜春山空」。雨後山中的夜色，尤其顯得空寂。「空山」在王維的詩中是經常出現的意象，如〈鹿柴〉「空山不見人，但聞人語響」，連繫到他的隱居和信佛，不能不說這是有所關聯的。新雨，是久晴未雨之雨。新雨不僅蕩滌了空中的塵埃、大地的汙濁，也消除了夏秋之交山中的暑氣，使人感到格外清新涼爽。「空山新雨後」，首句有總領全篇的作用，為下文所描寫的景物賦予了空靈而又活潑的意趣。

頷、頸二聯寫景。「明月松間照，清泉石上流。竹喧歸浣女，蓮動下漁舟」：雨後的山中，當空一輪明月，將清涼的銀光傾瀉在松林間，清澈的泉水從青石上緩緩流過。遠處竹林裡傳來喧聲笑語，原來是一群勤勞的洗衣女戴月而歸；近處的荷葉叢中，忽然蓮花搖動，水波蕩漾，原來是順流而下的漁舟劃破了這寧靜的港灣。這些景物組成一幅幅生動優美的圖畫，畫面很有層次：頷聯上句寫月光瀉地，是無聲靜態；下句寫清泉流淌，是有聲動態。上句寫空中，明月照松間，鏡頭由遠而近；下句寫地面，清泉過石上，鏡頭由近而遠。頸聯的寫法正好與頷聯相反，上句寫浣女晚歸，嬉笑打鬧之聲可聞，為有聲動態；下句寫漁舟順水而下，但見荷葉向兩旁披分，為無聲動態。上句寫岸上竹林，喧鬧之聲由遠而近，浣女們由隱而顯；下句寫水中荷葉蕩動，漁舟飛逝而去，由近而遠，由顯而隱。

尾聯抒情。「隨意春芳歇，王孫自可留。」這裡化用《楚辭》句意，反其意而用之，由寫景轉到抒情，由外物轉到內心，表達了寫詩的意旨。《楚辭．招隱士》云：「王孫遊兮不歸，春草生兮萋萋。……王孫兮歸來，山中兮不可以久留。」詩人這裡反用其意，表現了以隱逸為樂的情懷。隨意春芳歇，是說任憑春天的芳草凋謝。隨意，是任憑、聽憑的意思。歇，

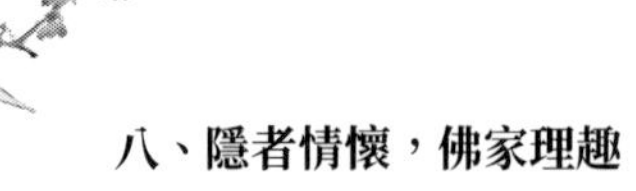

即凋謝、凋零。王孫，原指貴族子弟，這裡是詩人自指。詩人說，儘管姹紫嫣紅的豔陽春光已經消歇了，那就任憑它逝去吧。眼前的林泉月色和山中美景，不是很值得留戀嗎？

王維不僅是唐代著名的大詩人，也是當時著名的畫家和音樂家，後人評論他的詩，說是「詩中有畫」，評論他的畫則是「畫中有詩」。蘇軾《東坡志林》云:「味摩詰（王維，字摩詰）之詩，詩中有畫;觀摩詰之畫，畫中有詩。」殷璠《河岳英靈集》亦稱其詩「在泉為珠，著壁成繪」。這首〈山居秋暝〉詩味濃鬱，意境清幽，最能呈現王維詩的特色。具體分析起來，有以下幾點值得注意：第一，詩中有畫，色彩、遠近、動靜等都十分講究，畫面很有層次，立體感很強，而且意境很美，格調很高。第二，格律對仗工整而渾然天成，沒有絲毫雕琢的痕跡，語言清新自然，全詩無一典故，純用白描手法。第三，善於觀察生活，觀察自然，巧妙地捕捉藝術形象，如「竹喧歸浣女，蓮動下漁舟」，就是觀察細緻、感受敏銳而得到的神來之筆。

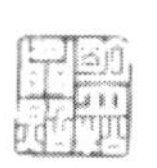

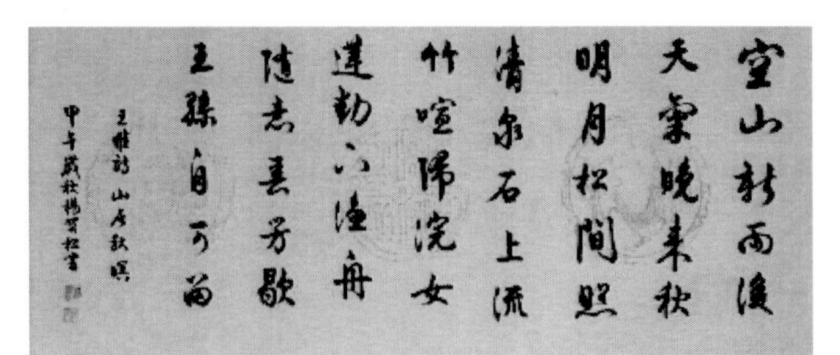

楊賀松 作

篆刻釋文：
明月松間照
（邵晨 作）

篆刻釋文：
明月松間照
（肖春光 作）

九、上窮碧落不為仙，俯視洛陽五內煎

西上蓮花山，迢迢見明星。
素手把芙蓉，虛步躡太清。
霓裳曳廣帶，飄拂升天行。
邀我至雲臺，高揖衛叔卿。
恍恍與之去，駕鴻凌紫冥。
俯視洛陽川，茫茫走胡兵。
流血塗野草，豺狼盡冠纓。
〈古風·其十九〉　李白

《李太白集》中有〈古風〉五十九首，這些詩並不都是一時一地之作，而是因它們的體制風格相類似而歸到一起的。古風，不僅僅是一種與近體詩（也就是格律詩）相對而言的詩體；而且古風的「風」，就是《詩經》「風雅頌」的風，因而古風一體是繼承了《詩經》的現實主義傳統的。後人對李白的〈古風〉五十九首評價極高，認為是和阮籍的〈詠懷〉八十二首，陳子昂的〈感遇〉三十八首前後輝映的古詩中的傑作。

這首詩寫於「安史之亂」之後。天寶十四載（西元七五五年），安祿山叛軍攻陷東都洛陽，第二年的正月，安祿山便在洛陽自稱大燕皇帝。當時，李白避居在安徽宣城一帶，雖然沒有親身經歷這場戰禍，但戰禍給人民帶來深重災難，不能不引起詩人的深切關注。這首〈古風〉就表達了詩人對安祿山叛軍屠殺人民的豺狼本性的極大憤慨；同時，也反映了詩人當時求仙訪道，希望遺世獨立而又未能忘情世事，仍然憂國憂民的深刻矛盾。因而，這首詩是採用遊仙的形式來寫的。

全詩可以分為兩個部分，前一部分描寫遊仙，後一部分描寫現實。美妙的仙境與流血的現實形成強烈的對比，因此似乎可以說，前一部分描寫遊仙是為後一部分描寫現實做鋪墊的，兩部分緊密相連，構成一個有機的整體。

我們先來看前一部分。

「西上蓮花山，迢迢見明星。」開頭兩句寫詩人登上蓮花山，進入仙境，見到了明星仙女。「蓮花山」，是西嶽華山的最高峰。據《華山記》說，山頂有池，生千葉蓮花，食之可以成仙。「迢迢」，是遙遠的樣子。「明星」，是神話傳說中的華山仙女。《太平廣記》上說：「明星玉女者，居華山，服玉漿，白日升天。」詩人根據這些神話傳說，一開始就帶領我們進入到一個神奇美妙的仙境。

接下來四句是進一步描寫明星仙女的形象：「素手把芙蓉，虛步躡太清。霓裳曳廣帶，飄拂升天行。」「素手」，是纖嫩白淨的手。「把」，是拈著、拿著。「芙蓉」，即蓮花的別稱。「虛步」，就是在空中行走，顯得十分輕巧的樣子。「躡」，是踩著、踏著。「太清」，就是太空、高空。「霓裳」，是雲霓製成的衣裳，通常指仙人的服裝。《楚辭·九歌》說：「青雲衣兮白霓裳」，也是描寫仙人的打扮。「曳廣帶」，是拖著寬大的飄帶。這幾句描寫美麗優雅的明星仙女的神情舉止：纖纖的玉手拈著一束粉紅的蓮花，輕盈地淩空而行；雲霓的衣裳垂曳著彩虹一般的飄帶，隨風飄拂，升天而去。好一幅美麗動人的仙女飛天圖。

接著，明星仙女邀請詩人到華山的雲台峰和仙人衛叔卿相見：「邀我至雲臺，高揖衛叔卿。恍恍與之去，駕鴻凌紫冥。」「雲臺」，是華山東北面的一座高峰。「衛叔卿」，也是傳說中的仙人。《神仙記》中說，他是中山人，服雲母而成仙。一天，他乘著雲車，駕著白鹿，從天而降，來到了漢武帝殿前。武帝問他是何人，他答道：「我是中山衛叔卿。」武帝聽了便說：「你是中山人，那就是我的臣子，可以過來一起談話。」衛叔卿原以為武帝好道，見到他一定會給予非常的禮遇，沒想到竟稱他為臣，因而大失所望，默而不語，忽然不知所往，後來有人發現他隱居在華山絕

壁之下。李白為什麼要去揖見衛叔卿呢？因為自己與他有著十分相似的遭遇和經歷。我們知道，李白年少就懷有大志，常以大鵬自喻，希望一展宏圖。天寶元年，由於道士吳筠的推薦，唐玄宗下詔書征李白赴長安。李白應詔，高唱「仰天大笑出門去，我輩豈是蓬蒿人」（〈南陵別兒童入京〉）入京，滿以為可以實現他「奮其智能，願為輔弼」的政治理想和抱負。不料玄宗僅給了他一個起草文書之類的詞臣 —— 供奉翰林的職務，並沒有重用李白。三年之後，李白因遭誹謗而被迫離京。因此，詩人只好把衛叔卿引為同調，到雲臺上去長揖相訪了。「恍恍」，就是恍惚；「駕鴻」，即乘鴻。「鴻」，就是鴻鵠，是一種善於飛翔的大鳥。「淩」是飛升、衝上去的意思。「紫冥」，即太空。明星仙女領著詩人見了衛叔卿，隨後，詩人便跟著他們一起跨上鴻鵠，淩越紫冥去了。

正當詩人恍惚之間與衛叔卿和明星仙女一起遨遊在太空的時候，他朝下一望，忽然發現洛陽一帶，胡兵奔突，血流遍野⋯⋯於是，詩人筆鋒一轉，就由神仙世界折回到現實社會，這就是詩的第二部分對現實的描寫，一共四句：「俯視洛陽川，茫茫走胡兵。流血塗野草，豺狼盡冠纓。」「俯視」，是詩人在天空中往下看。「川」，這裡指平川、原野。「茫茫」，是無邊無際的樣子，這裡形容胡兵人數之多。「胡兵」，指安祿山的叛軍，因為安祿山是胡人，所以當時稱他的叛軍為胡兵。「茫茫走胡兵」中的「走」在古代是奔跑的意思，一個「走」字充分展現了胡兵的猖獗。我們的眼前，似乎一隊隊騎兵飛馳而去，煙塵滾滾，鐵蹄之下，生靈塗炭，百姓遭殃。「流血塗野草」，更是渲染了一幅胡兵殺人如麻、積屍如山、血流成河的可怕景象。「豺狼」，是指以安祿山為首的逆賊和胡兵。「冠纓」，「冠」指冠冕，就是官帽子，「纓」是帽帶。「冠纓」在這裡用作動詞，就是做官的意思。當時，安祿山在洛陽自稱大燕皇帝，並賜封部屬，所以說「豺狼盡冠纓」。這幾句說，被胡兵佔據的洛陽一帶，人民慘遭屠殺，而逆賊安祿山及其部屬卻稱帝封侯，彈冠相慶。

全詩寫到這，戛然而止，詩人未著一字評論，也沒有交代自己的去留。然而，我們可以推想，遊仙中的詩人，看到自己的祖國和人民正在遭受著如此深重的災難，他是絕不會棄之而去的。偉大的愛國主義詩人屈原，在〈離騷〉一詩中，反覆表示自己對楚國命運的關心和上下求索的信心，但始終得不到楚懷王的任用。理想破滅，悲痛欲絕，他決定離開祖國，遠遊他鄉。但當升騰到太空，下視故土，他又猶豫了，連他的坐騎也蜷曲而不肯前行。對祖國和人民的深厚的眷念之情立刻粉碎了詩人的幻想。這一點，李白和屈原是完全相通的。李白幻想透過遊仙來超脫現實，但苦難的現實卻偏偏把他從神仙世界中拉了回來。這既反映了詩人理想與現實的矛盾，但更主要的還是展現了詩人對現實的正視和關切，表現了詩人對人民的同情和對祖國的熱愛。

這首詩在形式上的最大特點，是透過遊仙來反映現實。

前後兩個部分，一虛一實，卻絲毫沒有一點焊接的痕跡。後半部分雖屬描寫現實，但這種現實，是詩人在太空中「俯視」所見的景象，這就把虛實兩重境界巧妙地結合到一起，構成一個天衣無縫的整體。而前面那部分描寫虛無縹緲的神仙世界，又是用來與後面所描寫的現實社會相對照的。自由美好的仙境和血雨腥風的人間，反差如此強烈，對比如此鮮明，造成了獨特的藝術境界，從而產生了強烈的藝術效果。

九、上窮碧落不為仙，俯視洛陽五內煎

李一作

十、自由的心靈，自由的人生

海客談瀛洲，煙濤微茫信難求。
越人語天姥，雲霞明滅或可睹。
天姥連天向天橫，勢拔五嶽掩赤城。
天臺四萬八千丈，對此欲倒東南傾。
我欲因之夢吳越，一夜飛渡鏡湖月。
湖月照我影，送我至剡溪。
謝公宿處今尚在，淥水蕩漾清猿啼。
腳著謝公屐，身登青雲梯。
半壁見海日，空中聞天雞。
千岩萬轉路不定，迷花倚石忽已暝。
熊咆龍吟殷岩泉，栗深林兮驚層巔。
雲青青兮欲雨，水澹澹兮生煙。
列缺霹靂，丘巒崩摧。
洞天石扉，訇然中開。
青冥浩蕩不見底，日月照耀金銀台。
霓為衣兮風為馬，雲之君兮紛紛而來下。
虎鼓瑟兮鸞回車，仙之人兮列如麻。
忽魂悸以魄動，恍驚起而長嗟。
惟覺時之枕席，失向來之煙霞。
世間行樂亦如此，古來萬事東流水。
別君去兮何時還，且放白鹿青崖間，須行即騎訪名山。
安能摧眉折腰事權貴，使我不得開心顏。
〈夢遊天姥吟留別〉　李白

這首詩在《河岳英靈集》中題為〈遊天姥山別東魯諸公〉後來有的本子改題〈遊天姥吟留別〉有的本子則略題〈東魯諸公〉。東魯，即現在的山東一帶。吟留別，是把夢游的情境寫成詩，贈給留在東魯的朋友，用來作為分別的紀念。李白這首詩寫於天寶四載。我們知道，天寶三載，李白在供奉翰林的任上被唐玄宗賜金放還。政治上失意之後，李白便寄情山水，訪求仙道，以排遣心中的苦悶。離開長安後，李白曾和杜甫、高適等一起游梁、宋、齊、魯，並在東魯暫時安下家來。這首詩就是李白將要離開東魯，準備繼續漫遊吳越之前用來告別東魯的朋友。

全詩層次十分清楚，共分為三部分。第一部分寫夢遊的起因，第二部分寫夢遊的過程，第三部分寫夢遊後的感慨。

詩一開頭說：「海客談瀛洲，煙濤微茫信難求。」這兩句看似用作陪襯的閒筆，但十分肯定地表示了詩人對神仙的否定。《十洲記》云：「瀛洲在東海中，地方四千里，上生神芝仙草，又有玉石，高且千丈。出泉如酒，味甘，令人長生不死。洲上多仙家，風俗似吳人，山川如中國。」詩人對「海客」所說的海上仙山瀛洲，用「信難求」三個字明確表示不相信。這與他一生嚮往仙道，甚至接受道籙這樣的行為看起來似乎很矛盾，但實際上李白求仙訪道，醉酒漫遊，只不過是他對黑暗的社會現實所表示的憤懣和超脫而已。這就是王羲之所謂的「放浪形骸之外」的處世態度。這兩句做了鋪墊之後，馬上就引入正題：「越人語天姥，雲霞明滅或可睹。」天姥，是越州的一座山，在現在的浙江省嵊州市東面，天臺縣西北。詩人用虛實對比的手法，使詩一開始就染上神奇的色彩。

接著，就極力描寫天姥山的高大：「天姥連天向天橫，勢拔五嶽掩赤城。天臺四萬八千丈，對此欲倒東南傾。」詩人說，天姥山高聳入雲，彷彿和天連在一起，這是拿天姥山同天相比。接下來又拿天姥山和其他的山相比，它既超過著名的五嶽高峰，又蓋過在它附近的赤城山。這當然是有意誇張。「五嶽」，是大家所熟知的五座名山。「赤城」，據顧野王《輿地志》，此山在今浙江省天臺縣北，因山上赤石羅列，遙望如赤城，故名「赤城山」。最後，詩人又換一個角度，以天臺山為著眼點來寫：「天臺

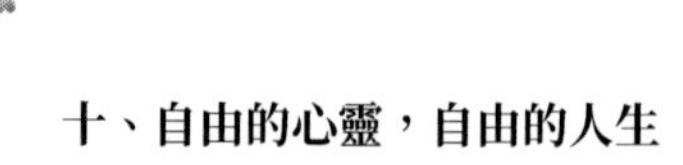

四萬八千丈，對此欲倒東南傾。」位於天姥山東南方的天臺山雖然非常之高，但是在巍峨的天姥山面前，傾斜著如同拜倒在它的腳下。

以上是第一部分，極寫天姥山的雄偉高大。詩人沒有直接描寫天姥山有多麼高大，而用比較、襯托和誇張的手法，把天姥山雄奇高峻的樣子描繪得淋漓盡致，無以復加，彷彿那聳立雲端、時隱時現的天姥山就出現在我們的眼前，喚起了我們的幻想，引導我們跟著詩人一起去遨遊那夢幻的境界。

從「我欲因之夢吳越」一句開始，詩人就進入了夢境。詩人夢見自己在月光的照耀下，一夜之間飛過鏡湖，來到了剡溪。天姥山臨近剡溪，又與天臺山相對，奇峰絕壁，佳木異卉，是越東靈秀之地。東晉詩人謝靈運曾徜徉於這一帶，並在剡溪投宿，留有「瞑投剡中宿，明登天姥岑」的詩句。李白是受謝靈運影響很深的一位詩人，他之所以夢遊吳越、天姥，也許就是到這裡尋找知己來了。因此，詩人一到剡溪，最關心的便是謝公的遺跡。他看到謝靈運投宿過的地方依然存在，那裡淥水蕩漾，清猿啼叫，景色十分優雅。於是，「腳著謝公屐，身登青雲梯」。詩人穿上當年謝靈運登山穿的那種鞋子，開始登石級，上天姥。「謝公屐」，是指謝靈運登山時用的一種特製的木屐，據《南史·謝靈運傳》:「尋山陟嶺，必造幽峻，岩障數十重，莫不備盡登躡，常著木屐，上山則去其前齒，下山去其後齒。」「青雲梯」，王琦注云:「謂山嶺高峻，如上入青雲。」其實是沿用謝靈運「共登青雲梯」的詩句。

隨著詩人夢遊的步步深入，夢境步步展開，愈來愈幻，愈變愈奇。「半壁見海日，空中聞天雞。」詩人登上了半山腰，站在絕壁之上，看見一輪火紅的旭日從東海中湧出，又聽見天雞在空中啼叫。「天雞」，據《述異志》，東南有桃都山，上有大樹，枝相去三千里，上有天雞。日初出照此木，天雞則鳴，天下之雞皆隨之鳴。「千岩萬轉路不定，迷花倚石忽已暝。」石徑盤旋，山路迴環，詩人一路登山，為山間的奇花異草所迷，便靠著石頭小憩一會兒。忽然天色暗下來了，山間又是另一種景象：「熊咆龍吟殷岩泉，栗深林兮驚層巔。雲青青兮欲雨，水澹澹兮生煙。」熊在咆哮，龍在吟嘯，山谷為之震響，深林為之戰慄，峰巒為之驚動。天氣突變，天空烏雲密佈，水面霧氣升騰。這番奇異的景象，寫得有聲有色，令人驚駭不已。

緊接著又出現了更為奇異的景象：「列缺霹靂，丘巒崩摧，洞天石扉，訇然中開。青冥浩蕩不見底，日月照耀金銀臺。」「列缺」即閃電，「霹靂」即打雷。由於天氣驟變，霎時間電閃雷鳴，山崩地裂，轟隆一聲巨響，通向神仙洞府的石門豁然開啟，一個奇妙的神仙世界展示在我們面前：在一望無際、青色透明的天空裡，金銀樓臺與日月交相輝映，景色壯麗，氣象非凡。接著，神仙出場了：「霓為衣兮風為馬，雲之君兮紛紛而來下。虎鼓瑟兮鸞回車，仙之人兮列如麻。」許多仙人紛紛走出來，他們穿著彩虹做的衣裳，御風而行。虎豹鼓瑟，鸞鳳拉車，群仙列隊，迎接詩人的到來。這是多麼奇特，又是多麼熱烈而盛大的場面。夢境寫到這裡，達到了高潮。讀著這些富於想像力的詩句，使人心馳神往，宛如置身於神仙世界。

以上這部分寫夢遊，氣象萬千，變幻莫測，充滿了浪漫主義氣氛。然而，詩人一夢醒來，便從雲端的神仙世界墜落到現實世界的地面。最後這部分由寫夢轉為寫實，揭示了全詩的主題。

「忽魂悸以魄動，怳驚起而長嗟。惟覺時之枕席，失向來之煙霞。」詩人忽然之間心驚夢醒，起而長嘆，眼前煙霞頓失，枕席依舊，剛剛遨遊仙境只不過是一場美夢而已。所以，詩人接著說：「世間行樂亦如此，古

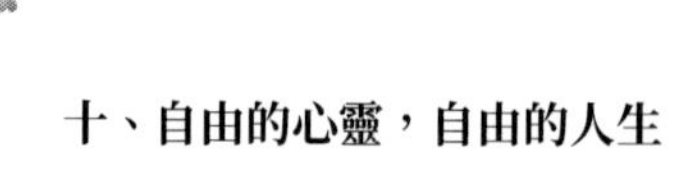

來萬事東流水。」由於夢境的破滅，詩人聯想到自己理想的破滅、政治的失敗，覺得人生如夢，樂極悲來，世間萬事萬物如流水一般，轉瞬即逝。因此有人認為，遊天姥是遊皇宮的比喻，「太白被放以後，回首蓬萊宮殿，有若夢遊，故托天姥以寄意」。

這首詩是詩人用來留別的，那麼，詩人必須說明自己為什麼要告別東魯的朋友而去訪遊天姥山。直到詩的最後，才回到這個本題上來：「別君去兮何時還，且放白鹿青崖間，須行即騎訪名山。」「白鹿」這個意象在《楚辭》就已出現，「騎白鹿而容與」，古人常用騎鹿跨鶴來表示高雅閒逸的情致。詩人把白鹿放養在青崖之間，隨時可以跨上它遊歷名山，這是多麼瀟灑，多麼自由，多麼無拘無束、超然物外的境界。有人認為這首詩反映了李白消極避世的人生觀，這是一種淺表的理解。我們必須透過這看似消極的字面，深刻理解其蘊涵的積極意義。

我們知道，李白曾一度在長安受帝王優寵，有所謂「天子呼來不上船」和「力士脫靴」之類帶有誇張色彩的詩句和傳說。而實際上，李白只不過是一名宮廷詞臣，在權貴面前免不了要忍受所謂「妾臣氣態間」的屈辱。這與李白素懷的宏圖大志和他的傲岸性格很不相合，所以，詩人在最後感慨道：「安能摧眉折腰事權貴，使我不得開心顏。」「摧眉」，是低頭；「折腰」，是鞠躬。也許，在李白東遊吳越之前，留在東魯的朋友還企圖挽留他，勸導他在政治上等待時機，重整旗鼓。李白便以上面這些話告訴東魯諸友，他要遠離現實，遍訪名山，表明自己不事權貴，以求得心靈的自由。這是全詩的主旨所在，也是詩的真義所在。

這是一首七言古詩。李白長於七古，大約是因為這種自由靈活的詩體不像近體格律詩那樣束縛手腳，能夠充分地表現詩人豪邁奔放的思想感情。這首詩雖以七言為主，中間又雜有四言、五言、六言以至九言，句法差參，靈活多變，卻又不顯得生拼硬湊，而是渾然一體，流轉自然。隨著詩人感情的發展，詩句或長或短，節奏或急或緩。例如夢遊這部分中，在山中天氣突變，熊咆龍吟和神仙出場兩處採用了帶「兮」的楚辭句法，加深了詩意的浪漫主義色調。再如在打開天門的時候，連續用了「列缺霹靂，丘巒崩摧。洞天石扉，訇然中開」這四個四言短句，節奏急促，聲調鏗鏘，有力地表現了天門開啟時的雄偉聲勢。還有一些散文化的句子錯雜其間，也都流暢自然，不顯絲毫雕琢。這首詩的用韻也靈活多變，有的隔句押韻，有的每句押韻，全詩換韻達十二次之多。這些都是詩人作為大手筆的創造性和獨特性所在。

這首詩在風格上繼承了楚辭的藝術傳統，是一篇浪漫主義的傑作。夢遊一段，寫得光怪陸離，奇譎多變。如「飛渡鏡湖」、「海日天雞」、「熊咆龍吟」、「雷電霹靂」、「石扉洞開」、「空中樓閣」、「霓衣風馬」、「虎瑟鸞車」等這一系列藝術形象，都描繪得活靈活現，色彩繽紛，令人眼花繚亂，驚心動魄。這當中有的就是直接採用楚辭中的意象，並加以創造。詩人在夢幻的世界裡馳騁想像，顯示了非凡的藝術才能。

海客談瀛洲烟濤微茫信難求越人語天姥雲霞明滅或可睹天姥連天向天橫勢拔五嶽掩赤城天臺四萬八千丈對此欲倒東南傾我欲因之夢吳越一夜飛渡鏡湖月湖月照我影送我至剡溪謝公宿處今尚在淥水蕩漾清猿啼腳著謝公屐身登青雲梯半壁見海日空中聞天雞千岩萬轉路不定迷花倚石忽已暝熊咆龍吟殷巖泉慄深林兮驚層巔雲青青兮欲雨水澹澹兮生烟列缺霹靂丘巒崩摧洞天石扉訇然中開青冥浩蕩不見底日月照耀金銀臺霓為衣兮風為馬雲之君兮紛紛而來下虎鼓瑟兮鸞迴車仙之人兮列如麻忽魂悸以魄動怳驚起而長嗟惟覺時之枕席失向來之烟霞世間行樂亦如此古來萬事東流水別君去兮何時還且放白鹿青崖間須行即騎訪名山安能摧眉折腰事權貴使我不得開心顏

李白夢遊天姥吟留別

歲次甲午初秋管峻書於燕京

管峻 作

篆刻釋文：且放白鹿青崖間

（羅超陽 作）

十一、從積極的「狂人」到消極的「狂人」

憶昔作少年，結交趙與燕。
金羈絡駿馬，錦帶横龍泉。
寸心無疑事，所向非徒然。
晚節覺此疏，獵精草太玄。
空名束壯士，薄俗棄高賢。
中回聖明顧，揮翰淩雲煙。
騎虎不敢下，攀龍忽墮天。
還家守清真，孤潔勵秋蟬。
煉丹費火石，采藥窮山川。
臥海不關人，租稅遼東田。
乘興忽複起，棹歌溪中船。
臨醉謝葛強，山公欲倒鞭。
狂歌自此別，垂釣滄浪前。
〈別廣陵諸公〉　李白

李白好漫遊，故多留別詩。留別與送別不同，送別是人別己，留別是己別人。廣陵，唐屬淮南道，即今江蘇揚州。此詩別題〈留別邯鄲故人〉。邯鄲、廣陵，一為北地，一在南國，二者孰是孰非，尚無定論。詹鍈《李白詩文系年》根據詩中內容，認為是從長安供奉翰林任上放還後南遊之作，並系年於天寶六載，當時李白四十七歲。

此詩是詩人在政治失意之後對自己人生歷程的回顧和反省，從少年天真狂放的自信，到中年聖明垂顧的自得，以至罷職還家後守真修道的自適，和最後醉酒佯狂、寄意山水的自恣，表現了詩人對政治的厭棄和對自由的追求。

詩以回憶開頭，為自己勾勒了一幅少年英雄的肖像。「憶昔作少年，結交趙與燕。金羈絡駿馬，錦帶横龍泉。寸心無疑事，所向非徒然。」詩人少年時代，結交的朋友都是豪傑之士。座下騎的是金羈絡頭的駿馬，身上穿的是鮮豔奪目的錦袍，腰間佩掛著龍泉寶劍。心裡頭從來就沒有什麼疑難可怕的事情，無論做什麼都所向無敵，馬到成功。好一派豪放狂傲的氣派！「趙與燕」，古云燕趙多豪傑，這裡是借地名來比喻人。「金羈絡駿馬，錦帶橫龍泉」是化用鮑照「驄馬金絡頭，錦帶佩吳鉤」的句子（〈代結客少年場行〉），這或許是寫實，但同時也表達了詩人少年時代對功名的追求。「寸心無疑事，所向非徒然。」這兩句把少年李白志大無畏，藐視一切，以為事業必成、功名必得的自信和狂妄表達得淋漓盡致，傳神至極。

李白少懷大志，要「濟蒼生」、「安社稷」，意圖「寰區大定，海縣清一」。他曾多次自比管晏，又經常以大鵬自喻，希望一展宏圖。可是，後來「遍干諸侯」、「歷抵卿相」，卻常常碰壁，累累失敗。直到玄宗天寶二年，詩人四十三歲時，由道士吳筠推薦，玄宗皇帝命他供奉翰林，成了朝中擔任起草文書之類的侍臣。然而，僅僅兩年時間李白就被解職放還了。所以詩人在回憶了自己少年時代的天真和狂妄之後，接著說：「晚節覺此疏，獵精草太玄。空名束壯士，薄俗棄高賢。」經歷了四十多年人生的風風雨雨之後，才覺得自己少年時代的豪情壯志太空疏狂妄，太不切實際。為了求得空名，少年的豪氣和鋒芒差不多消磨殆盡了；那世俗的社會，小人得志，雞犬升天，怎容得賢人志士呢？我不如像揚雄寫《太玄經》那樣，探求宇宙人生的哲理，淡泊寧靜地過日子。這裡所謂的「晚節」，就是暮年的意思。按詹鍈《李白詩文繫年》，其時詩人不過四十七歲，這當然是指詩人經歷政治失敗後的心境而言。「獵精草太玄」：「獵精」是獵取精華，「太玄」，是揚雄寫的一部書名。據《漢書．揚雄傳》：「時雄方草《太玄》，有以自守，泊如也。」揚雄是漢代大經學家，早年

也很有政治抱負，因參與王莽政變幾乎喪命，後潛心學問。詩人援引揚雄的事例，其用意自不待言。「空名束壯士，薄俗棄高賢」這兩句與詩人的另一首詩〈送族弟〉中的「空手無壯士，窮居使人低」兩句很相似，都是憤世嫉俗之詞，說明世俗卑污，正直有才能的人不能得到任用；即便僥倖得以任用，也不可能施展才能，實現抱負。因此，很自然地引出自己供奉翰林這段輝煌而短暫的歷史來。

「中回聖明顧，揮翰凌雲煙。騎虎不敢下，攀龍忽墮天。」這幾句寫自己得到皇帝任用的情況。由於好友吳筠的推薦，又得當朝大臣賀知章的賞識，玄宗皇帝親自召見，李白金殿對策，口若懸河；命草蕃書，筆不停輟。玄宗大為高興，御手調羹，寶床賜食，命供奉翰林，掌理文書。李白以布衣直接晉升翰林，一介書生，得此殊榮，這實在是他人生歷程上輝煌的一章。所以，詩人感恩戴德而又不無得意地寫道：「中回聖明顧，揮翰凌雲煙。」的確，李白開始非常興奮，以為施展抱負的時機來到了；殊不知當時的唐王朝已日趨腐敗，危機四伏。玄宗與楊貴妃耽於淫樂，不理政務；李林甫等把持朝政，任人唯親；安祿山等深得優寵，已有圖謀。李白對此深為不滿和痛恨，同時他的傲岸性格也為權貴們所憎恨。天寶三載，李白就因誹謗而被革職放還，結束了不到兩年的京城生活。「騎虎不敢下，攀龍忽墮天」，這兩句十分形象地概括了這段供奉翰林的詞臣生涯。俗話說「伴君如伴虎」，何況李白又是那種傲視王侯的人，危險就更大了。杜甫〈飲中八仙歌〉說：「李白鬥酒詩百篇，長安市上酒家眠。天子呼來不上船，自稱臣是酒中仙。」這雖有誇張，但李白的傲慢可見一斑。所以從某種意義上說，李白在政治上的失敗是註定了的。本想建功立業，不料反從雲天中墜落下來，跌了個粉身碎骨。由於這次教訓，詩人認清了政治的黑暗和險惡，決意退避三舍，去修身養性。

「還家守清真，孤潔勵秋蟬。煉丹費火石，采藥窮山川。臥海不關人，租稅遼東田。」這幾句表示自己要守真修煉，砥礪高尚品性。首先以秋蟬自勵。蟬生於土，升於高木，吟風飲露，乃是高潔的象徵。郭璞〈蟬贊〉云：「蟲之精潔，可貴唯蟬。潛穢棄蛻，飲露恆鮮。」接著以學道求仙寄託情懷。李白信奉道家，到處求仙訪道。確有記載，說他煉過金丹，受過道籙。我以為李白決不會相信人真能修煉成仙，他這種所作所為只不過是一種放浪形骸的寄託而已。最後以高士管寧自勉。漢末管寧避亂遼東海隅三十餘年，後魏文帝拜其為太中大夫，魏明帝拜為光祿勳，管寧皆辭而不就。皇甫謐《高士傳》記載：「人或牛暴寧田者，寧為牽飼之，其人大慚。」文天祥〈正氣歌〉也稱道管寧「清操厲冰雪」。

最後，詩人寫自己佯狂醉酒，辭別友人，回到了詩歌的題目上來。「乘興忽複起，棹歌溪中船。」詩人本在一片淡泊寧靜的氣氛中守真勵節，忽然來了興致，便泛舟去遊覽。「棹歌」，是一邊劃槳一邊唱歌，表現了詩人無拘無束的樣子。「臨醉謝葛強，山公欲倒鞭。」這裡借用晉人山簡的典故，形容自己的醉態。山公，即山簡，「竹林七賢」之一的山濤之子；葛強，是山簡的愛將，並州人。山簡好酒，耽於優遊，鎮襄陽時，常常外出遊嬉，每次必大醉而歸。當地有歌謠曰：「山公出何許？往至高陽池。日夕倒載歸，酩酊無所知。時時能騎馬，倒著白接羅。舉鞭向葛強，何如並州兒？」

「白接羅」，是一種白帽子，山簡因為喝醉了酒，連帽子都戴反了。李白另有一首〈襄陽曲〉（其二）也是吟詠山簡的：「山公醉酒時，酩酊高陽下。頭上白接羅，倒著還騎馬。」李白「長安市上酒家眠」，好酒的勁頭不亞於這位山公，故常引其為知己。「狂歌自此別，垂釣滄浪前。」最後點題，表明與「廣陵諸公」辭別。「滄浪」，當是取〈漁父〉之意，

「滄浪之水清兮，可以濯我纓；滄浪之水濁兮，可以濯我足。」天生我材既無用，我就做一個狂人，做一個酒徒，隨波逐流，苟且偷生罷了！

這首詩文字雖短，但資訊含量極大，差不多囊括了詩人一生的主要經歷和思想變化，展示了詩人從一個積極的「狂人」到一個消極的「狂人」的演變過程。這當然是李白的人生悲劇，但是，「我不棄世人，世人自棄我」，歸根到底，詩人的悲劇是社會造成的。

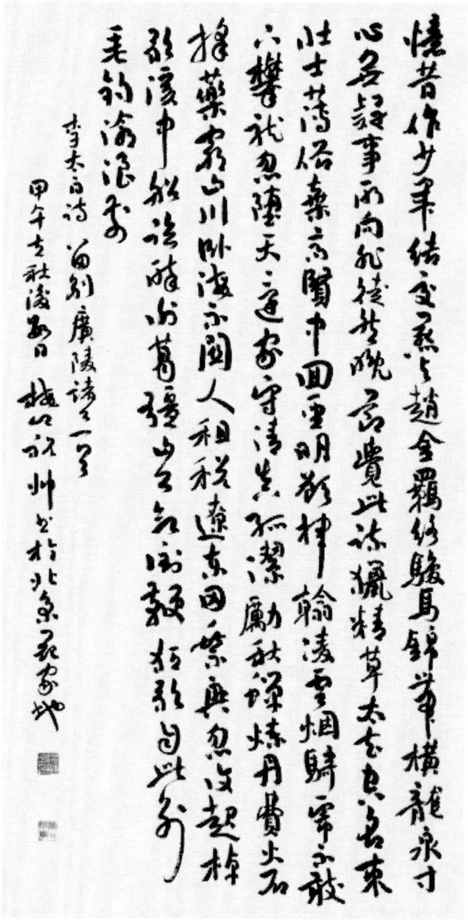

祝帥 作

十二、干戈離亂中，憂國憂民淚

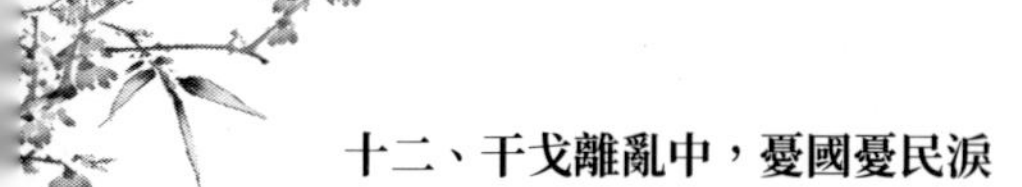

丞相祠堂何處尋？錦官城外柏森森。
映階碧草自春色，隔葉黃鸝空好音。
三顧頻煩天下計，兩朝開濟老臣心。
出師未捷身先死，長使英雄淚滿襟。
〈蜀相〉　杜甫

我們在讀李白和杜甫詩歌的時候，有這樣一個強烈的印象，說得不太文雅一點，李白是酒鬼，杜甫是淚人。

李白之醉酒，固然有其消極成分，可是，詩人又何嘗不是胸懷壯志，希望有所作為的呢！飲酒漫遊只不過是他對黑暗的現實社會所表示的憤懣和超脫而已。

杜甫之落淚，則百分之百是積極的，詩人的淚水，浸透著他真摯深沉的憂國憂民之心。在那個時代，奸黨橫行，逆賊作亂，他為朝廷落淚；山河破碎，萬方多難，他為國家落淚；餓殍遍野，民不聊生，他為人民落淚……誠然，他也為自己落淚：為自己懷才不遇、請纓無路落淚；也為自己窮愁潦倒、流離失所落淚……陳毅有一首〈冬夜雜詠〉的詩說：「干戈離亂中，憂國憂民淚。」這是對杜甫也是對杜詩的高度概括。

〈蜀相〉是一首詠懷古跡的詩，但它不是一首普通的詠古詩，而是一首飽蘸淚水寫成的悲憤詩。詩人不僅表達了對諸葛丞相的敬仰和惋惜之情，更主要的是借憑弔古人以抒發自己英雄失路、報國無門的內心感慨。

這是一首七律，從詩的內容來看，可以分為前後兩個部分：第一、二兩聯描寫祠堂，是寫景；第三、四兩聯慨嘆丞相，是抒情。景緣情生，情隨景發，情景交融，渾然一體。

我們先來看首聯：

丞相祠堂何處尋？錦官城外柏森森。

這兩句交代丞相祠堂的位置。

所謂「丞相」，指的就是三國時候蜀國的丞相諸葛亮。杜甫生平十分敬仰諸葛亮。這當然主要是因為詩人懷有「窮年憂黎元，嘆息腸內熱」、「致君堯舜上，再使風俗淳」的政治熱情和抱負，而諸葛亮這位滿腹經綸、盡忠為國的蜀漢良臣自然就是他心目中的楷模了。「錦官城」亦稱「錦城」，故址在今四川省成都市西南，古代因這裡織錦業十分發達，設有專門管理織錦的官員，故有此名，後人又用作成都的別稱。詩中所說的「錦官城」就是指成都而言，它曾是三國時蜀國的都城，諸葛亮在這裡主持國政達二十餘年，後來晉朝的李雄為他建立了祠堂，這就是今天我們仍然可以看到的古跡——位於成都的「武侯祠」。杜甫在成都曾多次拜謁丞相祠堂，寫下了不少吟詠武侯的詩，而這首〈蜀相〉則是他「初至成都時作」。杜甫在肅宗乾元二年（西元七五九年）經秦州入蜀，定居在成都浣花溪畔，這便是有名的杜甫草堂。第二年春天，草堂剛剛落成，杜甫便滿懷深情地去尋訪諸葛武侯的舊祠了。

起句「丞相祠堂何處尋」，著一「尋」字，足以表現詩人對諸葛丞相的敬慕之情——是專誠拜謁，不是信步由之。而用「何處尋」三字作一設問句，則又流露出一絲淡淡的傷感情調。接下一句「錦官城外柏森森」，從語氣上看，是自答；從感情上看，那傷感的情調是愈加濃重了。詩人向城郊走去，遠遠地一望，森森古柏之處大約便是丞相祠堂了。這裡單單言柏，不僅因為柏樹高大蒼翠，引人注目，更主要的是詩人對它別有一番情意。我們可以設想：杜甫在憑弔之前一定是向當地人了解了丞相祠堂的大致情形的，而相傳祠前有丞相手植古柏兩棵，亦必定早有所聞，所以，詩人對古柏是特別關切的。當他料定那地方就是丞相舊祠的時候，最

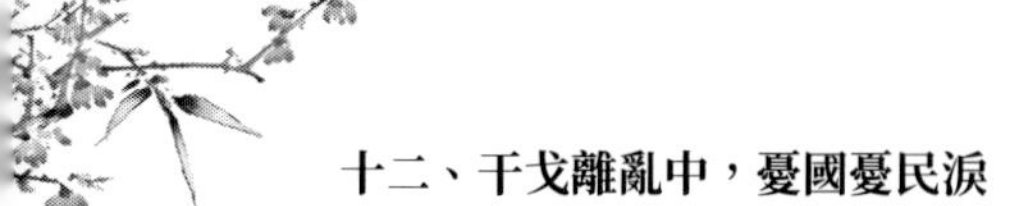

先注意到古柏，當是十分自然的了。進而還可以想像：詩人來到祠堂前，看到丞相親手栽下的那兩棵古柏，必定還要在樹下佇立凝視。

接下第二聯是描寫丞相祠堂的景物：

映階碧草自春色，隔葉黃鸝空好音。

我們說開頭兩句含有傷感情調，而這兩句則進而更帶悲涼色彩。春天來了，青草茂盛，以至於把臺階上的石板都映照成碧綠的顏色；隔著樹葉，可以聽到黃鸝在枝頭鳴叫，十分清脆悅耳。這是以草木的繁茂反襯祠堂的荒涼，以鳥鳴的聲音顯出祠堂的冷落。試想，如果遊人稠密，哪來碧草映階，黃鸝恐怕也不敢在那裡囀弄佳音了。詩人置身於如此闃靜冷清的祠堂院落當中，此時此刻，他所感受到的是什麼呢？句中的「自」「空」二字十分恰切地表達了詩人這一瞬間的全部感情 —— 朝代的興替，人事的變遷，滄海桑田，諸葛武侯身後竟是這樣一番淒涼景象。「一世之雄，而今安在哉！」仇兆鼇在《杜詩詳注》中說，「此寫祠堂荒涼，而感物思人之意即在言外」，的確頗得此中三昧。

詩的前半部分寫景狀物，景隨情遷，因而寫得頗為悲涼，渲染了氣氛。後半部分寫人論事，是詩的重點所在，因為詩標題「蜀相」，當然主要是寫人的；否則，詩人或許就要改題「游丞相祠」之類了。

下面再來看第三聯：

三顧頻煩天下計，兩朝開濟老臣心。

這兩句是概括丞相和蜀主君臣相與為用的事蹟。

一般認為，「三顧頻煩天下計，兩朝開濟老臣心」這兩句詩是對諸葛亮一生的高度概括和評價，這固然說得通。但是，仔細加以分析，這裡是以劉備和諸葛亮對言，前一句寫君，後一句寫臣。這事蹟是大家所熟知的，諸葛亮隱居隆中，蜀主劉備以天下為重，三顧茅廬，請求他出山相助，使得這位留心世務的「臥龍」先生得以一展宏圖。諸葛亮出山以後，屢建奇勳，他一生忠於蜀漢，深得信任，既協助先主開創基業，又輔佐後主濟世守成，真可謂鞠躬盡瘁，死而後已。因此，後人便把劉備和諸葛亮看作是明君賢臣的典範。

龔自珍有一篇〈明良論〉，專門討論君臣關係，認為明君與良臣是相輔相成的。杜甫這樣對比吟詠，便是要說明君臣相與為用的道理。言外之意是：我老杜「葵藿傾太陽，物性固莫奪」，這一片癡誠的「老臣心」，怎麼就不會被一位賢明的君主知遇呢？我們似乎可以這樣理解：這兩句詩是全詩本旨所在，即借蜀漢君臣相與為用的事例，感嘆自己懷才不遇、報國無門的苦衷。

尾聯接著寫詩人對丞相事業未竟而痛極垂淚：

出師未捷身先死，長使英雄淚滿襟。

諸葛亮六出祁山，七擒孟獲，為蜀漢立下了汗馬功勞。最後率師北伐，希望「興復漢室」，統一天下。不料在後主建興十二年（西元二三四年），與司馬懿相持渭水，勝負未決，大志未遂，竟溘然病逝於軍中，所以說「出師未捷身先死」。杜甫把此引為莫大的憾事，以至於「痛心酸鼻，老淚縱橫」。

如果說，第三聯詩人慨嘆自身之意是寓於敘丞相事蹟之中的，那麼尾聯這種慨嘆不僅達到了頂點，而且表現更為直觀。我們完全可以想見，詩人在丞相祠前長籲短嘆之後，一定是揮淚而別的。清代人浦起龍在《讀杜心解》中說，「武侯精爽，定聞此哭聲」，還說詩人是聲淚俱下的呢！

值得注意的是，句中「英雄」二字，含義十分豐富。諸葛亮雄才大略，兩朝開濟，固屬英雄；而杜甫心懷國家，熱愛人民，亦自謂英雄。由

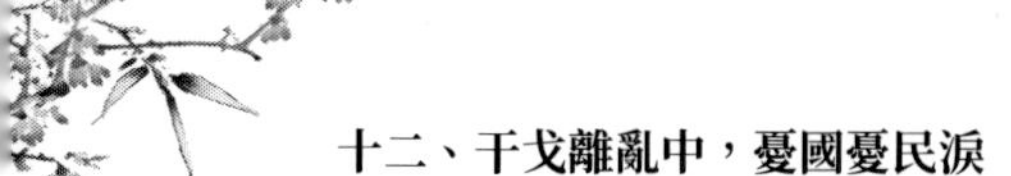

此可見，這裡的「英雄」是以韜略事業為本，以愛國愛民為骨。杜甫英雄失路，無從創英雄之業，因而落英雄之淚。杜甫曾在另一首題為〈歲暮〉的詩中寫道：「濟時敢愛死？寂寞壯心驚！」正好可以與這兩句詩互為印證。英雄落淚，血氣為之，尾聯蘊含著十分深沉而又激昂的感情，不但沒有絲毫的頹喪之意，而且具有動人心魄的巨大力量。後來，歷史上許多英雄志士在事業未竟之時多吟誦此聯，成為千古名句。例如，中唐改革家王叔文遭遇挫敗時，反覆吟誦此聯，流涕不已。南宋愛國將領宗澤為大宋江山憂憤成疾，臨終前亦誦此二句，三呼「過河」而卒。

弔古之作，無不感時而發，所以詠古抒懷，本為一事，此乃自古而然。杜甫這首詩較之一般詠古傷時、借古諷今之作卻要高出一籌，就是因為鮮明地表現了詩人自己的形象。詩中句句詠古，卻又字字抒懷；無一字言及自己，卻又無處不在表露自己的內心感慨。詩人隱然以武侯自比，所憾「先主」未遇，因而「淚流滿襟」，怨而曲，憂而沉，悲而壯，表現得十分真摯，十分深厚，十分含蓄。因此，我們開頭用「淚人」來形容詩人，應該不失度吧？

邱振中 作

篆刻釋文：負者歌於途

（房鋼 作）

十三、妙筆傳奇童

柳先生曰：越人少恩，生男女，必貨視之。

自毀齒以上，父兄鬻賣，以覬其利。不足，則盜取他室，束縛鉗梏之。至有須鬣者，力不勝，皆屈為僮。當道相賊殺以為俗，幸得壯大，則縛取麼弱者。漢官因以為己利，苟得僮，恣所為不問。是以越中戶口滋耗，少得自脫。惟童區寄十一歲勝，斯亦奇矣。桂部從事杜周士為餘言之。

童寄者，郴州蕘牧兒也。行牧且蕘，二豪賊劫持，反接，布囊其口，去逾四十裡之墟所賣之。寄偽兒啼，恐栗，為兒恆狀。賊易之，對飲，酒醉。一人去為市，一人臥，植刃道上。童微伺其睡，以縛背刃，力上下，得絕，因取刃殺之。逃未及遠，市者還，得童，大駭，將殺童。遽曰：「為兩郎僮，孰若為一郎僮耶？彼不我恩也。郎誠見完與恩，無所不可。」市者良久計曰：「與其殺是僮，孰若賣之？與其賣而分，孰若吾得專焉？幸而殺彼，甚善。」即藏其屍，持童抵主人所，愈束縛，牢甚。夜半，童自轉，以縛即爐火燒絕之，雖瘡手勿憚；復取刃殺市者。因大號，一墟皆驚。童曰：「我區氏兒也，不當為僮。賊二人得我，我幸皆殺之矣。願以聞於官。」

墟吏白州，州白大府。大府召視兒，幼願耳。刺史顏證奇之，留為小吏，不肯。與衣裳，吏護還之鄉。鄉之行劫縛者，側目莫敢過其門。皆曰：「是兒少秦武陽二歲，而討殺二豪，豈可近耶！」

〈童區寄傳〉　柳宗元

〈童區寄傳〉是為一個名叫區寄的小孩寫的一篇傳記。一般認為，是柳宗元貶在柳州做刺史的時候寫的。根據史書記載，唐代嶺南、黔中、福建等道的官僚，多與當地豪強勾結，收買兒童，稱為「南口」，貢獻給朝廷，以賄賂權貴。他們的罪惡活動，造成了當地盜賣兒童的惡俗。這篇傳記透過記敘牧童區寄機智勇敢、不畏強暴，和劫賊做鬥爭的生動事跡，反映了這一社會問題。

文章開頭一段是這篇傳記的「引子」，交代作傳的起因和材料的來源。「柳先生曰：越人少恩，生男女，必貨視之。」「柳先生」是作者自稱，這是仿效《史記》「太史公曰」的寫法，不同的是「太史公曰」寫在文章末尾，而「柳先生曰」居於文章開頭。「越」本是古國名，因地處僻遠，被視為蠻荒之地；這裡的「越人」是泛指柳州一帶不太開化的土著民族。「少恩」是缺少情義的意思。「貨視之」，就是把生下來的孩子看作可以買賣的貨物。這句說，越人愚昧落後，不懂情義，生了孩子，便把他當作貨物看待。從語氣上看，作者對越人這種惡俗是感到沉痛的；至於把販賣兒女的原因歸結為「少恩」則是錯誤的，至少是不全面的。因為，這既有越人文化落後、愚昧無知的一面，而更主要的還是由於當時政治和社會黑暗，民不聊生所造成的。實際上，下文已有進一步的說明。「自毀齒以上，父兄鬻賣，以覬其利。」「毀齒」是小孩換牙，這裡借指年齡，大約是七八歲的時候。「鬻」就是賣，「鬻賣」即出賣。「覬」是貪圖、企求的意思。這句說，小孩長到七八歲的時候，父母兄長為了貪圖錢財，就把他出賣掉。注意句中「利」字緊扣上一句的「貨」字。「不足，則盜取他室，束縛鉗梏之。」「他室」指別人家的孩子，「鉗梏」是兩種刑具，這裡用作動詞。這句說，賣了自家孩子還不滿足，就把別人家的孩子偷來，捆住手腳，套上枷鎖。「至有須鬣者，力不勝，皆屈為僮。」「須鬣者」，指長了鬍鬚的成年人，「僮」是奴僕。這句是說，甚至有的成年人因氣力敵不過別人，也都被強迫賣為奴僕。這樣一來，就搞得劫縛成風了，以至於「當道相賊殺以為俗」，在大路上公然進行掠奪和殘殺成了司空見慣的事。「幸得壯大，則縛取麼弱者」，「麼」是小的意思，「麼弱者」是幼小體弱的人。這句說，有的僥倖小時免於被賣，一旦長成了強壯的漢子，就又去綁架那些年幼弱小的人。這幾句是寫「越人」盜賣兒童的情況，那麼，地方官吏是如何對待這個問題的呢？「漢官因以為己利，苟得僮，恣所為不問。」「漢官」即漢族官吏，唐代在少數民族地區常委

派漢族人去做地方官。「恣」是放任、放縱的意思。「不問」就是不過問。這句說，漢族官員借此牟利，只要能買到這種廉價的奴僕，也就放任不管。由於「越人」劫縛成風，加之「漢官」從中漁利，任其所為，「是以越中戶口滋耗」，「是以」就是「以是」，也就是「因此」。「滋耗」是日益減少的意思。這句說，由於上述原因，越中戶口越來越少。這是寫販賣兒童的惡俗帶來的嚴重後果。

以上是第一層意思，既交代了事件的背景和來龍去脈，更為所記人物的出場做了很好的鋪墊和渲染。「少得自脫，惟童區寄十一歲勝，斯亦奇矣」，「自脫」是依靠自己的力量得以脫身。「斯」是指示代詞，指區寄十一歲得以自脫這件事。這句說，越地這種惡俗，很少有人逃脫得了，唯獨十一歲的兒童區寄能勝利脫身，這也就很稀奇了。這裡點出一「奇」字，它是統貫全篇的。這段的最後一句說區寄的故事是「桂部從事杜周士為餘言之」，「桂部」指當時桂管經略觀察使所管轄的區域，包括今廣西桂林一帶。「從事」是官名，屬於刺史的助手。「杜周士」是人名，曾做過桂管從事。這句明確交代材料的來源，說明下面將要敘述的故事並非子虛烏有。接著，作者便有聲有色、活靈活現地描繪了一個少年英雄的形象。

「童寄者，郴州蕘牧兒也。」這簡短的一句話，便清楚地介紹了人物的姓名、年紀、籍貫和身分。這種寫法也是《史記》的筆法。「郴州」今湖南省郴縣。根據陳景雲《柳集點勘》，「郴州」當為「柳州」，「郴」字為「柳」字之誤。「蕘」是打柴，「蕘牧兒」就是打柴放牛的孩子。這句說，區寄只不過是一個普通的打柴放牛的小孩，並沒有什麼出奇的地方。「行牧且蕘，二豪賊劫持，反接，布囊其口，去逾四十裡之墟所賣之。」「行」是正當的意思。「囊」是口袋，這裡作動詞用，蒙住的意思。

「去」是離開。正當區寄一面放牛一面打柴的時候，突然被兩個暴徒綁架了。暴徒把他的雙手反背捆了起來，又用布捂住他的嘴，把他帶到四十裡之外的集市上賣掉。這是故事的開端，寫區寄遇賊。一個十來歲的放牛娃，遇上這樣兩個兇狠的豪賊，倘若是一般的孩子，嚇也得嚇個半死。可是，區寄卻不然，顯得十分沉著而機智。「寄偽兒啼，恐栗為兒恆狀。」「偽」是裝樣子。「恐栗」是嚇得發抖的樣子。「恆狀」就是常態。區寄裝著哭了，並做出小孩子平常恐懼的樣子。很顯然，區寄是在用計麻痹賊人。「賊易之，對飲，酒醉。一人去為市，一人臥，植刃道上。」「易」是輕視的意思，因為區寄是個小孩，並且嚇得哭了，所以賊人滿不在乎，一心喝酒。這正是區寄的偽裝所產生的效果。「為市」就是談生意，即到市場上去找買主，講價錢。「植刃道上」，就是把刀插在大路上，這一「植」字用得很形象。這幾句說明賊人綁架兒童是在光天化日之下做的，並且毫無顧忌地帶到集市上販賣，呼應上文「當道相賊殺以為俗」。兩個豪賊，一個去洽談生意了；另一個留下看守，卻並不在意，加之喝得酩酊大醉，不一會便呼呼睡著了。「童微伺其睡，以縛背刃，力上下，得絕，因取刃殺之。」「微伺」是悄悄地窺察等候。「絕」是斷的意思。區寄發現賊人睡著了，便把反背捆著的繩子對著賊人插在路上的刀刃，用力上下推拉，割斷了繩索，就拿起刀來把那個賊人殺死了。可見，區寄不僅靈活機智，而且大膽果斷。這是第一層，寫區寄遇賊被縛，並設法殺死了第一個賊人。

區寄在落入賊手的險惡處境下居然伺機殺死豪賊，這已有些「奇」了，然而更「奇」的是他接著又殺死了第二個賊人。且看他是如何賺得這第二個賊人的。「逃未及遠，市者還，得童，大駭，將殺童。」區寄殺死第一個賊人後便逃跑了，可是沒逃多遠，就被另一個去集市上洽談生意的

賊人抓住。賊人見同夥被殺，十分驚駭，打算將區寄殺死。看來，區寄必死無疑了，然而他卻十分機智地化險為夷。「遽曰：『為兩郎僮，孰若為一郎僮耶？彼不我恩也。郎誠見完與恩，無所不可。』」「遽」是急忙的意思。我們可以想像，當時賊人是何等憤怒，也許屠刀已經高高舉起。所以，這一「遽」字突出了區寄隨機應變的能力。「郎」是僕人對主人的尊稱。「不我恩」就是「不恩我」，即不好好待我，「恩」作動詞。「見完」是保全性命的意思。區寄急忙說：「做兩位郎君的奴僕，哪裡比得上做一位郎君的奴僕呢？他不好好待我，您果真能保全我的性命並待我好，無論如何都可以。」區寄利用賊人之間的利害關係，抓住了賊人貪婪的特點，所以，「市者良久計曰：『與其殺是僮，孰若賣之？與其賣而分，孰若吾得專焉？幸而殺彼，甚善。』」「計」是在心裡盤算。「專」是獨佔的意思。賊人盤算了很久，覺得區寄的說法有道理，殺了他不如賣掉，賣掉兩人對半分錢不如一人獨吞。「即藏其屍，持童抵主人所，愈束縛，牢甚。」於是，賊人便把同夥的屍體藏了起來，帶著區寄來到了買主那裡，把他捆得越發結實了。這當然是吸取了前賊的教訓，殊不知機智勇敢的區寄仍在伺機殺賊。「夜半，童自轉，以縛即爐火燒絕之，雖瘡手勿憚，復取刃殺市者。」「即」是靠近。「瘡」這裡指被火灼傷。等到半夜的時候，大約賊人鬆懈了，區寄便轉過身來，把捆綁的繩子就著爐火燒斷了，雖然燒傷了手也不怕；又拿過刀來，將要賣他的另一豪賊也殺死了。這是第二層，寫區寄用計殺死第二個賊人，情節發展，愈來愈「奇」。

第三層是寫區寄連殺二賊之後自訴於官。本來，兩個豪賊都被殺死，區寄可以放心逃走了，然而他並沒有一逃了事。「因大號，一墟皆驚。」「大號」是大聲喊叫。一墟皆驚，是說整個集鎮都為區寄賺殺二賊而感到驚奇。「童曰：『我區氏兒也，不當為僮。賊二人得我，我幸皆殺之矣。

願以聞於官。』」區寄當眾陳述殺賊的事由，也不隱瞞自己的身分，並願意將這事報告官府。由此可見，區寄不僅有智有勇，而且敢作敢當，真是難能可貴，奇而又奇。

以上是第二大段，敘述區寄連賺二賊的全過程，是文章的重點部分。以下為第三段，寫區寄殺賊後的社會影響。分兩層來寫，都是從側面來讚揚區寄。

第一層寫官府對區寄的處理情況。「墟吏白州，州白大府。大府召視兒，幼願耳。」「墟吏」是墟鎮上管理集市的小官吏。「白」是向上級報告。「大府」，唐代節度使或觀察使管理幾個州，稱為「大府」。「召」是召見。「幼願」是年幼而又老實的樣子。這幾句說，墟吏等逐級上報，一直報告到大府那裡。大府召見了區寄，沒想到原來是個年幼老實的小孩子。「刺史顏證奇之，留為小吏，不肯。與衣裳，吏護還之鄉。」「顏證」，當時任桂州刺史、桂管觀察使。「奇之」是以之為奇，「奇」在這裡作意動用法。這裡再一次點出「奇」字，反映了官府對區寄的看法。顏證覺得區寄這孩子很不簡單，想把他留在府上充小吏，但區寄堅決不肯。所以，顏證只好給了他一些衣裳，並派差役護送他回家。官府不但沒有處罰他，反而獎賞了他。

第二層是寫鄉間豪賊對區寄的畏懼。「鄉之行劫縛者，側目莫敢過其門。皆日：『是兒少秦武陽二歲，而討殺二豪，豈可近耶！』」「側目」是斜著眼看，意思是十分敬畏，不敢正視。秦武陽，戰國時燕國人，十三歲殺人，燕太子丹曾派他做荊軻的副手去刺殺秦始皇。因為區寄只有十一歲，所以說「少秦武陽二歲」。這幾句說，鄉裡那些做綁架販賣兒童勾當的人，都很怕區寄，甚至沒有哪一個敢從他家門前經過。都說：這孩子比秦武陽還小兩歲，卻殺掉了兩個豪強，誰敢惹他呢！這是借「鄉之行劫縛

者」的話，來反襯區寄殺賊一事的震動之大，威懾力之強。文章到這裡煞尾，饒有餘味。

根據《舊唐書 · 柳宗元本傳》的記載，「柳州土俗，以男女質錢，過期則沒入錢主。宗元革其鄉法，其以沒者，乃出私錢贖之，歸其父母。」在《新唐書本傳》及韓愈〈柳子厚墓誌銘〉中也都有類似的記載。可見，柳宗元寫這篇文章是有感而發的，揭露了當時「越人」盜賣人口的社會現實。不僅如此，柳宗元還革除了當地買賣兒童的惡俗，受到人民的愛戴。這與本文所寫到的漢官「恣所為不問」大不一樣。

柳宗元是唐代傑出的散文家，他的政論文章和山水遊記都有不少傳世之作，歷來受到人們的喜愛。人物傳記雖然不多，文集中只有七八篇，但都很有特色。例如：〈種樹郭槖駝傳〉、〈梓人傳〉、〈宋清傳〉等，大都把人物傳記和寓言結合起來，借題發揮，寓意深刻。

〈童區寄傳〉則基本上以真人真事為基礎，塑造了一個機智勇敢的少年英雄形象。作者不愧為文章高手，全文不過五六百字，筆墨非常洗練，語言十分生動，既有正面描寫，又有側面烘托，既有敘述、對話，還有心理刻畫；一波三折，險情迭起，富於傳奇色彩。讀後，一個活脫脫的少年英雄形象便出現在我們面前。

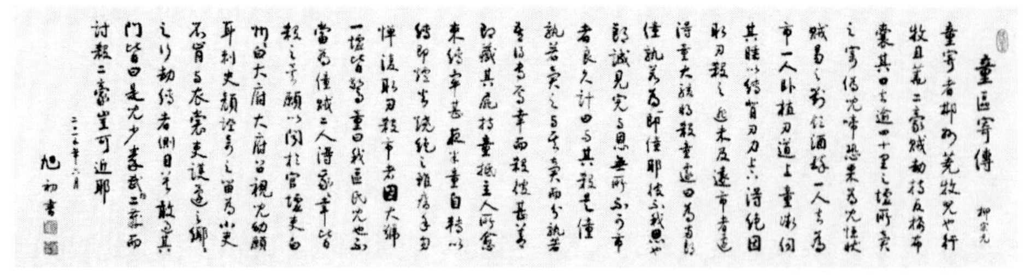

旭初 作

十四、命之不存，錢將焉用

> 永之氓咸善遊。一日，水暴甚，有五六氓乘小船絕湘水。中濟，船破，皆游。其一氓盡力而不能尋常。其侶曰：「汝善游最也，今何後為？」曰：「吾腰千錢，重，是以後。」曰：「何不去之？」不應，搖其首。有頃，益怠。已濟者立岸上，呼且號曰：「汝愚之甚！蔽之甚！身且死，何以貨為？」又搖其首，遂溺死。
>
> 〈哀溺文〉　柳宗元

在古今中外文學家的筆下，有一系列各式各樣的守財奴形象，唐代著名散文家柳宗元也刻畫了一個愚不可及而又可悲可嘆的守財奴形象。

這篇文章的題目叫「哀溺文」。「溺」是落水的意思，這裡指被水淹死的人。文中所描寫的是一個落水的人因愛惜錢財而被水淹死的故事。作者寫了這篇〈哀溺文〉來記敘這件事情，目的是希望人們從中吸取教訓，得到啟發。

這是一篇記敘文。文章很短，也很精練，首尾呼應，一氣呵成。

一開頭說：「永之氓咸善遊」，永州的老百姓都很會遊泳。「永」，就是永州。永州，在今湖南西南一帶，包括廣西東北部分地區，治所在今湖南零陵。柳宗元曾被貶到這裡做地方官，寫過《永州八記》等著名的遊記散文。這篇〈哀溺文〉可能也是在這個時候寫的。「氓」，這裡與「民」相通，也就是平民百姓的意思。「咸善遊」，「咸」是全部、全體的意思；「善遊」就是善於游泳；「咸善遊」，是說這裡的人都擅長游泳。開頭這短短一句，只有六個字，卻是總領全篇的。這篇文章的題目告訴我們是要哀悼一個被水溺死的人，而文章一上來卻說永州的百姓都善於游泳，可能你會覺得有點奇怪：既然「善遊」，為什麼又會溺死呢？好，我們看看作者在布下這一懸念之後，是如何敘述他的故事。

「一日，水暴甚，有五六氓乘小船絕湘水。」某一天，湘江水暴漲，有五六個人乘著一隻小船要渡過湘江去。這是故事的開端，寫五六個永州人在江水暴漲的時候乘船渡江。到這裡，時間、地點、人物、事件都有了。「水暴甚」，是說江水上漲得很厲害。這裡點出「水」字，與前一句交代的「善遊」相關。「絕」，是橫渡。「湘水」就是湘江，發源於廣西，縱貫湖南全省，往北匯入長江。

這五六個永州人在漲水的時候渡江，遇上了什麼事情呢？作者接著寫道：「中濟，船破，皆游。」到了江中心，船破了，人們都紛紛泅水逃生。這三句，每句僅有兩個字，簡練至極，卻把故事的一步一步發展交代得清清楚楚。「中濟」，「濟」是動詞，就是渡的意思，成語「同舟共濟」的「濟」也是這個意思。「中濟」即濟於中，也就是渡到了江中心。「船破」，顯然這和上面講的「水暴甚」和「小船」有關，因為江水猛漲，巨浪翻滾，這只小船到了中流，就被巨浪給衝破了。「皆游」，緊扣開頭「咸善遊」，船破了，船上的五六個人並沒有驚慌失措，因為他們都會游泳。

前面兩句敘述故事的開端和發展，描寫五六個永州百姓乘船渡江，船破皆游，這是總寫，是全景。接著，便把鏡頭轉向「五六氓」中的「一氓」：「其一氓盡力而不能尋常。」這五六人中的一個雖然盡力而游，也游不了多長距離。「尋常」，是古代的長度單位，古制八尺為一尋，兩尋為一常。

「不能尋常」，是說這個人游得很慢，游不了幾尺遠，遠遠地落在後頭。因此，「其侶曰：『汝善游最也，今何後為？』」他的同伴見他游不動，便問他：「你很會游泳，而且是我們當中游得最出色的，今天為什麼倒落在後頭？」「今何後為」中的「為」，是古文中的句末助詞，這裡表示疑問。是啊，不僅「善游」，而且是善中之「最」，反而落在最後，怎

能不令人奇怪呢？那麼究竟是什麼原因呢？「曰：『吾腰千錢，重，是以後。』」他回答道：「我腰間纏著一千枚銅錢，很沉重，所以落後。」由此，我們知道，這個落在後頭游不動的人，原來是腰間帶著錢，因為那時候的錢不是紙幣，而是金屬做成的，很沉重，所以竟然使他這個平時「善游」為「最」的人也遊不快了。同伴得知，便急忙對他講：「何不去之？」你怎麼不把錢扔掉呢？「去之」的「去」，是除去、拋棄的意思；之，這裡代指錢。顯然，這時候只有「去之」，把錢扔掉，才是他擺脫危險困境的唯一的正確選擇。然而，他對同伴們的提醒卻「不應，搖其首」，他沒有回答，只是搖了搖頭。這裡的「不應，搖其首」五字最值得玩味，既表現了他不聽取同夥的勸告，捨不得把錢扔掉；同時似乎也在向我們暗示，他已經連說話的氣力都沒有了，只是輕輕搖了搖頭。所以，「有頃，益怠。」「有頃」，是過了一會兒。「怠」，這裡是疲倦的意思。過了一會兒，他更加疲憊不堪了。讀到這裡，我們彷彿看見這個愚蠢的守財奴在江中苦苦掙紮著，越來越不行了。

這時候，同伴們都已游到了岸邊。「已濟者立岸上，呼且號曰：『汝愚之甚！蔽之甚！身且死，何以貨為？」已游到岸邊的同伴，站在岸上大聲呼叫：「你真是愚蠢透頂，財迷心竅，人都快要死了，還要錢有什麼用處呢？」「愚之甚」，就是愚蠢到了極點。「蔽之甚」的「蔽」，指為金錢所蒙蔽、迷惑；「蔽之甚」，用今天通行的話說，就是不開竅到了極點。「何以貨為」中的「貨」，是錢財的意思；「為」，表示反問。「何以貨為」，還要錢做什麼用呢？「身且死，何以貨為？」同伴們在緊急關頭曉以利害，可謂中肯之極。然而，他死到臨頭，還是執迷不悟：「又搖其首，遂溺死。」他又搖了搖頭，還是捨不得把錢扔掉，就這樣，他很快就被淹死了 —— 這便是這個守財奴的結局，也是故事的結局。

這個要錢不要命的傻瓜雖然已經沉入江底，與他的一千錢一起永遠埋進泥沙之中；但柳宗元所刻畫的這個愚蠢的守財奴形象，卻十分鮮明地呈現在我們面前。讀了這個近乎寓言的故事，在對溺者的感慨之餘，難道我們不應該引起警醒和思考嗎？在現實生活中，像這類要錢不要命的人，並不是不存在的。譬如，現在有些人利用職權貪贓枉法、貪汙受賄、貪得無厭，到頭來落得身敗名裂、人財兩空，甚至是鋃鐺入獄、身首異處的可悲下場。這難道不與故事中的溺者一樣，也是「愚之甚」、「蔽之甚」嗎？這些人不也同溺者一樣可笑、可悲、可哀、可鄙嗎？

肖文飛 作

掃碼收聽

十四、命之不存，錢將焉用

十五、集忠奸於尺幅，顯美刺於行間

則天時，南海郡獻集翠裘，珍麗異常。

張昌宗侍側，則天因以賜之。遂命披裘，供奉雙陸。

宰相狄梁公仁傑時入奏事，則天令昇座，因命梁公與昌宗雙陸。梁公拜恩就局。

則天曰：「卿二人賭何物？」梁公對曰：「爭先三籌，賭昌宗所衣毛裘。」則天謂曰：「卿以何物為對？」梁公指所衣紫袍曰：「臣以此敵。」則天笑曰：「卿未知此裘價逾千金，卿之所指，為不等矣。」梁公起曰：「臣此袍乃大臣朝見奏對之衣，昌宗所衣乃嬖幸寵遇之服，對臣之袍，臣猶怏怏。」則天業已處分，遂依其說，而昌宗心赧神沮，氣勢索莫，累局連北。

梁公對御，就褫其裘，拜恩而出。及至光范門，遂付家奴衣之，乃策馬而去。

〈集翠裘〉　薛用弱

在古代，封建帝王的周圍常常有一些地位不高，卻很有能耐的近侍（所謂近侍，就是能親近和侍奉皇帝的人），他們終日與帝王周旋，阿諛奉承，迎合帝意，深得寵倖，有的甚至操縱帝王，專權誤國。與此同時，也常有一些忠君愛國、剛直不阿、疾惡如仇的大臣，與那些受寵的近臣相對立。他們一身正氣，不畏權勢，敢作敢為，有時候搞得近侍甚至帝王都十分難堪，下不了臺。唐代薛用弱所撰〈集異記〉那本書中有一篇題為〈集翠裘〉的筆記小說，記敘武則天統治時期近侍張昌宗與大臣狄仁傑的故事，生動地刻畫了這樣兩類不同的人物形象，分別對他們進行了辛辣的嘲諷和熱情的讚頌，讀後能讓你為之拍手稱快。下面就向您介紹〈集翠裘〉這篇筆記小說。

先解釋一下題目「集翠裘」。「裘」是用毛、皮做成的衣服；「集翠裘」，是集翠鳥的羽毛製作而成的一種非常名貴的衣服。因為這篇筆記小說自始至終是圍繞集翠裘展開故事情節的，所以用它來作文章的題目。

文章開頭寫道：「則天時，南海郡獻集翠裘，珍麗異常。」武則天的時候，南海郡貢獻了一件集翠裘，十分珍奇美麗。可見，這個故事發生在武則天的時代。大家知道，武則天是歷史上唯一的女皇帝，她原先是唐高宗的皇后，高宗時就曾代理朝政。高宗死後，她先後廢中宗、睿宗，自稱神聖皇帝，改國號「唐」為「周」，在位十五年。「南海郡」，是現在的廣州一帶，郡治就在今廣州市。這是故事的開端，交代時間和集翠裘的來歷。這段話語言十分簡練，形容集翠裘只用了「珍麗異常」四個字加以概括，並沒有具體描寫其如何珍麗，因為集翠裘不是主要的描寫對象，只是作為一個藉口或理由；主要描寫對象是透過集翠裘引出的不同人物。

「張昌宗侍側，則天因以賜之。」南海郡進貢集翠裘的時候，正好張昌宗侍奉在武則天身旁，武則天就把集翠裘賞給了他。這裡先引出了主要人物張昌宗。張昌宗是武則天最寵愛的內侍，史書上說他姿容俊美，通曉音樂，在宮中稱為「六郎」。當時人楊再思常說：「人言六郎似蓮花，非也；正謂蓮花似六郎耳。」可見其英俊美貌非同一般，因而深得武則天的寵幸。武則天把南海郡的貢品賜給了張昌宗之後，「遂命披裘，供奉雙陸。」隨即叫張昌宗把這件集翠裘披在身上，侍奉自己玩雙陸。雙陸，是古時候一種類似象棋的遊戲。這是故事的發展，集翠裘被武則天賞賜給了張昌宗，張昌宗遵命披裘，陪著武則天一起玩雙陸。

就在武則天與張昌宗一起玩雙陸的時候，「宰相狄梁公仁傑時入奏事」，宰相、梁國公狄仁傑進宮來向皇上奏報朝政大事，「則天令昇座」，武則天立即吩咐宮人賜座，「因命梁公與昌宗雙陸」，於是就讓梁國公狄仁傑和張昌宗玩雙陸。到這裡又引出了另一個重要人物狄仁傑。狄仁傑是唐代著名的宰相，他在唐高宗時任大理丞，後任豫州、洛州等地方長官，深為百姓愛戴。任宰相時特別重視舉賢選能，有知人之明，他所推舉的張柬之、姚崇等，都是一代名臣。狄仁傑性情耿直，不畏權勢，武則天曾經打算立自己的姪子武三思為太子，狄仁傑竭力勸阻，武則天開始非

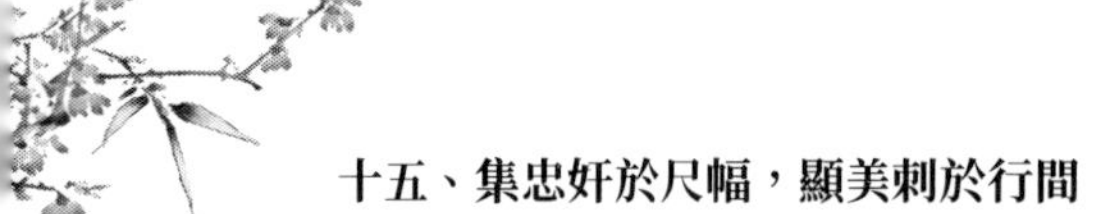

常不滿，後來終於感悟，對狄仁傑十分敬重。狄仁傑死後被封為梁國公，所以這裡稱「狄梁公」。

梁公褫裘圖 康曉銘 作

狄梁公本是來向皇上奏事的，但武則天卻讓他與張昌宗玩雙陸。皇上的意志臣下怎能違抗，「梁公拜恩就局」，狄梁公感謝皇上的恩典，就入局與張昌宗一起比賽雙陸。既然是比賽當然就要決勝負，決勝負就得押賭注。「則天曰：『卿二人賭何物？』」武則天問：二位賢卿賭什麼東西呢？看來武則天興致很高。聽了皇上的發問，「梁公對曰：『爭先三籌，賭昌宗所衣毛裘。』」狄梁公回答道：如果我贏了三著，就賭張昌宗身上披著的這件裘衣。「則天謂曰：『卿以何物為對？』」武則天又問：如果你輸了，拿什麼東西賭給他呢？

「梁公指所衣紫袍曰：『臣以此敵。』」狄梁公指著自己身上穿的紫色絲袍說道：「我拿這件袍子與他相賭。」「紫袍」，是一種紫色的粗絲織成的袍服。「則天笑曰：『卿未知此裘價逾千金，卿之所指，為不等矣。』」

武則天笑笑說：賢卿大概不知道這件裘衣比千兩黃金還要貴重吧！賢卿以紫袍與之相賭，就不相等了。聽狄仁傑以自己的紫袍與張昌宗的集翠裘相賭，武則天覺得十分可笑，因為博戲押賭必須價值相等，在武則天看來，這件集翠裘的價值比千兩黃金還貴重，與狄仁傑身上的粗絲袍子是遠遠不能相等的。狄梁公聽武則天說他的紫袍與張昌宗的集翠裘價值遠不相等，心中很是不平。「梁公起曰：『臣此袍乃大臣朝見奏對之衣，昌宗所衣乃嬖幸寵遇之服，對臣之袍，臣猶怏怏。』」

狄梁公從座位上站了起來，說道：我這件袍子是大臣上朝拜見君王和奏對策略時所穿的衣服；張昌宗所穿的集翠裘不過是佞幸小人受寵時所得到的衣服，拿來與我相賭，我心裡還覺得不樂意呢！這裡描寫狄梁公的動作「梁公起曰」，這個「起」字用得很好，很能傳神。狄梁公顯得有些激動，他憤然離開座位，站了起來，說了這麼一段擲地有聲的話語。

武則天聽了這些話當然不會高興，但是面對這樣一位剛正不阿、德高望重的宰相，她又不便發作。「則天業已處分，遂依其說」，因為武則天既已安排好了他們二人玩雙陸，也就只得答應按狄梁公的意思辦。這

裡，「則天業已處分」中的「處分」，是吩咐停當的意思。可以想見，此時此刻的張昌宗聽了狄梁公的這番帶刺的話，是一種什麼樣的心理狀態。「昌宗心赧神沮，氣勢索莫」，張昌宗內心羞愧，神情沮喪，氣勢一點也沒有了。結果「累局連北」，一連幾局都輸了。「北」，即敗北、失敗的意思。張昌宗雖然得到武則天的寵愛，但畢竟只是一個受寵的嬖幸之臣，他完全被宰相狄梁公的凜然正氣所懾服，心理上已經不戰而敗了，所以連續幾局都輸給了狄梁公。上面這一大段寫狄梁公與張昌宗比賽雙陸的全過程，最後一段寫狄梁公贏了張昌宗之後是如何處置集翠裘的。

集翠裘是皇上賞賜給張昌宗的，雖然押了賭，狄梁公是否真的會把它拿走呢？「梁公對御，就褫其裘，拜恩而出。」狄梁公當著武則天的面把集翠裘從張昌宗身上扒了下來，然後謝恩而出。「對御，就褫其裘」中的「對御」，就是當著皇帝的面（御，指皇帝，這裡指的就是武則天）；「褫」就是把衣服從身上扒下來，這是一個頗為粗野的動作。狄梁公說到做到，不給張昌宗什麼面子，實際上也沒有給武則天留面子，當著皇上的面，就把皇上剛剛賞賜給張昌宗的集翠裘從他身上硬扯了下來。可以想像，當時的張昌宗是怎樣的頹喪，怎樣的羞愧和怎樣的無地自容；而在場的武則天又是怎樣的一副尷尬相。然而，狄梁公根本不考慮這些，從張昌宗身上扒下集翠裘以後，拜謝皇上，揚長而去。「及至光範門，遂付家奴衣之，乃策馬而去。」到了城南光範門的時候，就把集翠裘給了僕人穿上，自己策馬而去。如此「珍麗異常」的集翠裘，在張昌宗身上穿著的時候，狄梁公認為是「嬖幸寵遇之服」，很看它不起，現在贏到自己手中，也視如糞土一般，隨手就送給了自己的家奴。這件集翠裘，先由南海郡貢獻給朝廷，再由皇帝賞賜給寵臣張昌宗，結果被狄梁公贏得，最後由狄梁公交付自己的家奴。從「嬖幸」到「家奴」，這就是價逾千金的集翠裘的歸宿，也是這篇筆記小說〈集翠裘〉情節發展的結局。

這篇小說刻畫人物，採用對比和襯托的手法，帶有鮮明的愛憎傾向。作者對他要著力歌頌的人物狄仁傑，除了出場時提到他的姓名，其他各處都沒有直呼其名，而是尊稱「狄梁公」或「梁公」；對他要極力嘲諷的張昌宗，甚至連皇上武則天，則是直呼其名。作者採用對比的手法，一是以張昌宗與狄仁傑相對比，這是異類相比；一是以寵臣與家奴相對比，這是連類相比。文章正是透過這兩方面的襯托對比，把正面歌頌的人物——狄梁公烘托得更加突出，更加鮮明，更加光彩照人。

十五、集忠奸於尺幅，顯美刺於行間

十六、浪漫而瑰麗的愛情詩

其一
碧城十二曲闌干，犀辟塵埃玉辟寒。
閬苑有書多附鶴，女床無樹不棲鸞。
星沉海底當窗見，雨過河源隔座看。
若是曉珠明又定，一生長對水晶盤。

其二
對影聞聲已可憐，玉池荷葉正田田。
不逢蕭史休回首，莫見洪崖又拍肩。
紫鳳放嬌銜楚佩，赤鱗狂舞撥湘弦。
鄂君悵望舟中夜，繡被焚香獨自眠。

其三
七夕來時先有期，洞房簾箔至今垂。
玉輪顧兔初生魄，鐵網珊瑚未有枝。
檢與神方教駐景，收將鳳紙寫相思。
武皇內傳分明在，莫道人間總不知。
〈碧城三首〉　李商隱

義山詩以晦澀難解、寄意遙深著稱，〈碧城三首〉可以說是義山詩中最難解的篇章之一了。古云「詩無達詁」，這三首詩堪為這一古訓最有力的證據。明人胡震亨認為是吟詠當時貴主之事，有諷勸之意（《唐音戊籤》）；清人姚培謙、徐德泓認為是君門難近，幕府失意之作（《李義山詩集箋注》）；朱彝尊、錢良擇認為是為唐明皇、楊太真而作（朱說見《曝書亭集》，錢說見《唐音審體》）。次外，還有詩人自戀及觀伎、遊仙等種種解說。這些解說也大都能圓融其說，真正是「一千個讀者就有一千個哈姆雷特」。於此眾說紛紜之中求其確解，幾乎不太可能，所以紀曉嵐乾脆說，這三首詩乃是寓言，其所寓之意則不甚可知（《詩說》）。

回避矛盾固然省事，但卻並不能解決問題。不能求得「絕對值」，但至少應該求得「近似值」。仔細玩繹，反覆體味全詩，我們覺得胡震亨的說法較為可信，也許就是〈碧城三首〉的「近似值」。胡氏結合唐代史實，認為是諷刺時事，吟詠貴主，《唐音戊簽》指出：「唐初公主多自請出家，與二教（佛、道）人媟近。商隱同時如文安、潯陽、平恩、邵陽、永嘉、永安、義昌、安康諸主，皆先後丐為道士，築觀在外。史即不言他醜，於防閒復行召入，頗著微詞。」清人程夢星、馮浩以及近人張采田、黃侃也都贊同此說，因取以為解。

〈碧城三首〉這個詩題，是摘取首章首句首二字為題，本於《三百篇》章法。這在李義山詩中與〈無題〉詩同屬一類。這三首詩，第一首以仙喻道，概寫其居處之溫馨與情思之幽深；第二首則具體描寫其情愛生活，儘管前面這兩首都寫得綢繆繾綣，情意綿綿；第三首卻以諷誡作結，卒章顯旨。

先來看第一首。

開頭前四句一下子就把我們帶進一個城闕巍峨、冰清玉潔、鸞鳳和鳴、瑰麗非凡的神仙世界。「碧城」，即是仙人居住的地方。《太平御覽》云：「元始天尊居紫雲之閣，碧霞為城。」「十二」是形容城闕之多，並非實數。義山在〈九成宮〉一詩中亦有「十二層城閬苑西」的句子。「曲闌干」，是說碧城層層疊疊，曲欄回護；加以雲霞繚繞，明滅可見，好一派仙宮景象。接著描寫仙女服飾的華貴珍異。《南越志》云：「高州巨海有大犀，出入有光，其角開水避塵。」《嶺表錄異》云：「辟（避）塵犀為婦人簪梳，塵不著發也。」仙女使用辟塵犀的角做成的簪梳，頭髮可以不染塵埃，故云「犀辟塵埃」。「玉辟寒」，是說玉本溫潤，可以袪寒。這裡點出「塵」字、「玉」字，弦外之音是說公主雖已入道，卻塵心未斷，情欲未滅。故馮浩評曰：「入道為辟塵，尋歡為辟寒也。」

接下來頷聯進一步把仙境描繪成仙鶴傳書、女床棲鸞的溫柔之鄉。「閬苑」，亦是仙人所居之地，《西王母傳》稱：「王母所居，在昆侖之圃，閬風之苑。」「有書」的「書」，指書信，這裡似乎還不是一般的書信，而是情書。「附鶴」亦為仙境之事，〈錦帶〉云：「仙家以鶴傳書，白雲傳信。」「女床」，是仙山之名，據《山海經．西山經》：「女床之山……有鳥焉，其狀如翟而五彩文，名曰鸞鳥。」「女床無樹不棲鸞」，女床山中沒有一棵樹上不是鸞鳳雙棲的。聖潔的仙境，竟然如此與塵凡無異！程夢星有評曰：「首二句明以道家碧城言之，謂其蕊宮深邃，天地肅清，犀玉之深，莊嚴清供，自是風塵外物，豈有薄寒中人。孰知處其中者意在定情，傳書附鶴，居然暢遂，是樹棲鸞，是則名為仙家，未離塵垢。」（《重訂李義山詩集箋注》）

前兩聯以仙境暗喻道觀，雖未明言公主，但胡震亨認為如此華貴，非公主不能當（《唐音戊簽》），故實際上已寫出公主的男歡女愛之樂。後兩聯寫仙女感嘆「夜合明離」之苦，幻想長夜不曉，歡娛無已，諷刺的意味尤為明顯。

頸聯所描寫的景象十分奇特：星沉海底，當窗可見；雨過河源（黃河之源），隔座能看。這是因為仙女是在高高的碧城之上，故能有此奇觀。「星沉海底」，意謂天將破曉；「雨過河源」，暗指歡會已畢。仙女在夜裡幽會之後，天色已明，情郎離去，不免若有所失，無限悵惘，無聊之中忽生出幻想來，尾聯就是這種幻想的意象。

「若是曉珠明又定，一生長對水晶盤。」如果太陽一直掛在天空，黑夜永不來臨，就只能孤寂獨居，再也不能棲鸞相歡了；反之，如果明月高懸，長夜不曉，豈不可以歡娛無已，相伴終生。「曉珠」，指太陽。《太平御覽》引《周易參同契》云：「日為流珠。」《唐詩鼓吹》亦注云：「曉珠，謂日也。」皇甫湜〈出世篇〉亦稱：「西摩月鏡，東弄日珠。」「水晶盤」，指月亮。王昌齡〈甘泉歌〉云：「昨夜雲生初拜月，萬年甘露水晶盤。」舊注引《飛燕外傳》用趙飛燕枕前不夜珠以解「曉珠」，又引《三輔黃圖》用董偃玉晶盤貯冰事以解「水晶盤」，均泥而不確。

碧城十二曲闌干犀辟塵埃玉辟
寒閬苑有書多附鶴女牀無樹
不棲鸞星沈海底當窗見雨過
河源隔座看若是曉珠明又定
一生長對水晶盤
李商隱詩
甲午大周延

周延 作

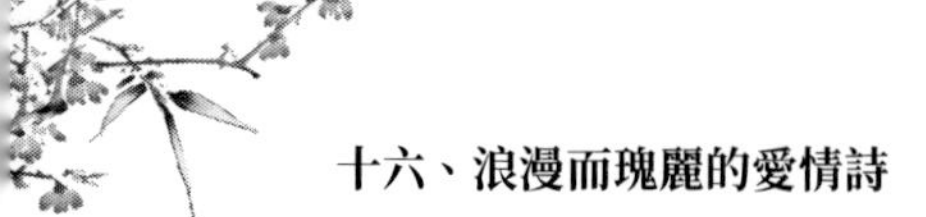

再看第二首。

第二首專寫貴主的情愛生活，其縱情聲色已達極致。首聯描寫對情郎的神往與親昵：「對影聞聲已可憐，玉池荷葉正田田。」面對情郎的身影，聽到情郎的聲音，已覺得十分可愛，更何況與情郎歡會相接呢！「對影聞聲」，也許是朝夕相處的寫實，也許是神情恍惚的虛擬，足以說明公主對情郎的心馳神往。「玉池」，大致相當於今之所謂愛河。蕭衍〈歡聞歌〉有云：「豔豔金樓女，心如玉池蓮。」「荷葉正田田」，顯然是用漢樂府民歌「江南可採蓮，蓮葉何田田」的詩意，用「魚戲蓮葉間」，暗寓男女相愛相嬉。

頷聯似乎又掉轉筆頭，以情郎的口吻叮囑女子要鍾情專一，不可見異思遷。「蕭史」與「洪崖」都是傳說中的人物。蕭史相傳為春秋時人，善吹簫，秦穆公把女兒弄玉許配給他，並為築鳳台以居。一夕吹簫引鳳，與弄玉一同升天而去。(《列仙傳》)洪崖亦是傳說中的仙人，郭璞〈遊仙詩〉之三有云：「左挹浮丘袖，右拍洪崖肩。」這裡情郎以蕭史自比，囑咐女子不是蕭史休要回首顧盼，見到同為仙道中人的洪崖，切莫拍肩交好。

頸聯極寫其歡愛放縱的情態。「紫鳳放嬌」，是形容女子嬌美恣情。「紫鳳」，據《禽經》云：「鸑鷟，鳳之屬也，五色而多紫。」王昌齡有詩云：「紫鳳銜花出禁中。」「楚佩」，當是用《楚辭．離騷》「扈江蘺與辟芷兮，紉秋蘭以為佩」辭意。「赤鱗狂舞」，則比喻男子雄健放縱。江淹〈別賦〉有云：「聳淵魚之赤鱗。」這句暗用「瓠巴鼓瑟，遊魚出聽」的典故，故有「撥弦」云云。

尾聯借用鄂君〈越人歌〉的典故，表示對情郎的想念之情。據劉向《說苑》：「君獨不聞夫鄂君子晳之泛舟於新波之中也？乘青翰之舟，極芮芘，張翠蓋而擒犀尾，班麗袿衽，會鐘鼓之音，畢榜枻越人擁楫而歌。於是鄂君乃揄修袂，行而擁之，舉繡被而覆之。」詩中所謂「舟中」、「繡被」云云都出自這個典故。「鄂君」與頜聯中的「蕭史」相同，都是指稱公主的郎君的。公主一方面齋戒修道，「繡被焚香」；另一方面卻因為寒衾獨宿，一如越人之於鄂君，不能不想起與情郎歡會的美好時光而頓生「悵望」。

〈碧城三首〉如果撇開它的諷刺意義，單就其所描寫的情愛生活而言，在中國古典詩歌中是頗為出格的。程夢星評曰：「此首（第二首）較前，已極寫其放蕩矣。」又云：「愚嘗謂義山作此等詩，鄙俗至矣。使不善學者讀之，即以為冶容誨淫可也。山谷懺悔綺語，義山作俑可乎？然考其本源，實從《國風》、〈離騷〉及〈三都〉、〈兩京〉、〈長楊〉、〈羽獵〉諸賦得來。蓋侈言其情事，而歸之于正道，所謂備鑒戒也。」（《重訂李義山詩集箋注》）

義山詩意圖 劉波 作

最後看看第三首。

第三首是全詩的總結。首聯一般以《漢武內傳》所載王母七夕來會作解，因為尾聯也提到「武皇內傳」。《漢武內傳》記云：「帝閒居承華殿，忽見一女子，美麗非常，曰：『我墉宮玉女王子登也。七月七日王母暫來。』帝下席跪諾。於是登延靈之台，盛齋存道以候之。至七月七日二更後，王母果至。」其實，這裡用「七夕」的典故，就是借牛郎織女七夕相會來比喻公主與情郎的幽期密約，因為公主在「碧城」之上，與牛郎、織女同居太空星漢之間，這樣理解似乎較為自然。洞房垂簾，正指公主與情郎歡會。

頷聯頗為難解。程夢星曰：「顧兔生魄，早已有娠，珊瑚無枝，但猶未產耳。」（《重訂李義山詩集箋注》）即言公主有孕，尚未生產，一說連繫下一聯希望青春永駐，美色不衰，「玉輪顧兔」，用《楚辭．天問》的典故：「夜光何德？死而又育。厥利維何？而顧兔在腹。」王逸注云：「言月中有兔，何所貪利，居月之腹而顧望乎？」「初生魄」，是指望月始缺時有體無光的陰影部分。《尚書．康誥》云：「惟三月哉生魄。」注云：「始生魄，月十六日明消而魄生。」「鐵網珊瑚」句，據《本草》：「珊瑚似玉，紅潤，生海底磐石上，一歲黃，三歲赤，海人先作鐵網沉水底，貫中而生，絞網出之，失時不取則腐。」這兩句的意思，大約是說時光流逝，人生易老，容顏易衰，當及時行樂。「有花堪折直須折，莫待無花空折枝。」

頸聯承接頷聯意緒，既然時光易逝，青春易老，則希望透過修道祈求青春永駐，美色不衰，如此便可以歡情永結，長享溫柔。「檢與神方教駐景」，馮浩解云：「《說文》：『景，光也。』駐景有駐顏之意，謂得神方使容顏光澤不易老也。」「鳳紙」，唐朝宮中所用，道家青詞亦用之。王建《宮詞》有云：「每日進來金鳳紙，殿頭無事不多書。」這裡是說公主拿修道用的鳳紙竟寫起相思的情書來了。

最後一聯劈頭而下，十分突兀，似乎要將入道公主突然喚醒：君不見漢武帝臨幸大長公主及呼賣珠兒董偃為主人翁等宮闈秘事在「武皇內傳」（當為《漢武內傳》）中一一記錄在案：公主也切莫僥倖，以為碧城雲霄中做的好事人間並不知曉，其實早已盡人皆知了。這對於沉迷於溫柔鄉中的公主不啻是當頭棒喝，定然要嚇出一身冷汗來的。原來詩人的用意全在於此！故程夢星評曰：「唐時貴主之為女道士者不一而足，事關風教，詩可勸懲，故義山累致意焉。」

七夕來時先有期洞房簾箔至
今垂玉輪顧兔初生魄鐵網珊瑚
未有枝檢與神方教駐景收將
鳳紙寫相思武皇內傳分明在莫
道人間總不知
李商隱詩
甲午冬月周延

周延 作

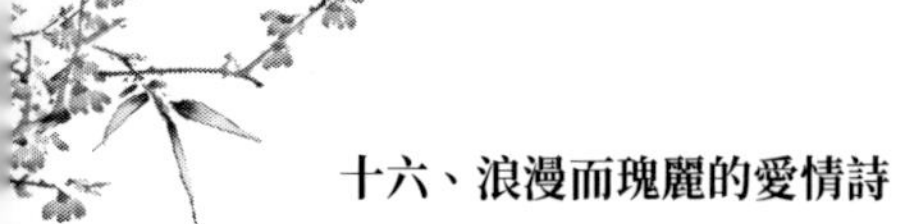

宋人黃鑒《楊文公談苑》稱：「義山為文多簡閱書冊，左右鱗次，號『獺祭魚』。」這裡所謂的「文」實際上指的是詩。義山詩好用典，且多用僻典，這是不可否認的事實，因此多為後人詬病。〈碧城三首〉幾乎是無一句不用典故，這對於讀者來說，固然帶來不少困難。但是，義山用典絕不是典故的堆砌和賣弄，而是為了營造一種氛圍和境界。這三首詩中，許多典故巧妙地自然組合在一起，構成一系列深曲幽邃、新奇瑰麗的意象，可見其用典是極具創造性的。故清人薛雪《一瓢詩話》有云：「後人以獺祭毀之，何其愚也，試觀獺祭者能作得半句玉谿詩否？」

本詩通篇採用隱喻的手法，把場景安排在雲端碧城之中，頗能切合入道修仙的公主。詩中把男女情事描繪得淋漓盡致、香奩可掬，直到最後，才從雲端跌落到現實的地面，末尾兩句極具警醒的力量，此即所謂「侈言情事，歸於正道」。可以說，〈碧城三首〉是在浪漫的情調中展現了詩人一貫的現實精神。

十七、為伊消得人憔悴

雁盡書難寄，愁多夢不成。
願隨孤月影，流照伏波營。
〈閨怨〉　沈如筠

裊裊城邊柳，青青陌上桑。
提籠忘采葉，昨夜夢漁陽。
〈春閨思〉　張仲素

打起黃鶯兒，莫教枝上啼。
啼時驚妾夢，不得到遼西。
〈春怨〉　金昌緒
——唐代閨怨詩三首

古時候，戰爭連綿不斷，給人民帶來了許多不幸和痛苦。有戰爭就必然需要男人出征，男人出征就必然造成妻子獨守閨門。因此，征夫與思婦便成為詩人經常吟詠的題材。尤其是詩人筆下那些獨守閨門的思婦，她們的思念與期待，她們的寂寞與幽怨，她們的痛苦與悲哀，更是動人心魄，感人至深。下面，我們就來欣賞三首唐人的閨怨詩。

第一首是初唐詩人沈如筠的〈閨怨〉：

雁盡書難寄，愁多夢不成。
願隨孤月影，流照伏波營。

這首詩寫一位閨中女子在明月之夜思念丈夫，感嘆書信難寄，好夢不成，因此希望追隨月光來到丈夫的軍營。

「雁盡書難寄，愁多夢不成。」開頭兩句是一個十分工整的對句，非常巧妙而又十分細膩地表現了這位閨中的思婦想念征夫的滿腔愁緒。「雁盡書難寄」，這是引用雁足傳書的典故。根據《漢書．蘇武傳》記載，蘇武出使匈奴，被匈奴單於扣留，並把他流放到北海牧羊。後來匈奴與漢朝和親，漢武帝要求匈奴放還蘇武。匈奴謊說蘇武已死，蘇武也想了一個辦法騙過了匈奴單于。他讓漢朝的使臣對單于講，漢武帝在上林苑射獵，射下來一隻從北方飛來的大雁，大雁的腳上繫著一封信，信上說蘇武並沒有死，在北方某大澤中。匈奴單于無奈，只得把蘇武歸還了漢朝。後來，鴻雁就被附會成了替人們傳遞書信的使者。這位思婦正在閨房內思念遠戍邊疆的丈夫，希望鴻雁也能幫她傳遞一封書信，可是大雁早已飛過，想托鴻雁寄信已是不可能的事了，所以說「雁盡書難寄」。既然書信沒有辦法寄達，那麼即使能做個夢也好呀，在夢中豈不是可以與丈夫傾訴離別之恨和相思之苦嘛！然而，「愁多夢不成」，由於這離愁別恨太多、太深、太重，以至於想做個團圓夢也不成。

思念丈夫的滿腔愁緒使得這位閨中思婦輾轉反側，難以入睡。於是，她起身走近窗前，抬頭一望，但見一輪孤月懸掛在空中。此情此景，更加深了她的孤獨感和寂寞感。這時候，她忽然冒出一個奇妙的想法：她多麼希望自己能夠像月光一樣，灑落到丈夫的軍營，投入到親人的懷抱啊！「願隨孤月影，流照伏波營。」「流」，是形容月光如流水一般傾瀉而下。「伏波營」，是用東漢伏波將軍馬援南征交趾的典故，這裡指的就是丈夫的軍營。大概這位思婦的丈夫這時候正在南疆戍守。明月當空，四海與共。思婦透過月光把閨房與軍營連到了一起，深情地表達了自己的美好願望。

詩中的主人公在閨中思念遠戍邊疆的丈夫，希望雁足傳書不成，希望夢中團聚也不成，最後希望與明月一起來到親人的軍營，這一願望能否實現呢？詩人沒有繼續往下寫。很顯然，思婦這種美好而天真的想法是無法實現的，這種深沉而悲切的閨怨也是無法解脫的。

孤月流照圖 陳孟昕 作

下面我們再來欣賞第二首，這是中唐詩人張仲素的〈春閨思〉：

裊裊城邊柳，青青陌上桑。
提籠忘采葉，昨夜夢漁陽。

這首詩寫一位採桑女子因沉醉在昨夜夢中到戰地漁陽與丈夫相逢的喜悅之中，竟然忘記了採桑。這首詩的寫法與前面一首有些不同，雖然同是描寫閨思閨怨，基調卻顯得明快活潑；但實際上，在這種明快和活潑的基調中所表現出來的閨怨反而更顯得深沉和厚重。

詩的開頭兩句是寫景：「裊裊城邊柳，青青陌上桑。」這是一幅色彩明麗的春日郊野圖。「裊裊」，是形容柳絲低垂搖曳的樣子。「陌」，即阡陌，也就是田間的小路。「陌上桑」，這裡既是寫實，指田野間的桑林；同時，因為「陌上桑」是樂府古題，大多描寫採桑女子春日相思的內容，所以也與這首詩「春閨思」的題意相合。「裊裊城邊柳，青青陌上桑。」城邊的綠柳，在和煦的春風吹拂下，依依飄拂；陌上的桑林，在春光的沐浴下，那新嫩的葉子青翠欲滴。自然界一派春光明媚、生機勃勃的景象，詩歌由此起興，是為了襯托主人公思春懷春的心情。接著便描寫她採桑的情景。

「提籠忘采葉，昨夜夢漁陽。」這位採桑女子手提竹籃，卻忘了採桑，在那裡發呆。這是為什麼呢？原來她昨天夜裡做了一個夢，夢見自己來到了漁陽，見到了日思夜想的丈夫。「漁陽」是當時的戰地，大概採桑女子的丈夫就在那裡從征打仗。此時此刻，她還在回味著夢中的情景，以至於忘了手中的活計 —— 採桑。「提籠忘采葉，昨夜夢漁陽。」這兩句詩寫得非常精彩，詩人抓住採桑女子凝思回想的片刻神態，把一位痴痴地思念征夫的採桑女子活脫脫地刻畫出來了：她身倚桑樹，手挎竹籃，卻一動不動，完全沉醉在夢境的回想之中。

那麼，採桑女子夢見的是什麼呢？詩並沒有告訴我們，但我們根據詩的題目和詩中所描繪的意境可以推知，這是一個令人高興的夢，一個值得回味的夢。然而，當採桑女子從美好夢境的回味之中突然驚醒的時候，那美好的夢境只會加倍激起她對戰場上的丈夫更為深切的擔憂和刻骨銘心的思念。

這首詩在風格上明顯受到《詩經》的影響，《詩經》有一首題為〈卷耳〉的詩，寫一位採集卷耳的女子一心想著遠征的丈夫。她一面採卷耳，一面幻想戰場上的丈夫如何翻山過崗，如何飲酒解愁等種種情景。她這樣心不在焉，以致一筐卷耳老也採不滿。而〈春閨思〉這首詩的作者刻畫採桑女子思念征夫，手法更為高妙，留給了讀者更多的想像餘地。

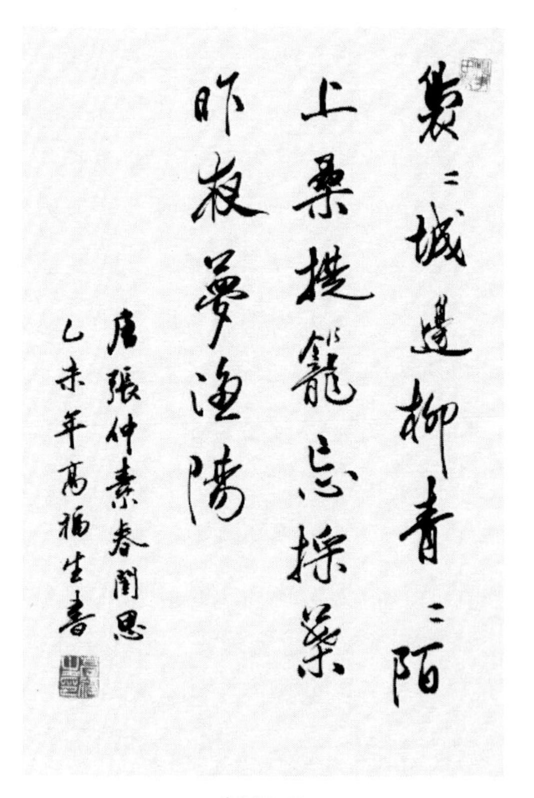

高福生 作

最後，我們要欣賞的第三首，是晚唐詩人金昌緒的〈春怨〉：

打起黃鶯兒，莫教枝上啼。
啼時驚妾夢，不得到遼西。

這首詩寫一位春閨中的思婦驅趕黃鶯，希望能夠安安穩穩地進入夢鄉，到遼西與丈夫團聚，曲折而深刻地表現了閨怨的主題。

這首閨怨詩在寫法上與前兩者又有明顯的不同，四句詩前後銜接，上下相承，環環緊扣，詩意連續，成為一個不可分割的整體。詩的感情基調和第二首類似，也是偏向於活潑的一類，語言生動、通俗，帶有民歌風味。

起句顯得十分突兀：「打起黃鶯兒」。這位閨中的思婦為什麼要特意把黃鶯趕跑呢？接著第二句做了解釋：「莫教枝上啼」。原來是不讓黃鶯在樹枝上啼叫。本來黃鶯的啼叫是十分婉轉動聽的，這位閨中思婦為什麼不讓它啼叫呢？第三句又進一步做了解釋：「啼時驚妾夢」。黃鶯的啼叫會驚醒我的夢。那麼，這夢又是什麼美妙而重要的夢呢？竟值得如此費心勞力，要特地把黃鶯趕走，不讓它啼叫，以免驚破好夢？最後才告訴我們最終的原因是：「不得到遼西」。到遼西去做什麼呢？詩沒有再做交代，因為這是不言而喻的。遼西，是當時的戰場。這位春閨中的思婦希望夢中能去遼西，自然是想去和她在那裡作戰的丈夫相會。哪怕是夢中，只要能夠見上一面也好，所以這位癡情而又細心的思婦，為了達到這樣一個虛幻的目的，竟那麼認真地驅趕黃鶯，以防止黃鶯啼叫驚破她的美夢。這一系列動作和心理的描寫，既表現了這位閨中女子的細心，同時也表現了她獨守空房的寂寞和無聊，尤其表現了她對遠在遼西的丈夫的深切思念。

上面這三首五言絕句都是描寫閨中思婦的，並且都是透過寫夢來表達閨怨，表達思念征夫的一往情深的。閨中怨與夢中情，是那樣深深地打動

和感染著我們。作者都是以思婦的口吻，站在思婦的立場上，委婉而曲折地訴說了戰爭給她們帶來的痛苦。唐代另一位詩人陳陶的〈隴西行〉中有兩句詩說：「可憐無定河邊骨，猶是春閨夢裡人。」詩人以強烈的對比，直接控訴了戰爭的殘酷和悲慘：可憐那無定河邊的累累白骨，他們的家屬還在春閨美夢中苦苦思念著，希望他們回家團聚。也許，上面幾位思婦所思念的丈夫，也早已血灑沙場，成了塞外枯骨，而她們卻還在一往情深地苦苦思念著。如果真是這樣的話，那麼，思婦的閨怨，就成為無盡的悲哀了；思婦的夢情，也就成為永遠的夢幻了。當然，這是作者，也是我們讀者，尤其是閨中的思婦所不願發生的事情。

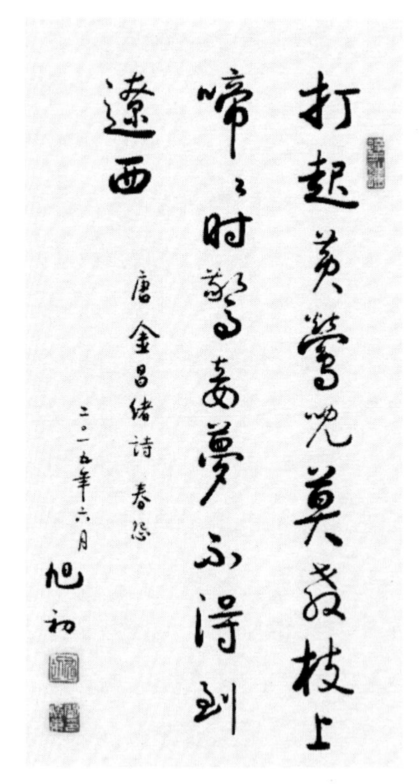

旭初 作

十八、一樣春風一樣柳，不同情志不同詩

碧玉妝成一樹高，萬條垂下綠絲條。
不知細葉誰裁出，二月春風似剪刀。
〈詠柳〉　賀知章

一樹春風千萬枝，嫩於金色軟於絲。
永豐西角荒園裡，盡日無人屬阿誰？
〈楊柳枝詞〉　白居易

絆惹春風別有情，世間誰敢鬥輕盈！
楚王江畔無端種，餓損纖腰學不成。
〈垂柳〉　唐彥謙
——唐人詠柳詩三首

春天來了，萬物復甦，那池畔河邊的楊柳，最先綻出了鵝黃的細葉，給人們報告春的資訊。「春風楊柳萬千條」，嫩綠的柳絲，在和煦的春風吹拂下，翩翩起舞，這春光融融的景象，不能不引起人們無限的遐思。古往今來，無數詩人墨客寫下了許許多多詠柳的詩詞。今天，我們就一起來欣賞三首唐人的詠柳詩。

第一首是初唐詩人賀知章的〈詠柳〉：

碧玉妝成一樹高，萬條垂下綠絲條。
不知細葉誰裁出，二月春風似剪刀。

這是一首膾炙人口的著名詩篇，現在不少兩三歲的小孩都能背誦。那麼，這首詩為什麼能夠得到人們如此的喜愛呢？我以為主要是因為詩人採用了貼切而新穎的比喻，給人以新鮮而難忘的印象。

詩人先把柳樹比作美麗的少女：「碧玉妝成一樹高，萬條垂下綠絲條。」那亭亭玉立的柳樹，就像美女剛剛梳妝打扮完畢一樣，分外妖嬈。那萬千條碧綠的柳絲，如同美女身上華麗的衣飾，秀美可人。「碧玉」是漢樂府〈碧玉歌〉中的少女形象，詩人拿來比喻春天的柳樹非常貼切：一則柳樹有女性柔美的特性，二則「碧玉」有近似綠柳的顏色，這就把美麗動人的柳樹形象地展示在我們的面前。

接著，詩人又用了一個更為新奇美妙的比喻：「不知細葉誰裁出，二月春風似剪刀。」柳絲上那細細的嫩葉一夜之間就從光禿禿的柳枝上冒了出來，難道是誰一片一片細心裁出的嗎？原來是二月春風像剪刀一樣把柳葉剪裁得勻稱妥帖，鮮嫩可人。詩人用剪刀來比喻看不見摸不著的春風，引發了人們奇妙的想像：鬼斧神工的大自然不僅用「剪刀」「裁」出了萬千條柳絲的細葉，也「裁」出了紅花綠草，「裁」出了萬裡春光。不僅使柳樹披上了新裝，成了美麗的少女，也給大地換上了新裝，成了一個生機勃勃的世界。詩人名為詠柳，實際上是對春天的歌頌，是對春的力量、春的美麗的熱烈禮讚。

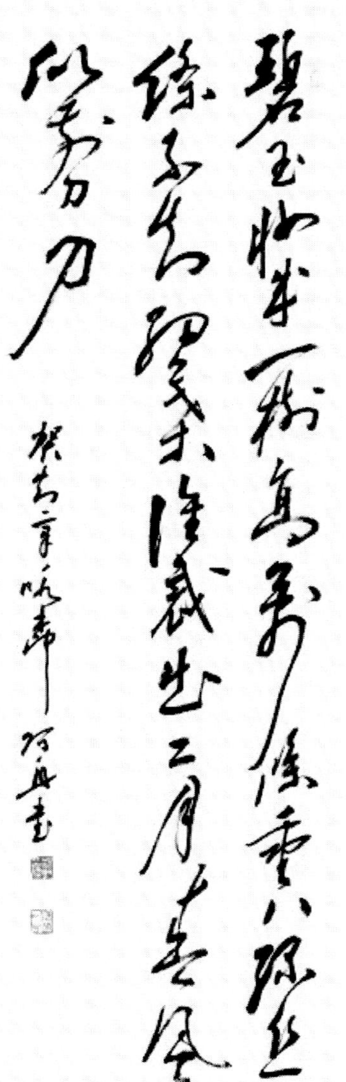

范堅 作

接下來，我們再來欣賞第二首，這是中唐詩人白居易的〈楊柳枝詞〉：

一樹春風千萬枝，嫩於金色軟於絲。
永豐西角荒園裡，盡日無人屬阿誰？

白居易這首詠柳詩與賀知章的不同，他是借詠柳來抒發感慨，屬於托物言志的一類。

詩的前兩句寫柳的嫵媚生動，風姿可愛：「一樹春風千萬枝，嫩於金色軟於絲。」這一株柳樹沐浴著春風，千萬條柳絲，翩翩起舞，搖曳生姿。遠遠地望去，那剛剛抽芽的鵝黃色的柳葉，似乎比黃金的顏色還要嫩黃；那輕輕飄拂的柳絲，彷彿比縷縷細絲還要柔軟。詩人用「千萬枝」來形容這株柳樹的繁密和茂盛，一株柳樹就有萬千枝條，給人以春意盎然的感覺。又用一個「嫩」字和一個「軟」字來形容新柳的顏色和輕柔，也頗能抓住其特徵。剛剛綻出新芽的柳枝的確是金黃色的，再經過一段時間的生長，才會像前一首詩所描寫的那樣，成為碧綠的絲條。

前面兩句用誇張和比喻，寫盡了春風楊柳的無限可愛，接下來詩人筆鋒一轉，感嘆柳樹生長在荒僻的地方，無人欣賞：「永豐西角荒園裡，盡日無人屬阿誰？」原來這株柳樹生長在洛陽城永豐坊西南角的一個荒園裡，儘管它長得枝葉繁茂，春意稠穠，但由於這地方太偏僻，太荒涼，會有誰來領略和欣賞呢？只落得終日寂寞，備受冷落，與前兩句所描寫的動人風姿形成強烈的反差，表達了詩人對柳樹的無限惋惜和深切遺憾。

詩中講到的「永豐」，指的是唐代東都洛陽的永豐坊。當時，詩人白居易已被解除尚書的職務，遠離京都長安，在洛陽閒居。也許是早春的某一日，詩人路過永豐坊，看到這株風姿可愛卻無人賞識的柳樹，他觸景生情，不免想到自己的現實景況，因而感慨萬端。這使我們想起柳宗元，他被貶謫到永州，寫出著名的《永州八記》，描寫永州的山水之美，感嘆這些美好的山水不在中州勝地而在荒僻的蠻夷之境，「千百年不得一售其伎」。這都是托物言志之作，飽含著作者自己的身世之感。

最後，我們一起來欣賞晚唐詩人唐彥謙的〈垂柳〉：

絆惹春風別有情，世間誰敢鬥輕盈！
楚王江畔無端種，餓損纖腰學不成。

這首題為〈垂柳〉的詩，用意全不在寫柳，純粹是借題發揮，比起前一首白居易的〈楊柳枝詞〉來，托物言志的成分更為明顯。

詩的前兩句寫垂柳在春風中飄逸瀟灑，婀娜多姿，別有一番風情。「絆惹春風別有情，世間誰敢鬥輕盈！」與前面兩首不同，詩人沒有著意去刻畫垂柳的枝葉形貌和色澤光彩，而是著重描寫垂柳的神情風韻。春光融融，楊柳依依，逗得春風竟不願離去。垂柳那輕盈的體態，柔軟的身姿，世間有誰能勝過它呢？「絆惹春風別有情」中的「絆惹」二字用得極妙，「絆」是被絆住了腳的「絆」，「惹」是招惹的「惹」，「絆惹」就是撩撥逗玩的意思。明明是春風把柳絲吹起，使之隨風起舞，搖曳生姿；詩人卻說是柳絲吸引了春風，惹得春風停住了腳步。這種寫法就十分生動有趣，把垂柳風姿特出、恃美而驕的神情刻畫得活靈活現。「世間誰敢鬥輕盈」中的「鬥」，是爭強鬥勝的「鬥」，這裡是比賽的意思，「鬥輕盈」就是比賽看誰更輕盈。

詩人為什麼要把垂柳寫得這般嬌美，這般柔情萬種呢？原來是為後面兩句做鋪墊。「楚王江畔無端種，餓損纖腰學不成。」詩人由眼前垂柳的纖細柔順，忽然聯想到楚靈王好細腰的故事來。相傳楚靈王喜好細腰，他的臣下一個個都節食束腰，迎合他的癖好，以至於鬧到「靈王好細腰，國中多餓人」的地步。詩人結合眼前的景物，把這個故事加以引申，用來

諷刺晚唐社會政治腐敗的客觀現實。江邊的這些柳樹，楚王只不過是無意栽種的，而那些慣於揣摩帝意，迎合聖上的大臣卻滿以為摸到了帝王的意向，一個個都餓瘦了身體，但並沒有得到帝王的寵愛。原來詩人是借垂柳起興，諷刺和指責媚上的權奸、誤國的臣僚。同時，詩人不僅嘲諷爭寵取媚的臣下，矛頭也直指封建帝王。與詩人差不多同時的另一位詩人曹鄴在一首題為〈捕魚謠〉的詩中這樣寫道：「天子好征戰，百姓不種桑；天子好年少，無人薦馮唐；天子好美女，夫婦不成雙。」指陳時弊，直指帝王。所不同的是，唐彥謙的這首〈垂柳〉採取托物寄興的手法，諷喻的意義委婉含蓄一些罷了。

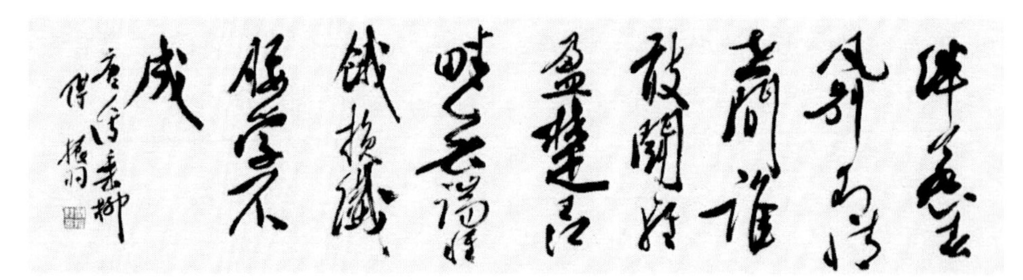

傅振羽 作

十九、血淚鑄就的詞章

春花秋月何時了？往事知多少？小樓昨夜又東風，故國不堪回首月明中。
雕欄玉砌應猶在，只是朱顏改。問君能有幾多愁？恰似一江春水向東流。
〈虞美人〉　李煜

李煜是南唐的最後一個皇帝，一個亡國之君，所以歷史上稱他為李後主。他的名字之所以流傳下來，倒不是因為他做過皇帝，而是因為他是一位出色的詞人。《南唐二主詞》中收有他的三十多首詞，其中多數是他早期的作品，多是描寫宮廷享樂生活的豔詞，意義不大；而亡國之後，做了趙宋的俘虜，生活發生了根本的變化，這時候寫的作品，多是抒發自己國破家亡的內心感受，情真意切，具有很高的藝術性，形成了獨特的風格，對後世產生了很大的影響。這裡要講的〈虞美人〉，就是他被俘後懷念故國，抒發內心苦悶的代表作品之一，是歷來傳誦的名篇。

五代十國是唐宋之間一個短暫而黑暗的時代，軍閥割據，戰亂頻起，中原大地出現了四分五裂的局面。在北方，先後有所謂梁、唐、晉、漢、周「五代」；南方則有吳、南唐、吳越、楚、閩、南漢、前蜀、後蜀、荊南加上北方的北漢，稱之為「十國」。南唐是十國中較為強大的國家之一，佔據今江蘇、安徽淮河以南和福建、江西、湖南、湖北的部分地區，立都金陵，也就是現在的南京市。南唐於西元九三七年立國，開國君主便是李煜的祖父李昪。在戰亂中創立基業的李昪，深知兵戈之害，立國後積極推行息兵養民政策。李昪在位不到七年就去世了，他的兒子，也就是李煜的父親李璟繼位。李璟在位十八年，繼續奉行其父李昪所制定的國策，這片東南富庶的土地上生產得到發展，「曠土盡辟，桑柘滿野」，出現了經濟的繁榮和社會的安定。西元九六一年，也就是趙宋建國第二年，李璟病逝，李煜即位。李煜即位後，國勢岌岌可危，他一方面向趙宋納貢稱臣，一方面奉佛求神，委曲求全，苟且偷安。終於在西元九七五年，趙宋重兵圍困金陵，李煜無力抵抗，率眾「肉袒出降」，第二年的正月就被押解到汴京（今開封），成了趙宋王朝的階下囚。至此，先後經歷先主李昪、中主李璟、後主李煜，慘澹經營了三十八年的南唐小朝廷也就徹底覆滅了。

到了汴京之後，李煜過了兩年屈辱的囚徒生活。宋太祖趙匡胤封給他一個帶有侮辱性的爵位——「違命侯」，把他幽禁在一棟小樓裡，過的是所謂「日夕只以眼淚洗面」的日子。往日享盡榮華的一國之主，如今成了他人的階下之囚。在這樣淒涼的處境中，詞人遙念故國，思緒萬千，滿腔的哀愁和悲憤，飽蘸淚水，熔鑄成這首千古流傳的〈虞美人〉詞。

詞的上闋由描寫眼前的景物而引起對往事和故國的懷念，下闋則主要抒發內心感慨。

「春花秋月何時了？往事知多少？」詞一開頭，就是一個沉重的自問句，因為這時候，詞人隻身獨處，心中的愁緒無法向別人傾訴，所以只好自問自答、自我排遣了。「春花秋月」，在詩人詞客的筆下本是極為美好的景物，且多為愛情的象徵；可是，詞人在這裡卻說「春花秋月何時了」中的「了」是了結、了卻的意思。「何時了」，是問到底什麼時候有個完結，詞人對「春花秋月」為什麼會產生這樣的感覺呢？

李煜自幼天資聰穎，能詩文，善書畫，通音律，本是一位多情的風流才子。他十八歲和宰相周宗的女兒娥皇成婚，娥皇后來被封為國后，史稱「大周后」，她長得很漂亮，擅長音律歌舞，亦通書史，因此倆人感情十分深厚，終日在後宮優遊歌舞，縱情歡樂。後來，李煜又與娥皇的妹妹相好，當李煜二十八歲的時候，娥皇去世。娥皇死後四年，他就把娥皇的妹妹立為皇后，這就是「小周后」。南唐滅國之後，小周后也和李煜一起被押解到汴京，被宋太宗趙匡義強征入宮。昔日朝夕相伴的皇后，如今咫尺天涯，不得相見。詞人獨自一人在花前月下，想起昔日的美好時光，怎能

不暗自傷悼，萬分悲切呢？年年歲歲花相似，歲歲年年人不同，何況詞人的生活發生了這麼巨大的變故，所以他害怕「春花秋月」勾起對往事的回憶，不願見到這些美好景物，期望它早些消逝，早些完結。由此可見，這一「了」字，具有十分沉痛、十分厚重的力量。

「春花秋月」，有的本子作「春花秋葉」。這是用春天的花和秋天的葉這種自然界時序變換中具有代表性的事物來指代一年的時光，因為古人往往用「春秋」來代表一年，而這首詞大約作於詞人被俘之後的第二年春天，正好是一年的時間。這是說，詞人覺得這種囚徒生活十分難熬，不知什麼時候有個盡頭。這樣當然也是可以解得通的。並且，「春花秋月」也同樣可以作這樣的解釋。但是，連繫下一句「往事知多少」，似乎還是用「花前月下」那樣的意思去解說更好一些。所謂「往事」，當然可以包括詞人作為一個亡國之君的種種國仇家恨；但也許還是承前句而來，詞人因眼前景物觸發，很自然地想起昔日與大、小周后花前月下許許多多美好的光景和值得回憶的舊事。「知多少」，是說那些「往事」不知道有多少，即記得很多很多的意思。作者的另一首〈浪淘沙〉詞：「往事只堪哀，對景難排。秋風庭院蘚侵階。一桁珠簾閒不卷，終日誰來？金鎖已沉埋，壯氣蒿萊。晚涼天淨月華開。想得玉樓瑤殿影，空照秦淮。」全詞以「往事」二字領起，所謂「對景難排」的也就是和這裡一樣的情思，一樣的幽怨。

「小樓昨夜又東風，故國不堪回首月明中。」如果說前兩句主要是回憶昔日花前月下的往事，那麼這兩句主要是抒發亡國失地的悲痛。「小樓」，就是自己現在被囚禁的住所。詞人在另一首〈烏夜啼〉詞中，曾這樣描寫這座小樓和他的心境：「無言獨上西樓，月如鉤，寂寞梧桐深院鎖清秋。剪不斷，理還亂，是離愁。別是一般滋味在心頭！」往日是一國之君，如今成了囚徒，整天待在這牢獄一般的小樓裡，當然「別是一般滋味」。夜裡一陣東風拂來，明月高照，詞人身在異地，遙望故國，想到祖宗的事業，大片的河山，金陵的宮闕，江東的父老……等等，這一切都不堪回首啊！這裡需要特別注意的是句中的「東風」二字。我們知道「秋風鱸魚」的故事：《世說新語》上說，張翰在洛陽做官，當秋風起時，便想起家鄉吳中的蓴菜和鱸魚，覺得人生貴在適意，何必到千里之外來做官呢！於是他便辭官歸裡了。這裡李後主因東風而思故國，雖然與張翰的境界不同，但思念家鄉和故國的情思是一致的。汴京在西，金陵在東，東風一起，敏感的詞人就會想到這風是從他的故國吹來的；可是，令人悲慟的是，作為南唐的故國已經不復存在了。真是「亡國之音哀以思」，此時此刻，我們可以想見小樓之內、明月之下的詞人是多麼傷感和悲切。

上闋詞人遙念故國，是大範圍的整個南唐故國，下闋很自然地更進一步懷念故國中的京城殿闕：「雕欄玉砌應猶在，只是朱顏改。」「雕欄玉砌」，是泛指宮殿，這裡指南唐故都金陵城內的宮苑建築。「應猶在」，是說這些宮殿應該還在吧？這是作者身在異地的推測之詞。有的本子作「依然在」，則沒有了推測的意思。「朱顏改」，一般認為是指改變了紅潤的面顏，這是泛指人事的變遷。近代學者王闓運則認為：「朱顏本是山河，因歸宋不敢言耳。」說「朱顏改」含有江山易主的意義是講得通的，但說作者因歸宋而不敢明言則未必如此，因為上闋已經明言「故國」，那麼這裡明言「山河」又有何不可呢？顯然，這種解釋有些牽強。實際上詩無達詁，有些詩句或詞語如果解說得過於明確，反而覺得拘泥和死板，失去了原有的韻味。這兩句是說，故國的宮殿雖然依舊存在，但山河易主，物是人非，我的容顏也不勝憔悴，顯得有些蒼老了。

最後，詞人把無限的愁緒，用形象化的手法，傾瀉而出：「問君能有幾多愁？恰似一江春水向東流。」「問君」，是作者自問。「愁」，是全

詞的基調，卻一直到最後才明確點了出來。「愁」本是一種看不見摸不著的精神活動，詞人卻用比喻的手法，使之具體、生動而形象地展現在我們面前：長江的流水，滔滔汩汩，永不停息……我們讀著讀著，似乎就被這種深沉而悠長的愁緒所感染，感到有一種莫名其妙的無盡的惆悵。有人說這句是脫胎於李白的詩：「請君試問東流水，別意與之誰短長」（〈金陵酒肆留別〉）；也有說是脫胎於劉禹錫的〈竹枝〉中「水流無限似儂愁」。他們雖然都用流水來比喻愁緒，其間也許有某種啟發和借鑑，但都有各自不同的特色，有各自的創造性。歐陽修〈踏莎行〉詞「離愁漸遠漸無窮，迢迢不斷如春水」，這兩句脫胎於後主的痕跡似乎還更為明顯一些。這裡還有一點需要注意的是，詞人當時在汴京，就在黃河邊上，為什麼不說「一河春水」而說「一江春水」，不取近的黃河而偏偏要用遙隔千里的長江做比喻呢？這如同上闋的「東風」一樣，也是寄託一種對故國的情思。因為長江是故國的江，用來傳達對故國的思念和滿腔的愁緒，真是再貼切不過了。

王國維在《人間詞話》中評論李煜的詞說：「尼采謂一切文學，余愛以血書者。後主之詞，真所謂以血書者也。」據陸遊《避暑漫錄》描述，李煜在汴京的囚樓裡，七夕之夜，命歌妓作樂，慶賀他的四十一歲生日。因歌聲傳到外面，激怒了宋太宗，他隨即派人賜「牽機藥」御酒，毒死了李煜。而歌妓唱的就是這首「小樓東風」詞。於此說來，這首詞真是用血寫成的了。

清人趙翼有詩云：「國家不幸詩家幸，賦到滄桑句便工。」李煜倘若沒有國破家亡的慘痛經歷，平平穩穩地做著小朝廷的皇帝，寫一點風花雪月的豔詞，也許文學史上就留不下他的名字了，我們今天也不可能讀到像〈虞美人〉這樣催人淚下、感人肺腑的作品。

陳海良 作

十九、血淚鑄就的詞章

二十、夢裡不知身是客，別時容易見時難

簾外雨潺潺，春意闌珊，羅衾不耐五更寒。夢裡不知身是客，一晌貪歡。
獨自莫憑欄！無限江山，別時容易見時難。流水落花春去也，天上人間！
〈浪淘沙〉　李煜

李煜的這首〈浪淘沙〉，在有的傳本中還有一個標題叫作〈懷舊〉。又據蔡絛的《西清詩話》記載：「後主歸朝，每懷江國，且念嬪妾散落，鬱鬱不自聊，嘗作長短句云：『簾外雨潺潺』，含思淒婉，未幾下世。」可知這首詞寫於李煜被俘之後，臨死之前，是懷舊思鄉之作。

當時，李煜已成了亡國之君，大宋王朝的階下囚。李煜於西元九六一年，二十四歲登基，是南唐小朝廷的最後一個皇帝，史稱「李後主」。後主即位的時候，大宋王朝已經建立，即使他是一位勵精圖治、富有軍政才能的皇帝，也改變不了滅國失地的命運；何況他是一個「幾曾識干戈」（〈破陣子〉），多愁善感，擅長吟風弄月的風流才子。所以，雖然苟延殘喘了十多年，最後還是在強大的趙宋面前「肉袒出降」，成了一位亡國之君。因此，後人有憑弔李後主的句子說道：「作個才人真絕代，可憐薄命作君王。」

這首〈浪淘沙〉就是這位薄命君王對自己囚徒生活的寫照和對故國思念之情的抒發。基調深沉，詞意悲切，是一曲淒婉動人的哀歌。

詞的上闋描寫當時被幽禁的淒苦生活和感受，採用的是倒敘的寫法，先寫夢醒，再寫夢中。「簾外雨潺潺，春意闌珊，羅衾不耐五更寒。」清晨，詞人一夢醒來，簾外雨聲淅瀝，雖然已是暮春時節，但是，孤身寒衾，不禁覺得抵擋不住料峭春寒的襲擊。詞一開始，就渲染了一種孤寂淒冷的氣氛。「潺潺」，是形容雨聲。「闌珊」，衰殘、將盡的樣子。「春意闌珊」，是說春天即將消逝。「羅衾」，是絲綢的被子。這幾句中值得注意的是「羅衾不耐五更寒」的「寒」字，既是實指當時的自然環境，也是暗指詞人當時淒涼悲苦的心境。

「夢裡不知身是客，一晌貪歡。」「身是客」，「客」是相對於「主」而言的，凡寄居他處都是客，這裡是說自己過去是一國之主，如今成了他人的階下之囚。「一晌」，是一會兒、片刻的意思。這兩句回過頭來追憶夢中的情景：還以為是在金陵宮中與皇后同枕共歡，「紅日已高三丈透」（〈浣溪沙〉），還貪戀片刻的床褥歡娛，豈不知一夢醒來，自己已是大宋的囚徒，孤身一人睡在囚樓之中。當然，李後主絕不是三國時代蜀漢的後主劉禪，做了魏國的俘虜而樂不思蜀。恰恰相反，李後主在汴京的生活太淒涼、太寂寞、太痛苦，以至於只能在夢幻中尋求片刻的歡樂，來重溫一下昔日的帝王生活。然而，夢畢竟只能是夢，一旦清醒過來，眼前的現實生活卻是這般淒苦難堪。這苦與樂、榮與辱、貴與賤的極大反差，便更加刺激了詞人的內心，加深了詞人對故國的懷念。緊接著，詞人在下闋便進一步抒發了對故國的深深的眷念之情。

「獨自莫憑欄！無限江山，別時容易見時難。」「憑欄」，就是倚靠著欄杆。詞人為什麼要憑欄呢？下面說得十分清楚：「無限江山，別時容易見時難。」原來詞人是要登上高樓，憑欄遠眺，朝東方望一望故國的山河。後主登基以後，雖然無力抵抗強大的趙宋王朝，無力挽救南唐的滅亡命運，但是，他也不甘心做亡國奴。宋太祖曾先後兩次派遣使臣到金陵勸降，都被他嚴詞拒絕。後來宋太祖重兵圍困金陵，後主才不得已出降。後主投降之後，白衣紗帽，隨著趙宋的軍隊，被押解到汴京。從此以後，他就再也沒有見到自己的故國了，所以說「別時容易見時難」。其實，離別故土又何曾「容易」呢？當然，重見故土就更加困難了，甚至是絕不可能的事情。因此，詞人只能憑欄遠眺，朝著故國的方向望一望。可是這樣一來，反而更加激起他對故國的思念，心裡更加難受。所以，詞人不得不

告誡自己：「獨自莫憑欄！」儘管如此，「四十年來家國，三千里地山河」（〈破陣子〉），故國之思總還是無時無刻不縈繞在詞人的心頭。「無限江山」，有的本子作「無限關山」，這是說，登上高樓，關山阻隔，遮住了視線，無法望見南唐故國。因而「關山」二字雖與「憑欄」相切，但不如「江山」二字的含義豐富，更能展現詞人對故國江山的無限眷戀之情。

「流水落花春去也，天上人間！」最後這兩句承上句「別時容易見時難」，抒發一種無可奈何的感慨。昔日做帝王，今朝為囚徒，這豈不是天上人間的差別！以往的榮華，就像流水落花一樣，那大好春光已經一去不復返了。同時，這兩句還照應上闋的「春意闌珊」，表達一種逝者如斯、惜時傷春的感嘆。也就是說，這兩句既是傷春，更是傷人，流水落花，春去人逝，詞人似乎感受到自己的生命即將結束。《西清詩話》說後主寫了這首詞後不久就去世了，如果可信的話，最後這兩句竟成了預示自己命運的讖語了。

這首詞寫得淒婉哀痛，由於作者直抒胸臆，感情真切，因而這首詞具有很強的感人力量。明人胡應麟評論李煜的詞云：「（後主）樂府為宋人一代開山。蓋謂溫、韋雖藻麗，而氣頗傷促，意不勝辭。至此君方是當行作家，清便宛轉，詞家王、孟。」意思是說，花間派詞人溫庭筠、韋莊雖然詞采華麗，但內容貧乏；而李煜的詞有真情實感，清麗婉轉，可以比作詩家的王維、孟浩然。後主詞對後來產生了很大影響，堪稱是宋詞的開山之祖。這是因為李煜有著國破家亡的慘痛遭遇和生活經歷，才能突破風花雪月的無病呻吟，才能寫出〈浪淘沙〉和〈虞美人〉等動人心魄的作品，從而沖破豔詞的樊籬，把詞的創作推向一個新的境界。王國維也認為：「詞至後主而眼界始大，感慨遂深。」（《人間詞話》）由此可見，李後主的作品在詞的發展史上具有十分重要的地位。

簾外雨潺潺春意闌
珊羅衾不耐五更
寒夢裡不知身是
客一晌貪歡獨自
莫憑欄無限江山
別時容易見時難
流水落花春去也
天上人間

後主李煜浪淘沙
甲午歲秋查振科書

查振科 作

二十、夢裡不知身是客，別時容易見時難

二十一、醉翁之意何在

環滁皆山也。其西南諸峰，林壑尤美。望之蔚然而深秀者，琅琊也。山行六七里，漸聞水聲潺潺，而瀉出於兩峰之間者，釀泉也。峰迴路轉，有亭翼然臨於泉上者，醉翁亭也。作亭者誰？山之僧曰智仙也。名之者誰？太守自謂也。太守與客來飲於此，飲少輒醉，而年又最高，故自號曰醉翁也。醉翁之意不在酒，在乎山水之間也。山水之樂，得之心而寓之酒也。

若夫日出而林霏開，雲歸而岩穴暝，晦明變化者，山間之朝暮也。野芳發而幽香，佳木秀而繁陰；風霜高潔，水落而石出者，山間之四時也。朝而往，暮而歸，四時之景不同，而樂亦無窮也。

至於負者歌於途，行者休漁樹，前者呼，後者應，傴僂提攜，往來而不絕者，滁人遊也。臨溪而漁，溪深而魚肥；釀泉為酒，泉香而酒洌；山肴野蔌，雜然而前陳者，太守宴也。宴酣之樂，非絲非竹；射者中，弈者勝，觥籌交錯，起坐而喧嘩者，眾賓歡也。蒼顏白發，頹然乎其間者，太守醉也。

已而夕陽在山，人影散亂，太守歸而賓客從也。樹林陰翳，鳴聲上下，遊人去而禽鳥樂也。然而禽鳥知山林之樂，而不知人之樂；人知從太守游而樂，而不知太守之樂其樂也。醉能同其樂，醒能述以文者，太守也。太守謂誰？廬陵歐陽修也。

〈醉翁亭記〉　歐陽修

古人貶官之後，大多放情山水，以示曠達，因而留下了很多清新優美、寓意深刻的遊記之作。例如柳宗元的《永州八記》和蘇東坡的前後〈赤壁賦〉就是這類作品的典範。歐陽修的〈醉翁亭記〉也是他被貶滁州時寫下的一篇著名的遊記。

這篇遊記雖然字裡行間無不流露出作者寄情山水、排遣愁懷的情緒，但更主要的是，借描寫滁州「山水之樂」以表明作者「與民同樂」的崇高理想和政治態度。所以，通篇貫穿一個「樂」字，充滿了悠閒自適的情調，並且從側面反映了作者治理滁州的政績，表現出滁州地方政通人和的清明景象。

歐陽修是北宋中葉傑出的政治家，曾積極支援和參與韓琦、范仲淹等人的政治革新。仁宗慶曆三年（西元一〇四三年），保守勢力當政，「慶曆新政」遭到挫敗，韓、范等人先後被貶，歐陽修也於慶曆五年（西元一〇四五年）落職，被貶到滁州做地方官。滁州雖地處僻遠，但歐陽修在這裡做知州，為政以寬，不擾百姓，加之風調雨順，年豐物阜，呈現出一派昇平景象。這篇膾炙人口的〈醉翁亭記〉就是在他被貶謫的第二年，即慶曆六年（西元一〇四六年）寫下的。

文章開門見山，由滁州的地理環境漸次寫到醉翁亭。「環滁皆山也。」這短短一句，筆墨極少而信息量極大，一下子就把滁州城群山環繞、巍峨壯觀的景象展示在你的面前。滁」是州名，其治所在今安徽省滁州市。根據《朱子語類》的記載，歐陽修的初稿說滁州四面有山，寫了幾十個字，後來反覆圈改，最後改定為「環滁皆山也」這五個字。這是歐陽修修改文章一個很有名的例子。關於滁州城的地理環境，錢鍾書先生在《管錐編》一書中作了考辨，說他親自到了實地考察，根本不是什麼「環滁皆山」，而是「四望無際，只西有琅琊」。錢先生當然不會不知道歐陽修是採用文學誇張的手法，只不過就其地形加以辨證而已。我們在閱讀時，仍不妨按作者所描寫的情景去理會。文章接著從四面群山中點出「其西南諸峰，林壑尤美」。「林壑」是講山勢，即山間的樹林和壑穀。作者特別告訴我們，滁州城四面環山，要數西南方向的山林景致尤為優美。「望之蔚然而深秀者，琅琊也。」遠遠地望去，林木蔥蘢、幽深秀麗的樣子，那便是琅琊山了。「蔚然」是草木茂盛的地方。「琅琊」是山名，在滁州西南十餘裡處。上面這幾句是寫遠景，就像電影一樣，鏡頭逐漸推近，範圍逐漸縮小，從滁州四面群山寫到西南諸峰，再從西南諸峰寫到琅琊山。以下是寫近景，都是在琅琊山上的所見所聞。「山行六七里，漸聞水聲潺潺，而瀉

出於兩峰之間者，釀泉也。」在琅琊山上行走了六七里，漸漸聽到潺潺的流水聲，流水從兩座山峰之間奔瀉而來，這便是釀泉。釀泉的「釀」原本作「讓」，大約是根據下文「釀泉為酒」而改的。這裡描寫山的靜景和泉的動態，山、水相映成趣，並且由釀泉又引帶出醉翁亭來。「峰迴路轉，有亭翼然臨於泉上者，醉翁亭也。」隨著迴環的山路而拐彎過去，便看見有一座亭子，猶如鳥兒展翅一般，高高地立在釀泉旁邊，這就是醉翁亭。峰迴路轉，是說山勢迴環，山路也隨著拐彎，這是在山間行走時常常可以見到的景象。句中用「翼然」二字形容四角翹起的亭子，給靜物賦予了動態，使人有身臨其境之感。還有「臨」字也不可放過，說明亭子與釀泉的地勢不是平行的，而是居高臨下。這都是傳神妙筆，值得玩味。以上為一層意思，描寫醉翁亭的位置；下一層交代醉翁亭的來歷。

醉翁亭與一般名勝古跡不同，它與作者有著直接的連繫。因此，文中連用兩個設問句交代醉翁亭的來歷。「作亭者誰？山之僧曰智仙也。」這亭子是誰修造的呢？是琅琊山琅琊寺的和尚智仙。「名之者誰？太守自謂也。」這醉翁亭的名稱又是誰起的呢？原來是太守用自己的號來給它命的名。「名」在這裡作動詞用，是起名、命名的意思。「之」是代詞，指這個亭子。太守本來是漢朝時對一郡的行政長官的稱謂，宋代一州的行政長官稱知州，因州、郡所管轄的地方大致相似，所以用「太守」來代稱「知州」。這裡是作者自稱。我們既明白了醉翁亭命名的來歷，醉翁是太守自謂，那麼不禁要問：太守何以自號「醉翁」呢？文中進一步作了解釋。「太守與客來飲於此，飲少輒醉，而年又最高，故自號曰醉翁也。」太守與隨從賓客來到這地方飲酒，稍許喝一點酒就醉了，而年紀在眾人當中又數最高，因此便自號醉翁。「翁」是對老者的稱呼，其實，當時歐陽修只有四十歲。他另有一首〈題滁州醉翁亭〉的詩云：「四十未為老，醉翁偶題篇。醉中遺萬物，豈復記吾年。」又有〈贈沈遵〉詩云：「我時四十猶強力，自號醉翁聊戲客。」可見作者自號醉翁是帶有戲謔意味的；並且，作者貶放在外，以醉翁自謂，牢騷成分，亦自不待言。所以文中接著說：「醉翁之意不在酒，在乎山水之間也。」在古代，酒與落魄文人有不解之緣，它是自我陶醉或者自我麻醉的工具。歐陽修自號醉翁，不能說沒有借酒澆愁之意。作者說他到這裡遊玩，不在乎喝酒，而是為了尋求山水之樂。可是下一句又說：「山水之樂，得之心而寓之酒也。」遊山玩水的樂趣，領會在心裡，而又寄託在飲酒之中。為文一轉三折，言外之意未盡。

以上是第一段，寫醉翁亭的環境及其命名由來。下面三段分別寫山水之樂、遊人之樂和太守之樂。

第二段寫醉翁亭一帶早晚和四季的不同景色以及作者在此領略的無窮樂趣，這是寫「山水之樂」。「若夫日出而林霏開，雲歸而岩穴暝，晦明變化者，山間之朝暮也。」這一段在行文上與第一段錯落有致的參差句式不同，多用整齊的偶句，音節和諧，色彩明麗，把這裡的山水描繪得更加美麗可愛。「若夫」是發語詞，相當於現代漢語的「說到什麼什麼」。「霏」是霧氣，「林霏開」這句是說清晨旭日東昇，霞光璀璨，林間霧氣消散，黛色蔥翠。「雲歸」與「日出」相對，古人以為雲從山出，晚亦歸之。「暝」是昏暗的意思，「岩穴暝」這句是寫山林晚間的幽靜。作者描寫山間早晚的變化，抓住最帶山林特徵的「雲」、「霧」來寫，可以說是典型化的。接著描寫山間四季的變化：「野芳發而幽香，佳木秀而繁陰；風霜高潔，水落而石出者，山間之四時也。」「四時」即四季。「野芳發而幽香，佳木秀而繁陰」，這兩句寫春、夏之景。春天，山間各種野花競相開放，幽香撲鼻；夏天，林中枝葉繁茂，濃蔭蔽日，氣候涼爽宜人。「風霜高潔，水落而石出者」，這兩句寫秋、冬之景。風霜高潔，就是風高霜

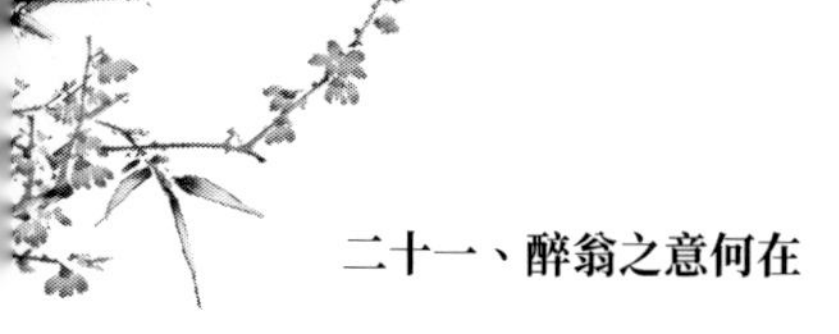

潔，即天空高曠、霜色潔白的意思，這是秋天的景象。「水落而石出者」是就前面提到的釀泉而言的。

俗話說，飛瀑之下必有深潭。「瀉出於兩峰之間」的釀泉，其下亦必有深潭，況且釀泉在山間鬥折蛇行，水潭肯定會有不少，一到冬季，泉水枯竭，深潭便水落石出了。這幾句寫山間四時景色變化的不同也是典型化的寫法。山林之間的景物如此美好而又變化無窮，所以文中接著寫道：「朝而往，暮而歸，四時之景不同，而樂亦無窮也。」這句是對這一段文章的總結，朝、暮、四時都是回應和收束上文。「而樂亦無窮也」的「樂」，是前面提到的「山水之樂」。由於山間早晚和四季的景物各有不同，因此任何時候來這裡都可欣賞到不斷變化著的山水之美，所以遊山的樂趣也就無窮無盡了。

前面兩段重點在描寫山中景物，後面兩段則著重記敘遊樂的盛況。

第三段便是寫遊人之樂和亭中飲宴之樂。「至於負者歌於途，行者休於樹，前者呼，後者應，傴僂提攜，往來而不絕者，滁人遊也。」「負者」是背著東西或挑著擔子的人，大約是指在山中打柴的樵夫或者在路上挑擔的擔夫。後句「傴僂」是駝背的老人，「提攜」是被人攙扶的兒童。這幾句是描寫滁州人安居樂業的升平景象：大道上，挑擔子的邊走邊唱，走路走累了的在樹下休息，有老人，有小孩，一路上前呼後應，來往不絕。好一幅滁人遊樂圖！這與孔子的學生曾晳所描繪的暮春時節一行人在沂水沐浴，痛痛快快洗了個澡，然後唱著歌回家這種儒家的理想社會何等相似！所以說這種清明盛世的景象，既客觀地從一個側面反映了作者治滁的政績，也表現了作者與民同樂的崇高理想和政治態度。接著描寫飲宴的盛況。「臨溪而漁，溪深而魚肥；釀泉為酒，泉香而酒洌；山肴野蔌，雜然而前陳者，太守宴也。」臨溪而漁的「漁」，是動詞，即捕魚的意思。泉香而酒洌，「泉香」是說釀泉的水味道很香，強調泉美；「酒洌」是說釀泉水釀的酒味道清醇，強調酒美。這句在蘇東坡書寫的〈醉翁亭記〉碑裡寫成「泉洌而酒香」，也可以說得通。山肴野蔌，「肴」是酒菜，「蔌」是菜蔬，這裡泛指鄉間的野味、蔬菜。文中列舉這些就地取材的時鮮野味，是暗暗地將貶官生活和在京城做官的生活兩相對照。醉翁亭上的飲宴，雖然比不上朝廷國宴的山珍海味，但山溪中捕的魚，釀泉水做的酒，以及各種鄉土野味，也別有一番情趣。「宴酣之樂，非絲非竹；射者中，弈者勝，觥籌交錯，起坐而喧嘩者，眾賓歡也。」「酣」是喝酒喝得半醉的樣子。非絲非竹，是說在山中飲宴沒有絲、竹之類樂器伴奏取樂，這是暗用劉禹錫〈陋室銘〉「無絲竹之亂耳，無案牘之勞形」的典故。「射」是古時候的一種遊戲，「弈」是下棋。所謂「射者中，弈者勝」，都是從好的一面來寫，因為射者必有不中，弈者亦必有失敗，如果把這敗興的一面也一並寫上，就不免倒胃口了。還有上文寫到的「木」是「佳」木，「魚」是「肥」魚，這些地方都是作者為文用心之處，必須留意。「觥」是酒具，「籌」是用來行酒令的籤子。觥籌交錯，是說酒杯子和籌碼相錯雜，形容喝酒盡歡的樣子。起坐而喧嘩者，是說大家喝完了酒，離開座位說笑打鬧。這幾句寫醉翁亭上的宴會，大家無拘無束，恣意取樂，所以說「眾賓歡也」。這一段極寫飲宴之樂，但最後作者留給我們的形象，卻是一個面容蒼老，白髮斑斑，昏然頹倒在賓客中的「醉翁」。「蒼顏白髮，頹然乎其間者，太守醉也。」「蒼顏」即蒼老的容顏，「頹然」是精神不振的樣子，這裡形容醉態。「乎」是「於」的意思。「其間」指賓客們中間。「頹然乎其間」，就是醉倒在賓客們中間。

第四段寫太守醉歸及作記之人，是寫「太守之樂」。「已而夕陽在山，人影散亂，太守歸而賓客從也。」不一會兒，太陽就快下山了，因為

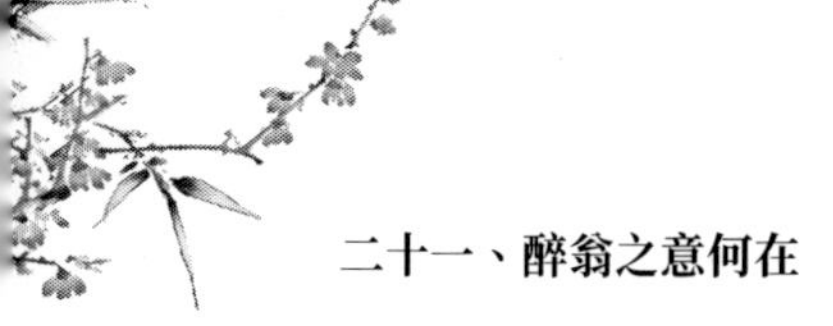

斜陽映照，人影也顯得散亂了，於是太守起程回府，而賓客簇擁於後。「樹林陰翳，鳴聲上下，遊人去而禽鳥樂也。」樹林陰翳，是林間天色漸暗的樣子。鳴聲上下，是傍晚的時候小鳥一面鳴叫著一面在樹枝上跳上跳下。有過山林生活經驗的人都知道，黎明和傍晚的時候，禽鳥是要在林中喧鬧一番的。由此可知作者觀察生活的細致。鳥噪暮林，這大約是太守歸途所見，因此，作者以為遊人盡興離去，山中便是禽鳥的世界了，它們也一定會十分快樂吧！「然而禽鳥知山林之樂，而不知人之樂；人知從太守遊而樂，而不知太守之樂其樂也。」作者由禽鳥之樂，引出這一番耐人尋味的議論來。禽鳥只知道山林的快樂，而不知道人們的快樂；人們只知道跟隨太守遊玩的快樂，而不知道太守為什麼快樂。這幾句話很有一點莊子與惠子論魚之樂的理趣，但歐陽修所講的卻是一個十分嚴肅認真的話題。所謂「太守之樂其樂」，含義很深，既表示了太守以賓客的快樂為快樂，更主要的則是以山中遊人的快樂為快樂，即樂民之樂，也就是與民同樂，這就是「太守之樂」，也就是醉翁之意之所在。作者認為自己的這種高尚情操，隨從的賓客是不了解的。「醉能同其樂，醒能述以文者，太守也。」文章最後又點出「醉」字來，始終緊扣題意。這幾句說，喝醉了能與大家一起快樂，酒醒了便能寫成文章來記敘此事，這又是太守的高明之處。那麼，這位太守究竟是誰呢？作者直到最後才亮相，道出自己的名字來。「太守謂誰？廬陵歐陽修也。」「廬陵」是作者的家鄉，在今江西省吉水縣。古人署名常冠以郡望。文章寫到這裡，戛然而止，給人以餘音裊裊、意猶未盡之感。

本文雖寫於謫貶之時，但文中既沒有柳宗元「淒神寒骨，悄愴幽邃」的感情變化，更沒有蘇東坡「如怨如慕，如泣如訴」的悲嘆，自始至終洋溢著歡快的氣氛，這是與一般貶放官員寄情山水所不同的地方。誠然，字裡行間也流露出謫貶生活的愁緒，但沒有一字明言，表達得婉曲深沉，很有情致。

根據《滁州志》記載：「歐陽公〈記〉成，遠近爭傳。」這是因為〈醉翁亭記〉無論內容，還是形式上都是十分完美的精品。本文構思精巧，結構嚴密，層次十分清楚。全文用二十一個「也」字句，每句包含一層意思，朗誦起來，語氣舒緩，搖曳生姿，增強了文章的抒情氣氛。其次，文章散中夾駢，多用偶句，既在散行中求整齊，又在整齊中求變化，錯落有致，音韻和諧，真令人百讀不厭。

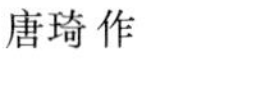

唐琦 作

篆刻釋文：醉翁之意

（曲學朋 作）

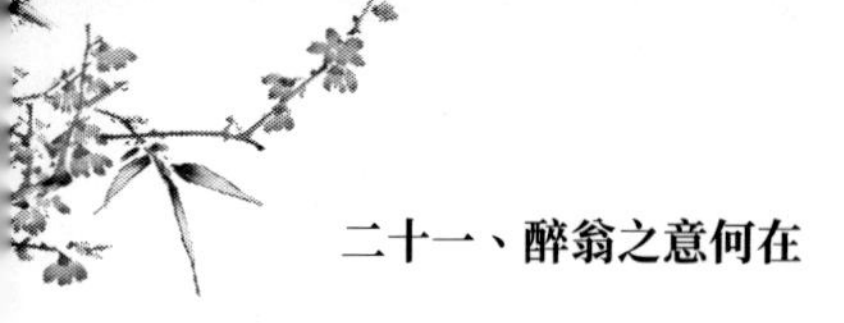

二十一、醉翁之意何在

二十二、悲秋而傷時

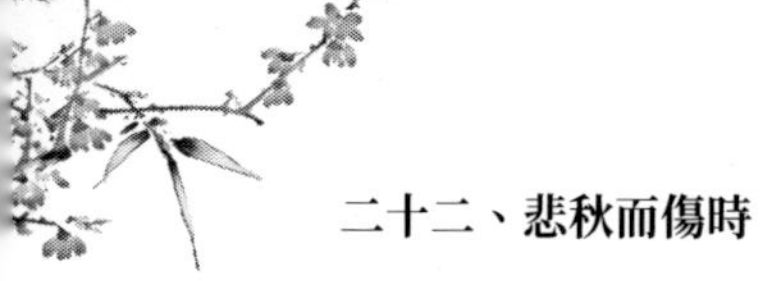

歐陽子方夜讀書，聞有聲自西南來者，悚然而聽之，曰：「異哉！」初淅瀝以蕭颯，忽奔騰而砰湃，如波濤夜驚，風雨驟至。其觸於物也，鏦鏦錚錚，金鐵皆鳴；又如赴敵之兵，銜枚疾走，不聞號令，但聞人馬之行聲。余謂童子：「此何聲也？汝出視之。」童子曰：「星月皎潔，明河在天，四無人聲，聲在樹間。」余曰：「噫嘻，悲哉！此秋聲也。胡為而來哉？蓋夫秋之為狀也，其色慘澹，煙霏雲斂；其容清明，天高日晶；其氣栗冽，砭人肌骨；其意蕭條，山川寂寥。故其為聲也，淒淒切切，呼號憤發。豐草綠縟而爭茂，佳木蔥蘢而可悅；草拂之而色變，木遭之而葉脫；其所以摧敗零落者，乃其一氣之餘烈。夫秋，刑官也，於時為陰；又兵象也，於行為金；是謂天地之義氣，常以肅殺而為心。天之於物，春生秋實。故其在樂也，商聲主西方之音；夷則為七月之律。商，傷也，物既老而悲傷；夷，戮也，物過盛而當殺。

「嗟乎！草木無情，有時飄零，人為動物，惟物之靈。百憂感其心，萬事勞其形。有動於中，必搖其精。而況思其力之所不及，憂其智之所不能。宜其渥然丹者為槁木，黟然黑者為星星。奈何以非金石之質，欲與草木而爭榮。念誰為之戕賊，亦何恨乎秋聲！」

童子莫對，垂頭而睡。但聞四壁蟲聲唧唧，如助余之嘆息。

〈秋聲賦〉　歐陽修

歐陽修是北宋時期傑出的政治家和文學家。他四歲喪父，母親鄭氏用蘆荻畫地教他識字讀書，二十四歲（仁宗天聖八年，西元一〇三〇年）中進士，在朝廷做諫官，為人耿直，勇於諍諫。仁宗慶歷年間，范仲淹宣導革新，他竭力支持，是「慶曆新政」的重要成員。革新失敗後，被指控為「朋黨」，受到排擠打擊，屢遭貶官。直到晚年回到朝廷，官至參知政事，卒謚「文忠」。

歐陽修晚年自號「六一居士」，即形容自己有藏書一萬卷、錄金石文一千卷、琴一張、棋一局、酒一壺，外加一老翁。這當是他晚年生活的寫照。〈秋聲賦〉寫於他五十三歲（仁宗嘉祐四年，一〇五九年）那年的秋天，當時他在政治上不得志，又有眼疾，因而透過對自然界秋之聲的描摹，來抒發自己對人生和時世的感慨。文中對自己憂心勞形、老之將至的傷感，實際上是對新政未能推行所發的感慨和牢騷，表明人事上的挫折，較之自然界肅殺之秋的威力要厲害得多。

這篇文章題為〈秋聲賦〉，可知是一篇賦體文。賦發展到宋代，已經發生了很大的變化，出現了散文化的句式，形成了所謂的「文賦」。這篇賦保持了排比鋪陳、設為問答的古賦特點，透過一連串生動的比喻，把無形的秋聲描繪得淋漓盡致，宛如在眼前；對秋天的蕭瑟景象也極盡渲染之能事，有動人心魄的藝術感染力。

文章分為三個部分，第一部分描寫秋聲；第二部分感嘆人事；第三部分結尾，回應開頭。一開頭說：歐陽子方夜讀書，聞有聲自西南來者，悚然而聽之，曰:「異哉！」這裡不稱「吾」或「余」等，而說「歐陽子」，這就是賦的寫法。開頭這幾句當中，有幾個關鍵的詞語要特別注意：首先是「夜」字，不僅交代了時間，而且創造了特定的氛圍。其次是「聲」字，緊扣題目。在夜深人靜的時候，作者正在燈下讀書，突然聽到來自西南方向的聲音，將會是一種什麼感覺呢？接下來「悚然」、「異哉」兩個詞，表明了作者當時的感受。悚然，是驚駭恐懼的樣子；異哉，是作者對這種聲音既感到驚恐，又產生了疑慮，這究竟是一種什麼聲音呢？開頭這幾句為全文定下了悲涼傷感的基調。

接下來，作者疊用一系列比喻和比擬，把無形的、抽象的、變化莫測的秋聲，化為有形的、具體的、可感的藝術形象，使之歷歷在目，聲聲在耳:「初淅瀝以蕭颯，忽奔騰而砰湃，如波濤夜驚，風雨驟至。其觸於物也，鏦鏦錚錚，金鐵皆鳴；又如赴敵之兵，銜枚疾走，不聞號令，但聞人馬之行聲。」從「初」到「忽」，表明了聲音變化的過程，由近及遠，由

小到大。「淅瀝以蕭颯」是因為「風雨驟至」，「奔騰而砰湃」則是「波濤夜驚」的景象。這裡也是賦的寫法，錯落對偶，互為照應。「其觸於物也，鏦鏦錚錚，金鐵皆鳴」，這似乎是寫實：秋風掠過，風鈴響起，鏦鏦錚錚，一片和鳴。這實際上也是作者於黑夜之中的冥想，是想像中的景象。透過以上兩層比喻，已經把這種聲音渲染得使人驚心動魄了，但作者意猶未盡，筆鋒一轉，又來了一個使人更為震撼的比喻：「又如赴敵之兵，銜枚疾走，不聞號令，但聞人馬之行聲。」這裡的「銜枚」是指古代行軍，為了避免喧嘩，令士兵把短木棒銜在口中。這裡不是描寫軍隊鼓樂震天、人馬喧囂的場面，而是獨特地表現「銜枚疾走」這樣急迫而森嚴的情景，極為貼切，極為準確。以上一連串的比喻，風雨之聲、波濤之聲、金鐵之聲、人馬之聲，在這寧靜的秋夜，是怎樣的震撼人心啊！

於是，作者對童子說：「此何聲也？汝出視之。」這究竟是什麼聲音呢？你出去看看。這裡用「視」而不是「聽」，很妙。童子出去看了之後，回來向主人稟報：「星月皎潔，明河在天，四無人聲，聲在樹間。」明河，即指銀河。童子說，外面銀河當空，星星和月亮十分皎潔明亮，四下裡並無人聲，那聲音可能是從樹林之間過來的。玩味童子的話語，不僅雅潔，而且頗具禪意，顯然不是童子的口吻，而是作者的想像，只不過採用賦體主客問答的形式，借童子之口說出而已。童子不能理解這聲音的緣由，作者不無感慨地說：「噫嘻，悲哉！此秋聲也，胡為而來哉？」至此才點出「秋聲」，並提出問題，這秋聲是怎樣形成的呢？引出下面一段議論。

「蓋夫秋之為狀也，其色慘澹，煙霏雲斂；其容清明，天高日晶；其氣栗冽，砭人肌骨；其意蕭條，山川寂寥。」這一層從秋天的「色」、「容」、「氣」、「意」幾方面來描寫秋天的情狀。這裡除了「其容清明，天高日晶」描寫秋高氣爽，可以給人以心胸開朗的感覺之外，其餘的我們根據作者所用的一系列形容詞，可以充分體會到秋天的慘澹、寒涼、蕭條和寂寥。這就是作者筆下的「秋之為狀」，正因為如此，「故其為聲也，淒淒切切，呼號憤發。」由秋之「狀」引出了秋之「聲」，這是寫「秋聲」亦即秋風的成因。注意，這裡「淒淒切切」與上文「淅瀝以蕭颯」相呼應，「呼號憤發」則與「奔騰而砰湃」相呼應。

接下來描寫秋風的威力：「豐草綠縟而爭茂，佳木蔥蘢而可悅；草拂之而色變，木遭之而葉脫；其所以摧敗零落者，乃其一氣之餘烈。」前兩句宕開一筆，寫夏天草木茂盛的樣子。然而，秋風一到，綠草變枯而萎地，樹葉變黃而飄落。秋風如何有這樣的威力呢？原來就是秋天的「一氣之餘烈」。春秋代序，四時更替，一年一度秋風緊，這是大自然千古不易的規律。由此，又引起了對「秋」的進一步的解釋。

「夫秋，刑官也，於時為陰；又兵象也，於行為金；是謂天地之義氣，常以肅殺而為心。」據《周禮》記載，周朝用天地四時之名命官，如：天官塚宰、地官司徒、春官宗伯、夏官司馬、秋官司寇、冬官司空，謂之六官。司寇掌管刑罰，所以這裡稱「秋」為「刑官」。「於時為陰」，是說秋天在四時之中屬陰。古代以陰、陽二氣配合四時，春夏屬陽，秋冬屬陰。「兵象」，古代用兵多在秋天，因此人們認為秋天是戰爭之象。「於行為金」，是說秋天在五行之中為金。

古代把金、木、水、火、土五行分屬四時，秋天屬金。我們今天還說秋天為「金秋」，說秋風為「金風」。以上引經據典來解釋秋天，歸結到最後兩句：「是謂天地之義氣，常以肅殺而為心。」「刑官」也好，「兵象」也好，「於時為陰」也好，「於行為金」也好，總之，秋天的特點就是「肅殺」二字。「天之於物，春生秋實。」春天生長，秋天結實，這是大自然

的規律。這裡的「天」就是指自然規律。這兩句作為過渡，接著上文從陰陽、五行方面的解釋，下面再從樂律方面進一步對秋加以解釋。

「故其在樂也，商聲主西方之音；夷則為七月之律。商，傷也，物既老而悲傷；夷，戮也，物過盛而當殺。」古代用宮、商、角、徵、羽五音分配四時，秋天為商聲。另外，西方是秋天的方位，所以說「商聲主西方之音」。文章開頭說「有聲自西南來者」，也暗含「秋聲」之意。「夷則」，古代十二樂律之一。古人以十二樂律與十二月令相配，七月為夷則，所以說「夷則為七月之律」。「商」與「傷」，是同音相訓；「夷」與「戮」，是同義相訓。這一層從樂律方面的解釋，無非是要說明「物既老而悲傷」、「物過盛而當殺」的道理。

以上一大段，從新陳代謝、四時更替的自然規律來解釋秋天的肅殺之氣，正因為這種肅殺之氣而形成了令人驚駭的秋聲。下面一段則從自然轉向社會，從草木而轉向人事。「嗟乎！草木無情，有時飄零，人為動物，惟物之靈。百憂感其心，萬事勞其形。有動於中，必搖其精。」作者由對自然物象的觀察和體悟，很自然地聯想到人類社會，聯想到自己的處境，不禁感慨良多。無情的草木，一到了秋天就會凋零；人為萬物之靈，各種煩惱擾亂其思想，各種事務消耗其精力，如何承受得了呢！莊子說過：「必靜必清，無勞汝形，無搖汝精，乃可以長生。」（《莊子‧在宥》）這只不過是道家清靜無為的思想，追求長生不死的一種理想而已，在現實社會中是不可能做到的。世間萬事，所見所聞，必然會有所感動，有所思考，以致訴諸行動。特別像歐陽修這樣有抱負、有作為的政治家，當然更會憂國憂民，感時傷世。所以他說：「有動於中，必搖其精。」正所謂「風聲雨聲疾苦聲，聲聲入耳；國事家事天下事，事事關心」，怎能不傷心費神。「而況思其力之所不及，憂其智之所不能。」更何況，許多事情，想得到而做不到，更不要說有時連想也難以想到。總之，受天時、地利、人和等諸多條件限制，許多事情就只能是「白了少年頭，空悲切」。因此緊接著說：「宜其渥然丹者為槁木，黟然黑者為星星。」「人生不滿百，常懷千歲憂」，由於過多的憂愁，理所當然生命就容易衰老。「渥然」，是容顏潤澤的樣子；「槁木」，形容面容枯槁如爛木頭一般。「黟然」，頭髮烏黑的樣子；「星星」，形容頭髮已經斑白了。這裡兩相對照，無非是感慨人的生命形質易於衰老。前面說到，此文寫於作者五十三歲之時，當時他患眼疾，加之政治上的挫折不斷，大概這位老人已經感覺到自己心力交瘁，垂垂老矣。所以，接著抒發感慨：「奈何以非金石之質，欲與草木而爭榮，念誰為之戕賊，亦何恨乎秋聲！」人非金石之質，乃血肉之軀，怎能與一歲一枯榮、衰而複盛的草木爭榮呢！我衰老得這般快，到底是誰造成的呢？又有什麼理由怨恨這自然界發出的秋聲呢？很顯然，這裡委婉地表達了作者對現實的不滿和無法施展抱負的苦悶心情，抒發了對生命短促、人生易老的深沉感嘆。這就是本文的主旨之所在。

文章最後還有一個結尾，與開頭相呼應，描寫當時的現實情景：「童子莫對，垂頭而睡。但聞四壁蟲聲唧唧，如助余之嘆息。」這十分簡短的結尾，幾句話不僅把當時的場景描摹得生動傳神，而且給人以餘音裊裊、不絕如縷之感。作者的嘆息之聲與唧唧蟲聲，也許還有童子的微微鼾聲，久久迴響在讀者的耳邊，縈繞在我們的心頭。

歐陽修在寫此文之前，曾贈詩好友梅堯臣，簡直就是這篇文章的提綱，詩曰：「夜半群動息，有風生樹端。颯然飄我衣，起坐為長嘆。苦暑君勿厭，初涼君勿歡。暑在物猶盛，涼歸歲將寒。清霜忽以飛，零落亦溥溥。霜露本無情，豈肯私蕙蘭。不獨草木爾，君形安得完。櫛發變新白，鑒容銷故丹。風埃共侵迫，心志亦摧殘。……」由此可見，作者悲秋而傷

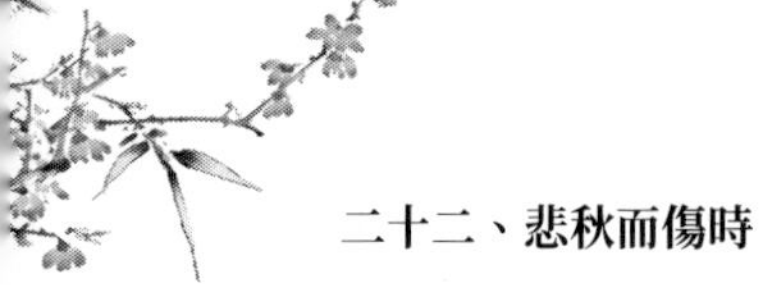

時，其感慨之深沉，積鬱之濃厚，不得不一吐再吐，方為快事。某位當代作家在其散文名篇〈秋色賦〉中說，歐陽修〈秋聲賦〉寫的不只是時令上的秋天，而是那個時代、那個社會在作者思想上的反映。這樣的分析，的確掌握了這篇文章的精神實質。

秋聲圖 傅旭明 作

掃碼收聽

二十三、受之天不若受之人

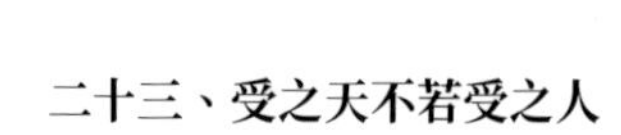

金溪民方仲永，世隸耕。仲永生五年，未嘗識書具，忽啼求之。父異焉，借旁近與之。即書詩四句，並自為其名。其詩以養父母、收族為意，傳一鄉秀才觀之。自是指物作詩立就，其文理皆有可觀者。邑人奇之，稍稍賓客其父，或以錢幣乞之。父利其然也，日扳仲永環謁於邑人，不使學。

余聞之也久。明道中，從先人還家，於舅家見之，十二三矣。令作詩，不能稱前時之聞。又七年，還自揚州，復到舅家。問焉，曰：「泯然眾人矣。」

王子曰：仲永之通悟，受之天也。其受之天也，賢於材人遠矣。卒之為眾人，則其受於人者不至也。彼其受之天也，如此其賢也，不受之人，且為眾人。今夫不受之天，固眾人；又不受之人，得為眾人而已耶？

〈傷仲永〉　王安石

人的聰明才智，不可否認與他的天資稟賦有關，但更為重要的是後天的學習和教育。古往今來許許多多天資聰慧、智力超常的「神童」，他們當中有的得到了很好的教育和培養，成了國家的棟梁之材；有的則由於種種原因，而終未能夠成才。王安石的小品文〈傷仲永〉就為我們敘述了一個「神童」夭折的故事，讀來耐人尋味。

這篇文章透過方仲永的事例，說明人的天賦才能雖有高下之分，但後天的教育和學習對於人才的成長起著決定性作用，如果不注意後天的教育和學習，天才也會變為庸才。全文可分為前後兩個部分，前一部分敘事，後一部分議論。前面敘事的部分又可分為兩段。我們先來看第一段。

「金溪民方仲永，世隸耕。」文章一開頭交代人物的姓名、籍貫和出身。「金溪」是縣名，現在屬於江西省撫州市，是作者的家鄉臨川縣的鄰縣。「世隸耕」，就是世世代代種田，「隸」是屬於的意思。這句告訴我們，方仲永是金溪縣的一個農家子弟。注意，作者沒有介紹別的情況，單單提出「世隸耕」來，這是為了給下文做鋪墊。

「仲永生五年，未嘗識書具，忽啼求之。」仲永長到五歲的時候，連寫字的文具都沒有看到過。「書具」就是寫字的工具，也就是人們通常稱之為文房四寶之類的東西。這句是承上句「世隸耕」而來的，既是世世代代種田的農戶，家中又哪來這些東西呢？然而奇怪的是，仲永突然又哭又鬧，卻又不是要吃要玩，而偏偏要他從來沒有見過的文房四寶。

「父異焉，借旁近與之。即書詩四句，並自為其名。」他的父親自然覺得非常奇怪，便試探著向鄰居借來了文房四寶給他。「旁近」是就近的意思，也就是鄰居。接著，更為奇怪的事出現了，這個從來不曾見過筆墨的小孩子，居然提起筆來，寫了四句詩，並且還落了款。這簡直是奇跡，然而更令人不可思議的是這首詩還立意不差。

「其詩以養父母、收族為意，傳一鄉秀才觀之。自是指物作詩立就，其文理皆有可觀者。」這五歲的小仲永寫的詩，主題思想是要侍奉父母、團結宗族，的確不同凡響。因此，他的詩就在鄉裡的讀書人中流傳開了。「收族」，是要同族的人按輩分、親疏的宗法關係團結起來。「以……為意」是一個常見的文言句式，意思是把什麼什麼作為思想內容。從此以後，別人指定題目要仲永作詩，他都能夠一揮而就，並且文采和內容兩方面都很不錯。可見，仲永作詩絕不是弄虛作假的。「自是」，從此。「指物作詩」，別人為了考他，就以眼前的事物為題限請他即席作詩。「文理」，「文」就是文采，即藝術性；「理」是指內容，即思想性。

「邑人奇之，稍稍賓客其父，或以錢幣乞之。父利其然，日扳仲永環謁於邑人，不使學」，同鄉人以為仲永小小年紀能作出這樣的好詩來，將來必定前途無量，因此都很看重他。並且，漸漸地對他父親也另眼相看，當作貴客來接待。甚至有的人還送上錢財，請仲永作詩。「邑人」，即同鄉人。「稍稍」，是漸漸地、慢慢地。「賓客其父」，意思是請他父親去

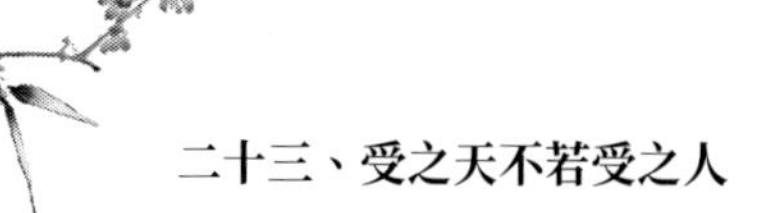

做客，「賓客」在這裡作動詞用。「或以錢幣乞之」，是說有的人用錢幣來請仲永作詩。這樣一來，仲永的父親覺得有利可圖，就整天帶著仲永四處拜訪，不讓他上學讀書。「利其然」，是說別人以錢物向仲永求詩，仲永的父親便貪圖這樣的利益。扳，是領著、引著的意思。「環謁」，就是到處拜訪人。

以上是第一段，敘述方仲永五歲寫詩出名的經過。讀後，我們不免要產生疑問：一個連筆墨都沒見過的農家子弟，別說寫詩，就是寫字也不可能。五歲能詩，歷史上倒是有過這樣的事情，但從來與詩書翰墨無緣的農家子弟仲永居然也能作詩，這顯然是不可信的。也許，作者對方仲永的故事並非親眼所見，而是道聽塗說的，這在下文已有交代；也許，作者為了強調自己的觀點，帶有一定的誇張色彩，把仲永給神化了。這段文章最後以「不使學」三字作結，就為這位神童的悲劇命運作了伏筆。

接著我們來看第二段。

「餘聞之也久。明道中，從先人還家，於舅家見之，十二三矣。令作詩，不能稱前時之聞。」作者說，方仲永五歲能詩的事情已經聽說很久了，這是補充說明第一段所敘述的內容是聽說來的。「明道」是宋仁宗的年號。「先人」，這裡指作者已經故去的父親，因為這篇文章不是當時寫下的，而是後來追記的。根據有人考證，王安石在明道二年，也就是西元一〇三三年，跟隨父親一起回鄉，因為他的母親吳氏是金溪人，所以得以在舅家見到慕名已久的方仲永。那時候，方仲永已經十二三歲了，那年王安石也只有十三歲，大致和方仲永的年紀差不多，但是王安石畢竟是詩書人家，學問自然已不簡單了。他讓方仲永作詩，覺得大失所望，方仲永的詩已不能同以前的傳聞相比，名不副實了。「稱」，就是相符的意思。

「又七年，還自揚州，復到舅家。問焉，日：『泯然眾人矣！』」再過了七年，王安石從揚州回老家，又到了舅舅家中。他仍然惦記著方仲永的事，一打聽，人們告訴他說：已經和普通人沒有什麼兩樣了。「泯」是消失的意思，這裡是指方仲永幼兒時期的聰穎天資消失殆盡。

第二段透過作者先後兩次所見所聞，敘述方仲永由一個神童淪為平庸之輩的結果。世界上任何事物的發展變化總是有一個過程的。方仲永天賦超人，五歲能詩；可是由於他那位糊塗的父親「不使學」，幾年之後方仲永便「不能稱前時之聞」了；最終則「泯然眾人矣」。這就是方仲永悲劇的演變過程。

以上兩段為全文的第一部分，側重敘事。第二部分是作者就第一部分敘述的事情所發的議論，他告訴我們，從方仲永這個神童的悲劇故事中，我們得到什麼啟發，應該吸取什麼教訓。

「王子曰：仲永之通悟，受之天也。其受之天也，賢於材人遠矣。卒之為眾人，則其受於人者不至也。」「王子」是作者自稱，「王子曰」是採用了《史記》以來人物傳記的傳統寫法，先敘述人物事蹟，最後發表自己的意見。作者認為，仲永的聰穎是天生的。「通悟」就是聰明的意思。「受之天」，就是我們通常所說的天資、天賦。人一生下來，智力就存在著差異，不承認這一點，不是唯物主義的態度。所以作者接著說，正因為方仲永的天賦好，所以他的聰明才智遠遠超過普通人。「材人」是經過人力教育培養出來的人才，這裡是與「受之天」的「天才」相對而言的。作者首先肯定了仲永的天才，接著筆鋒一轉，說仲永結果淪為了普通的人，原因就在於他沒有得到人力的教育和培養。可見，作者既承認先天資質的差異，尤其強調後天的教育，受之天不若受之人，這就是文章的主旨所在。

本來文章寫到這裡也就可以結束了，然而作者並沒有就此擱筆，而是將仲永一事引申開來，連繫到普通人身上。「彼其受之天也，如此其賢

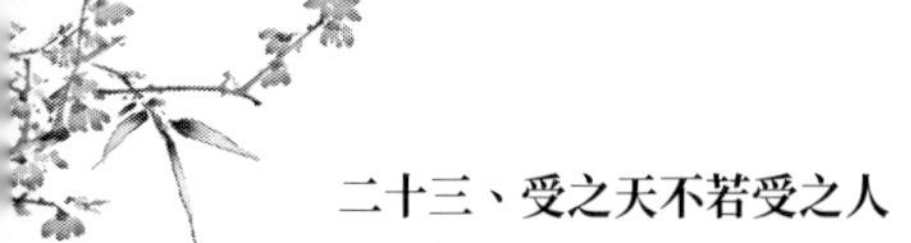

也，不受之人，且為眾人。今夫不受之天，固眾人；又不受之人，得為眾人而已耶？」這幾句說，像仲永那樣天分很高的人，由於不受教育，尚且會成為普通人。可是現在有些人，天賦不高，本來就是很平凡的人，卻又不受教育，難道還夠得上一個普通人的水準嗎？最後這層意思，催人猛醒，發人深思！作者敘述方仲永的故事，不單單憐惜仲永，主要目的在於告訴人們要重視學習，重視教育，重視人才的培養。

這篇文章的題目叫作〈傷仲永〉，「傷」就是「惋惜」的意思。文章中沒有明寫一個「傷」字，但字裡行間無處不流露出對方仲永這位夭折的天才的痛惜之情。作者採用先揚後抑的手法，把方仲永的天資渲染得越神奇，鋪張得越厲害，就越使人為他的結局而惋惜，也就越使人感到學習的重要性。文章層次分明，語言簡練，敘事環環緊扣，議論層層推進，首尾呼應，邏輯嚴密，叫人讀後不能不有所感悟，不能不受到啟發。

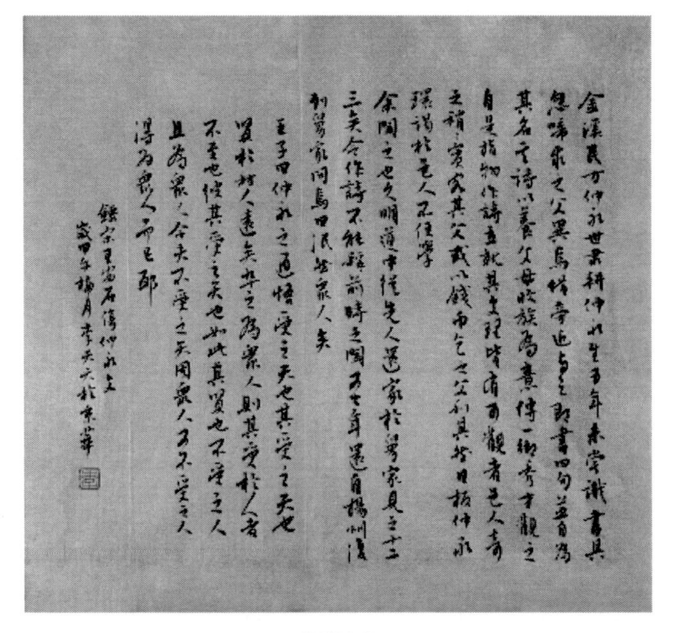

李天天 作

掃碼收聽

二十四、明月清風，物我兩忘

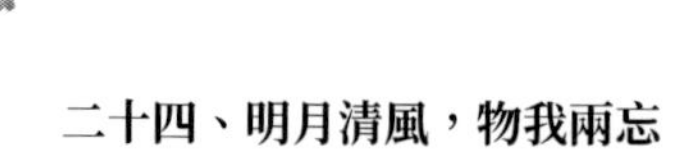

壬戌之秋，七月既望，蘇子與客泛舟遊於赤壁之下。清風徐來，水波不興。舉酒屬客，誦明月之詩，歌窈窕之章。少焉，月出於東山之上，徘徊於鬥牛之間。白露橫江，水光接天。縱一葦之所如，淩萬頃之茫然。浩浩乎如馮虛御風，而不知其所止；飄飄乎如遺世獨立，羽化而登仙。

於是飲酒樂甚，扣舷而歌之。歌曰：「桂棹兮蘭槳，擊空明兮溯流光；渺渺兮予懷，望美人兮天一方。」客有吹洞簫者，倚歌而和之。其聲嗚嗚然，如怨如慕，如泣如訴；餘音裊裊，不絕如縷，舞幽壑之潛蛟，泣孤舟之嫠婦。

蘇子愀然，正襟危坐，而問客曰：「何為其然也？」客曰：「『月明星稀，烏鵲南飛』，此非曹孟德之詩乎？西望夏口，東望武昌，山川相繆，鬱乎蒼蒼，此非孟德之困于周郎者乎？方其破荊州，下江陵，順流而東也，舳艫千里，旌旗蔽空，釃酒臨江，橫槊賦詩，固一世之雄也，而今安在哉？況吾與子漁樵於江渚之上，侶魚蝦而友麋鹿，駕一葉之扁舟，舉匏樽以相屬。寄蜉蝣於天地，渺滄海之一粟。哀吾生之須臾，羨長江之無窮。挾飛仙以遨遊，抱明月而長終。知不可乎驟得，托遺響於悲風。」

蘇子曰：「客亦知夫水與月乎？逝者如斯，而未嘗往也；盈虛者如彼，而卒莫消長也。蓋將自其變者而觀之，則天地曾不能以一瞬；自其不變者而觀之，則物與我皆無盡也。而又何羨乎？且夫天地之間，物各有主，苟非吾之所有，雖一毫而莫取。惟江上之清風，與山間之明月，耳得之而為聲，目遇之而成色；取之無禁，用之不竭。是造物者之無盡藏也，而吾與子之所共適。」

客喜而笑，洗盞更酌。餚核既盡，杯盤狼藉。相與枕藉乎舟中，不知東方之既白。

〈前赤壁賦〉　蘇軾

本文是蘇東坡貶謫黃州的第三年寫的，原題〈赤壁賦〉。因作者在這一年當中兩遊赤壁，寫下了兩篇同名的〈赤壁賦〉，故後人冠以「前」、「後」加以區分，這如同諸葛亮的前後〈出師表〉一樣。文中所寫的赤壁是黃州赤壁磯，並非三國時孫、曹大戰的赤壁（在今湖北蒲圻縣境內；一說在湖北嘉魚），有人說蘇軾把地理位置搞錯了，實際上作者只不過是借題發揮，抒發自己的感慨而已，不可能連這樣起碼的歷史常識都不知道。

蘇東坡的思想比較複雜，儒、佛、道思想在他的世界觀中既矛盾又統一：他有儒家積極入世、關心社會的一面，這使得他雖屢遭貶謫，非但沒有消極頹廢，而且每到一處都有所作為，深為百姓擁戴；但另一方面，長期的貶謫生活又使他與老莊思想十分合拍，通達樂觀，超然物外，所謂「無往而不樂」；不僅如此，他還與僧人交往，精研佛教典籍，表現出與世無爭、不計得失的超脫。他在謫貶黃州期間，「與田父野老相從溪山間」，以縱情山水來排遣心中的苦悶。據說，黃州城外有一塊朝東的山坡，面對長江，竹樹掩映，風景優美，蘇軾十分喜歡這塊地方，經常與朋友一塊到這裡飲酒賦詩，並自號「東坡居士」。〈前赤壁賦〉就是在這樣的思想背景下寫成的。

這是一篇賦體文。這種文體是從漢賦、六朝駢賦發展而來，到唐宋形成文賦，其特點是駢散結合，押韻、句式與散文不同，多用排比對偶，講究音節和諧，此外，本文還採用了辭賦體主客問答的形式。全文分三個部分，我們先來看第一部分。

赤壁夜遊圖（版畫） 王霄 作

「壬戌之秋，七月既望，蘇子與客泛舟遊於赤壁之下。」文章一開頭交代時間、地點、人物和事件。時間是壬戌年的七月十六日，也就是宋神宗元豐五年（西元一〇八二年）七月十六日。「壬戌」是這一年的干支。「既望」是農曆的每月十六日，農曆每月初一叫「朔」，十五叫「望」，十六叫「既望」。這裡為什麼不直接寫「元豐五年七月十六之夜」，而寫「壬戌之秋，七月既望」呢？這就是賦體文的寫法，下一句自稱「蘇子」而不稱「我」，也是文體所要求的。「壬戌之秋，七月既望」兩句交代了時間，而「蘇子與客泛舟遊於赤壁之下」一句則包含了地點、人物和事件，用筆可謂簡練。地點是「赤壁」，人物是「蘇子與客」，事件是「泛舟遊於赤壁之下」。這裡提到的「客」，據《東坡尺牘》，同遊赤壁者為秀才李委。一說為道士楊世昌。魏學洢〈核舟記〉則認為是佛印和尚和黃庭堅。實際上不一定實有其人，賦體文中的「客」常常是作者虛擬的人物。「蘇子與客」在赤壁泛舟，江面之上，「清風徐來，水波不興」，這既是寫景也是作者的感受。注意，這裡的「清風」與下一句的「明月」，都是為下文做鋪墊的。「舉酒屬客，誦明月之詩，歌窈窕之章。」作者的興致很高，他一面向客人敬酒，一面吟誦詩歌。這裡提到的「明月之詩」，是指《詩經．陳風．月出》一詩，而「窈窕之章」則是此詩中的句子（〈月出〉詩中有云：「月出皎兮，佼人僚兮，舒窈糾兮，勞心悄兮。」「窈糾」與「窈窕」音近，故蘇軾稱之為窈窕之章）。所謂「窈窕之章」也就是「明月之詩」，這樣寫也是辭賦的手法，為了對偶而重複。這裡由吟誦明月之詩很自然地轉換到對現實景物的描寫：「少焉，月出於東山之上，徘徊於鬥牛之間。」這裡的「鬥牛」，是兩個星辰的名稱，其分野位於吳越一帶，「徘徊」原本是形容人的，現在用來形容月亮在兩星之間冉冉上升，十分生動貼切。這裡不僅寫月，也點明時間，南斗星出現於東方，是晚上七點左右。作者一面吟詩，一面喝酒，不一會兒，月上東山，江面上又是另一番景象：「白露橫江，水光接天。」「白露」是指江面上朦朧的水汽。白茫茫的水氣籠罩江面，一輪滿月初升，月光照在水面上，波光粼粼，水天相接，渾然一體。這景象是何等宏闊而幽靜。在這樣美妙的清風明月之夜，泛舟於江上，該會產生一種什麼樣的感覺呢？「縱一葦之所如，凌萬頃之茫然。浩浩乎如馮虛御風，而不知其所止；飄飄乎如遺世獨立，羽化而登仙。」駕著一葉扁舟，飄蕩在茫茫萬頃的長江上，真如列子御風而行，並不一定要到達什麼目的地，這樣飄飄忽忽，好像是長了翅膀，要離開這世俗的人間而飛向神仙的境界。這裡描寫的就像電影鏡頭一般，有遠景、近景，有全景還有特寫。「縱一葦之所如，凌萬頃之茫然」是全景，讓我們看到的是水汽茫茫的長江，江面上漂著一隻小船。而「馮虛御風」則是特寫，我們似乎看到了雲彩之上主人公從容的神態和飄舞的裙裾。接著鏡頭由近推遠，主人公飄飄欲仙，脫離了現實社會向仙境飛升。蘇東坡詞「我欲乘風歸去」，大約也是描寫這樣一種感覺和境界，以上是第一部分，寫月夜泛舟的超然之樂，反襯其對現實生活的厭倦。

接下來我們來看第二部分。「於是飲酒樂甚，扣舷而歌之。」到這裡才點明一個「樂」字，他們一面喝酒，一面拍打船舷，情不自禁地唱起歌來。歌詞是這樣的：「桂棹兮蘭槳，擊空明兮溯流光；渺渺兮餘懷，望美人兮天一方。」意思是說：我用桂樹做的棹，用木蘭樹做的槳，劃著月光映照的江水溯流而上；我的心情綿遠而憂傷，遙望聖明的君王，為什麼要讓我與您天各一方！這顯然是模仿楚辭，用香草美人的比喻，來抒發自己高潔的情懷，以及作為一個貶謫的朝臣對君王的思念。「客有吹洞簫者，倚歌而和之。」客人當中有一位吹洞簫的，隨著歌聲而吹簫伴奏。洞簫悠遠而低沉的旋律，伴隨著這略帶幽怨的歌詞，在皓月當空的寂靜的江面上響起，其音樂效果如何呢？「其聲嗚嗚然，如怨如慕，如泣如訴；餘音裊裊，不絕如縷，舞幽壑之潛蛟，泣孤舟之嫠婦。」這一段描寫簫聲，十分生動形象。嗚嗚低吟的簫聲，似乎有無限的幽怨、無限的思慕；似乎是在低聲哭泣，又似乎在傾訴衷腸。簫聲悠長婉轉，卻動人心魄，連水中的蛟龍都被感動了，竟為之起舞；而那孤舟上的寡婦，則早已泣不成聲。「泣孤舟之嫠婦」，是暗用白居易〈琵琶行〉中「天涯淪落人」——「商人婦」的典故。這裡既是描寫音樂，同時也描寫了作者感情的變化。接著，就是作者感情變化後的一段主客對話。

「蘇子愀然，正襟危坐，而問客曰：『何為其然也？』」前面說到，自稱「蘇子」是賦體文的需求。「愀然」是寫面部表情的變化，因憂愁而變得嚴肅起來。「正襟危坐」，就是整整衣襟，嚴肅地端坐的樣子。這是與前面「扣舷而歌」相對而言的，不再是那麼悠閒隨便了。「蘇子」神情嚴肅地向客人發問：「你的洞簫怎麼會吹出這樣的聲調來呢？」於是引發了客人一大段議論。客人說：「『月明星稀，烏鵲南飛』，此非曹孟德之詩乎？西望夏口，東望武昌，山川相繆，鬱乎蒼蒼，此非孟德之困於周郎者乎？方其破荊州，下江陵，順流而東也，舳艫千里，旌旗蔽空，釃酒臨江，橫槊賦詩，固一世之雄也，而今安在哉？」前面已經講過，蘇軾夜遊赤壁，只不過借赤壁這個地名和曹操等人的歷史故事來抒發感慨。這裡所謂的「客曰」，也只不過是假託客人之口對歷史興亡和人生得失發表自己的看法。客人先引述了曹操〈短歌行〉一詩中的句子。為什麼要引這兩句呢？他們在明月之夜泛舟赤壁，來到孫曹交戰的地方，觸景生情，聯想到曹操和他寫的關於明月的詩，這當然是極其自然的，更何況作者當時的景況與曹操此詩所抒發的情感也頗有相通之處。作者在赤壁向西望去是夏口（今湖北武昌），向東望去是武昌（今湖北鄂城），這不就是當年周瑜大敗曹操的地方嗎？如今山川依舊，青山蒼蒼，江流滾滾。然而，當年曹操率領八十萬大軍，先攻破荊州，隨即攻下江陵，沿著長江一路東進，那江面上船頭連著船尾（舳，船頭；艫，船尾），千里不絕，戰旗飄揚，遮天蔽日，曹操在大船上臨江飲酒，橫槊賦詩，真是何等英雄氣概！而今都已成為歷史，什麼都不存在了。

接著，用一個轉折詞從歷史拉回到現實：「況吾與子漁樵於江渚之上，侶魚蝦而友麋鹿，駕一葉之扁舟，舉匏樽以相屬。」「況」在這裡起轉折加遞進的作用，以下的文字都是拿自己與曹操相比。雖然我蘇東坡也與曹操一樣富有雄才大略，希望做一番轟轟烈烈的事業，卻被貶謫到這樣僻遠的地方，只好在江渚之上打魚砍柴，與魚蝦為伴侶，和麋鹿交朋友，駕著這簡陋的小船，拿著葫蘆瓢飲酒。這裡幾乎每一句都是以自己貶謫生活的現實處境與曹操的顯赫一時相對照。但值得指出的是，作者把自己的貶謫生活描寫得富有詩意，這一方面把自己對現實處境的不滿和牢騷巧妙地隱藏了起來；另一方面也表達了作者隨遇而安、不計得失的曠達情懷。所以接下來說：「寄蜉蝣於天地，渺滄海之一粟。哀吾生之須臾，羨長江之無窮。挾飛仙以遨遊，抱明月而長終。知不可乎驟得，托遺響於悲風。」這一段文字是典型的賦體文寫法，語言講究而對仗工整，大意是說：人生十分短暫，就像那朝生暮死的昆蟲蜉蝣一樣寄生於天地之間，人類也十分渺小，如同那茫茫大海中的一粒粟米。人的一生，轉瞬即逝，而浩浩長江卻萬古長流，這真是令人羡慕啊！多麼希望與神仙一起遨遊太空，或者像今天晚上這樣伴著明月與友人一起玩賞，這樣無憂無慮，沒有盡期。當然，這不過是脫離現實的幻想，是不可能得到的，因而只好借托洞簫之聲把這種情感抒發出來。最後一句「托遺響於悲風」，是說剛剛講的這些內容都透過簫聲表達出來了，這就巧妙地回應了前面作者聽到那「如怨如慕，如泣如訴」的簫聲後問客人「何為其然也」上來，作了很好的收束。以上是第二部分，透過主客問答，描寫人生無常的惆悵，表現其對貶謫生活的哀怨。

最後來看第三部分。作者聽了客人上面一大段議論後說：「客亦知夫水與月乎？逝者如斯，而未嘗往也；盈虛者如彼，而卒莫消長也。蓋將自其變者而觀之，則天地曾不能以一瞬；自其不變者而觀之，則物與我皆無盡也。而又何羨乎？」作者針對客人的言論，闡明自然界變與不變的道理。客人上面講的一大段話始終緊扣眼前的情景——江水和明月，所以作者一開頭就說：難道你也知道水與月嗎？玩味其語氣，意思是說客人並不真正懂得水與月。那麼，作者是怎樣看水與月的呢？「逝者如斯，而未嘗往也」，這是說水。《論語子罕》上記載：「子在川上曰：『逝者如斯夫，不舍晝夜。』」孔子見流水而感嘆時光流逝，歲月不居。這裡蘇軾從另外一個角度說，水雖然不停地流動，卻一點也沒有流走，眼前的長江，流了億萬斯年，卻還是長流不息。「盈虛者如彼，而卒莫消長也」，這是講月。月亮每月一次朔望，缺了又圓，圓了又缺，最終不曾有絲毫的減少或增多。這是什麼道理呢？作者從變與不變的不同角度很好地解釋了這一自然現象：從變化的角度來看，天地間的萬事萬物無時無刻不在發生變化；從不變的角度來看，則萬物與你我都是永恆的，這也許就是我們現在所說的物質不滅的道理吧。既然如此，長江之無窮又有什麼可以羨慕的呢？這裡與其說是對自然現象的解釋，倒不如說是作者對人生得失的一種態度、一種襟懷、一種人生觀和宇宙觀。因而作者更進一步說：「且夫天地之間，物各有主，苟非吾之所有，雖一毫而莫取。惟江上之清風，與山間之明月，耳得之而為聲，目遇之而成色；取之無禁，用之不竭。是造物者之無盡藏也，而吾與子之所共適。」作者認為，天地之間的所有物質都各有所屬，只要是不屬於我的，哪怕一絲一毫我也不取。唯獨這江上的清風和山間的明月，耳聽之有聲，目觀之有色，取之沒有禁止，用之沒有窮盡。這是大自然賜予的無盡寶藏，你我都可以盡情地欣賞和享用。最後一句「吾與子之所共適」的「適」，一作「食」。朱熹《朱子語類》說：「風為耳所食，色為目所食。」這似乎也能解得通。這一段文字不僅富於哲理，而且境界很高，最值得玩味。

客人聽了蘇子這段話有什麼反應呢？「客喜而笑，洗盞更酌。」客人聽了蘇子的話非常高興，開心大笑，以至於將喝殘了的酒又重新擺佈，再次痛飲起來。我們可以想像，在這樣明月清風之夜，二三好友在長江上泛舟遊賞，一面喝酒，一面唱歌、吹簫，更有心靈的對話與溝通，該是何等痛快！何等盡興！「餚核既盡，杯盤狼藉。相與枕藉乎舟中，不知東方之既白。」這真是一幅絕妙的寫照：菜餚和果品都吃光了，酒也喝得爛醉，案几上一片杯盤狼藉，船艙裡大家七歪八倒互相枕著睡覺，不知不覺竟東方發白了。以上是第三部分，作者以老莊哲學表達自己以不變應萬變的曠達情懷。

〈前赤壁賦〉是千古傳誦、不可多得的佳作。它是一篇記遊文，也是一篇抒情文，同時又是一篇說理文，寫景、抒情、說理三者水乳交融，渾然一體。就寫景來說，文中的景物描寫十分優美，明月、清風、白露、水光、一葉扁舟、

主客酬答、飲酒賦詩、扣舷而歌、倚歌吹簫……組成一幅赤壁夜遊圖，給人以身臨其境之感。就抒情而言，文中凡描寫景物都貫注了作者的思想感情，此即所謂物中有我，景中有情。開頭寫清風徐來，月出東山，泛舟江上如羽化登仙，其樂無窮；中間一段，借客人之口道出人生無常的愁苦；最後一段，講到物我無盡，風月共用，再寫夜遊之樂，回應開頭。

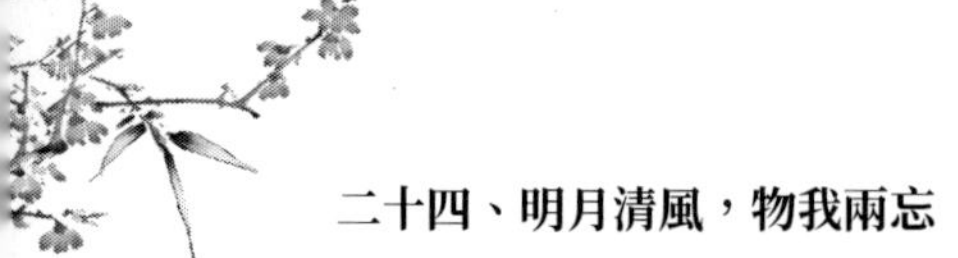

全文由樂生悲，由悲復樂，亦樂亦悲，既矛盾又統一，與作者政治失意的苦悶及其對待人生的達觀態度完全吻合，這種情懷透過寫景和主客對話得到了很好地表達。再就說理而言，古人十分推崇文章的最後一段，稱蘇東坡是仙人，認為他的人生境界很高。作者闡述變與不變的辯證法則，完全不同於一般的說理，而是透過生動的形象，用水的流逝，月的盈虛，乃至風聲月色來述說道理，是一種充滿詩意的哲理。這種藝術手法十分高超。

篆刻釋文：侶魚蝦而友麋鹿
（張偉 作）

二十五、一曲瀟灑高雅的青春之歌

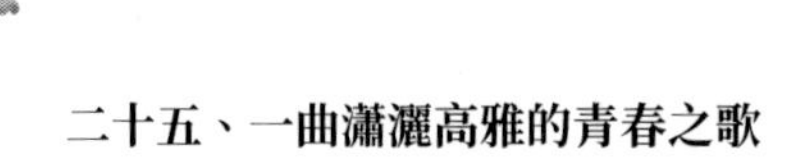

二十五、一曲瀟灑高雅的青春之歌

常記溪亭日暮，沉醉不知歸路。興盡晚回舟，
誤入藕花深處。爭渡，爭渡，驚起一灘鷗鷺。
〈如夢令．常記溪亭日暮〉　李清照

宋代傑出的女詞人李清照出身於一個官宦詩書家庭，父親李格非官至禮部員外郎，同時也是當時著名的學者和文學家，母親是狀元王拱辰的孫女，亦能詩文。李清照自幼受家庭薰陶，具有廣博的學識、卓越的才華和高雅的生活情趣。然而，她不同於一般名門閨秀，謹守深閨繡樓不與外界接觸，而是常常投身到大自然的懷抱，陶醉於遊覽，寄情於山水；詩詞中也常常表現出「壓倒鬚眉」的豪放與灑脫。〈如夢令．常記溪亭日暮〉就是李清照早年的一首記遊之作。透過這首詞，我們可以看到作者青年時代嚮往自然、格，可以看到一個風流倜儻、充滿青春活力的少女形象。

這是一首小令，篇幅很短。起句「常記溪亭日暮，沉醉不知歸路」，點明記遊。「常記」二字總領全篇，以下所寫的全都是回憶某一次郊遊。因為那次郊遊太有趣了，印象太深了，所以常常回想，難以忘懷，以至於要訴諸筆墨，用詞曲記載下來。「溪亭日暮」，交代了時間和地點。「溪亭」就是溪邊的亭子，一說是作者家鄉歷下的名泉之一。「溪亭日暮」是怎樣的一番景象呢？作者沒有具體描繪，留給了讀者想像的餘地。作者站在溪邊的亭閣之上，觀賞夕陽西下的景色：清清溪水，落日熔金，曖曖村落，裊裊炊煙，近處田疇如畫，遠方群山連綿……面對這樣的自然美景，女詞人酒興大發，一面欣賞景物，一面舉杯痛飲，不知不覺就喝醉了。「沉醉」是醉得很厲害的樣子。醉到什麼程度呢？醉到了「不知歸路」的程度，連回家的路都不知道了。「不知歸路」四個字把女詞人的醉態刻畫得惟妙惟肖，「沉醉」這句從一個側面揭示了女詞人嗜酒任性的男子氣概。李清照在詞中很多地方寫到喝酒，而且常常喝醉，這是與一般閨閣女子大為不同的地方。黃昇的《花庵詞選》收錄這首詞給補充了個題目，便是叫〈酒興〉。「沉醉不知歸路」還有另外一層含義，就是作者為溪亭日暮這樣迷人的景色所陶醉，樂而忘返。況且，歐陽修說過：「醉翁之意不在酒，在乎山水之間也。山水之樂，得之心而寓之酒也。」所以，喝酒與欣賞山水本是可以統而為一的。

正因為詞人「沉醉不知歸路」，所以，「興盡晚回舟，誤入藕花深處」。這兩句承前而來，是「不知歸路」的結果，同時又引出另一番新的境界來。作者這次郊遊，是乘興而來，興盡而歸。所謂「興盡」的「興」，既指酒興，也指遊興。怎樣的「興盡」呢？作者也沒有做具體描繪，大概也是留給讀者去自由想像吧！也許李清照帶著幾名侍女，賞罷溪亭日暮的景觀，酒也喝醉了。既然遊興和酒興都得到了滿足，那就回家去吧！於是，她們一行人駕著畫舫，乘著酒意，在夕陽的映照下駛向歸途。寫到這裡，詞人筆鋒一轉，別開生面：「誤入藕花深處。」「誤入」自然是由於「沉醉不知歸路」所造成的。我們也曾有過走錯路的懊喪，但作者「誤入藕花深處」，非但沒有絲毫的懊喪，反而喜不自勝，就像陶淵明筆下的武陵漁夫誤入桃源一般，對眼前這無意中看到的景象驚喜不已。「藕花」就是荷花。她們的畫舫駛進了一片荷池，一朵朵荷花亭亭玉立，一團團荷葉隨風搖盪，一陣陣荷香沁人心脾。所以，她們誤入藕花叢中，非但沒有察覺，竟然還入了深處。這個「深」字用得很好，既呈現了荷塘之廣，荷花之盛，更展現了她們一行迷途之遠，為下文做了鋪墊。

儘管荷塘的景色如此美好，但畢竟是日暮時分了，既已誤入藕花深處，就得趕快找到歸路回家。「爭渡，爭渡，驚起一灘鷗鷺。」「爭渡」就是搶渡。疊用「爭渡」二字，就把她們手忙腳亂地奮力划船的情態十分生動地表現出來了。也許當她們突然意識到誤入迷途的時候，片刻間顯

得有點驚恐，酒也醒了許多，於是大家就奮力划起船來。讀到這裡，我們彷彿聽到了一群姑娘的嬉笑聲和搖槳擊水聲。有人把「爭渡」的「爭」解釋為「怎麼」的「怎」，雖然詞義可通，詞曲中也常有這種用法，但不如解釋為「搶渡」更為生動形象，上下文意銜接得更為緊湊。正因為她們奮起搶渡，才「驚起一灘鷗鷺」。棲息在沙灘上的鷗鷺，被她們一行人的嬉聲笑語和爭渡時划槳擊水的聲音所驚嚇，拍打著翅膀飛向暮色蒼茫的天空。這又是一番何等美妙的景象，一個多麼動人的場面。「一灘」的「灘」字也用得很好，不僅表現了鷗鷺之多，還表現了鷗鷺棲息的場所，更能使人產生身臨其境之感。如果換上「一群」就不能達到這種效果。「鷗鷺」是兩種水鳥，這裡不一定就是實指「鷗」和「鷺」，而是泛指一般水鳥。但「鷗鷺」出現在詩詞中，經常具有一種特定的意象。《列子》說，古時候有個人特別喜歡鷗鳥，每天去海邊，總是有幾百隻鷗鳥和他一起遊玩。一天，他父親對他說：「捉一隻帶回家來吧。」第二天當他懷著捕捉鷗鳥的心機來到海邊的時候，鷗鳥就在空中飛舞不下，再也不靠近他了。古琴曲〈鷗鷺忘機〉就是歌詠這件事。作者在詞中描寫「鷗鷺」，更充分地表現了自己瀟灑純真的天性。作者在這裡雖然只是描寫了驚飛的鷗鷺，沒有直接寫到人，但她們一行自由活潑、開心玩樂的神情早已傳達給了讀者。

有人曾把李清照和豪放詞人辛棄疾並列，稱為「濟南二安」（李清照號易安，辛棄疾字幼安，都是濟南人），還有人說她「不徒俯視巾幗，直欲壓倒鬚眉」。的確，李清照現存的七十多首詞作，儘管也有不少低回婉轉、傳情入微的作品，但也有不少像〈如夢令〉這樣一掃香豔詞風，毫無兒女之態的清新豪放之作。這是李清照作為女性詞人不同於其他詞人的一個顯著的特色。

這首詞在藝術上也有獨到之處，語言通俗、質樸無華，完全採用白描手法，把一次平平常常的郊遊中所經歷的溪亭日暮、誤入藕花塘、鷗鷺齊飛幾幕場景毫不經意地點了出來，形象生動，意境開闊，情趣盎然。僅僅三十三個字的一首小令，卻蘊涵著那麼豐富的意境，充分展現了作者善於剪裁的功夫和駕馭語言的能力。

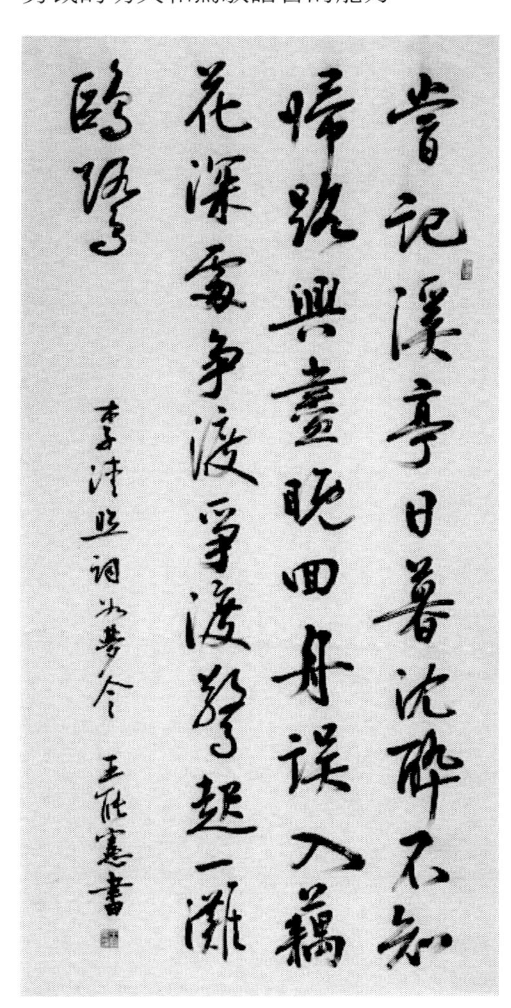

王能憲 作（王能憲，本書作者）

篆刻釋文：誤入藕花深處
（尹軍 作）

掃碼收聽

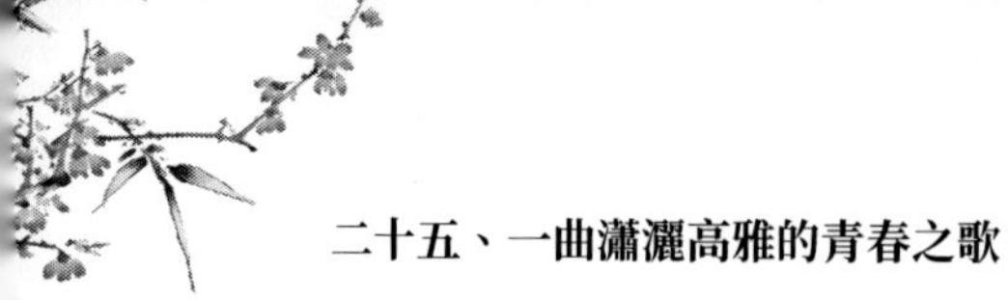

二十六、農作之辛勞，農家之生趣

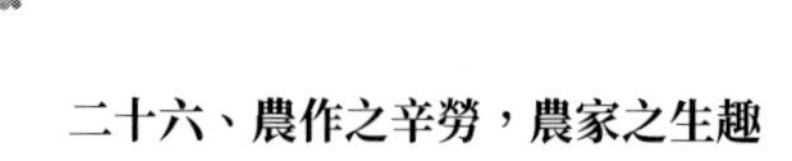

田夫拋秧田婦接，小兒拔秧大兒插。
笠是兜鍪蓑是甲，雨從頭上溼到胛。
喚渠朝餐歇半霎，低頭折腰只不答。
秧根未牢蒔未匝，照管鵝兒與雛鴨。
〈插秧歌〉　楊萬里

俗話說，一年之計在於春，因為春天的耕耘和播種，決定了秋後的收成，所以春天是農家最繁忙、最辛苦，也是最關鍵的時期。古往今來，一些關心社會、關心人民的知識分子寫下了無數關於春耕春插的詩篇。我們今天就和大家一起來欣賞楊萬里的〈插秧歌〉。

楊萬里是江西吉水人，南宋紹興二十年（西元一五五〇年）進士，做過太常博士、寶謨閣學士等官。他精通經學，看重名節，是一位品格高尚的知識份子，最崇拜張浚的正心誠意之學，把自己的書齋取名為「誠齋」，著有《誠齋集》。楊萬里與陸游、范成大等號稱「中興四大詩人」，一生作詩兩萬餘首，僅流傳下來的就有九種詩集，共四千餘首。這首〈插秧歌〉收在《西歸集》中，是他辭官回鄉路經衢州時所寫的。

這首詩題為〈插秧歌〉，是一首歌行體的詩，但並不長，一共只有八句。詩人截取一家農戶全家老小忙插秧的一個場景，反映了農家繁忙辛苦的勞動生活和勤勞樸實的優秀品格。

詩一開頭就給我們描繪了一幅繁忙的插秧圖景：「田夫拋秧田婦接，小兒拔秧大兒插。」丈夫把秧把拋向田中，妻子順手接住；小兒子在忙著拔秧，大兒子在忙著插秧。全家大小齊上陣，男女老少忙插秧，好一派生動忙碌的景象。「田夫拋秧田婦接，小兒拔秧大兒插」，這兩句是互文見義，這是詩歌經常採用的手法，不必拘泥地理解為小兒拔、父親拋、母親接、大兒插，因為一家人插秧，分工只是相對的，不可能長時間固定不變。總之，這裡是描寫一家大小在田間忙碌，各有所司，沒有一個閒人。

接著寫他們冒雨插秧的辛苦：「笠是兜鍪蓑是甲，雨從頭上溼到胛。」他們頭上戴著斗笠，身上披著蓑衣，就像全副武裝的武士出征一樣，頭戴鋼盔，身著甲冑，保護得嚴嚴實實；但由於雨下得太大，他們全身都被淋溼了。插秧在江南一般在農曆三四月間，暮春時節，有時春寒料峭，冷雨瀟瀟。他們冒雨插秧，即使戴了斗笠，穿了蓑衣，也起不了多大作用，因為插秧時，兩隻手要不停地運動，斗笠、蓑衣都是遮不住的，雨水全順著手臂往衣服裡面滲透，時間一長，全身上下都會溼透。詩中說「雨從頭上溼到胛」，而「胛」即肩胛，就是胳膊與背相交的地方，說從頭到胛，實際上是渾身上下都被雨水淋溼。「笠是兜鍪蓑是甲」，詩人把頭戴斗笠、身披蓑衣的農人比作全身披掛的武士，這一生動形象的比喻，很好地烘托了水田如戰場、插秧如作戰那繁忙緊張的氣氛。而後一句「雨從頭上溼到胛」，則渲染了雨中插秧的辛勞和艱苦，同時也透露出詩人對他們的深切同情。

以上四句著重描寫插秧的場景，下面四句則透過對話和動作來刻畫人物，進一步表現農家的勤勞與農事的繁忙。

「喚渠朝餐歇半霎，低頭折腰只不答。」大概是前面所說的「田婦」已從田裡回到家中，做好了早飯，又來到田頭，叫丈夫和兒子回家吃早飯，順便歇息一會兒；然而他們誰也沒有起身回家，繼續在田裡低著頭，彎著腰，默默地、不停地插秧。詩人用白描的手法，真切地表現了農家爭分奪秒、吃苦耐勞的精神。他們一大早就下田插秧，連續工作了幾個小時都沒有歇一口氣，連早飯也顧不上吃。「低頭折腰只不答」，這一句寫得很妙，最值得玩味：為什麼「不答」呢？難道是他們沒聽見嗎？當然不是；或許是他們不覺得餓也不覺得累嗎？更不是。那麼，他們為什麼不答應呢？最後兩句做了明確的回答。

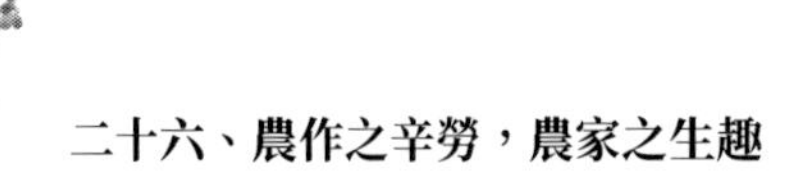

「秧根未牢蒔未匝，照管鵝兒與雛鴨。」根據這兩句可以知道，前一句說「低頭折腰只不答」的不答，只不過沒有答應回家歇息，並非沒有答話，這兩句就是回答的話。根據答話的口氣，可以推測答話人就是這家農戶的主人，即前面所說的「田夫」。他一邊插秧一邊跟他的妻子說話，連頭也沒有抬，腰也沒有伸，他說：秧還沒有插完，這時候我們怎麼能歇得下呢？你趕快回家吧，因為剛插下的秧苗根基還不牢固，可要照管好鵝兒和小鴨，不能讓它們下田來毀壞秧苗。言外之意是說，至於我們吃飯和歇息的事，這會就顧不上了。這簡短而樸實的話語，蘊含了多麼豐富的內容！這裡要特別說明的是「秧根未牢蒔未匝」一句中的「蒔未匝」，一般人都只理解了它的字面意義：「蒔」，是栽種的意思，這裡指插秧；「未匝」，是說秧還沒有插完；「匝」是圓周的意思。這樣的理解當然沒有錯。但是，秧沒有插完為什麼叫「未匝」呢？這必須從插秧的形式來理解。我記得小時候在老家插秧，不像現在那樣拉繩子一畦一畦地插，一般是從田邊開始往後退著繞圈插，插秧的人前後相隨，一個跟一個，一圈繞一圈，直到最後繞到了田的中央，這塊田的秧也就插完了。如果沒有切身的體驗，恐怕是不能理解到這一層的。

這首詩是現實生活的寫照，詩人擷取插秧的勞動場景而入詩，富有生活氣息，真實而感人。全詩語言淺白流暢，句句押韻，朗朗上口，很有歌行體的特點。詩的格調清新、自然、明快，雖然詩中也寫到了雨中插秧的辛苦與勞累，但並不給人以愁苦和悲傷的感受，始終洋溢著既緊張繁忙又輕鬆歡快的氣氛，充分表現了勞動人民熱愛勞動、熱愛生活、勤奮樂觀的特徵。儘管詩人是站在旁觀者的角度，但詩中所表現出來的不是士大夫的冷眼旁觀，也不是以士大夫的閒情來欣賞，而是帶有深厚的思想感情的，是一首勞動的頌歌。

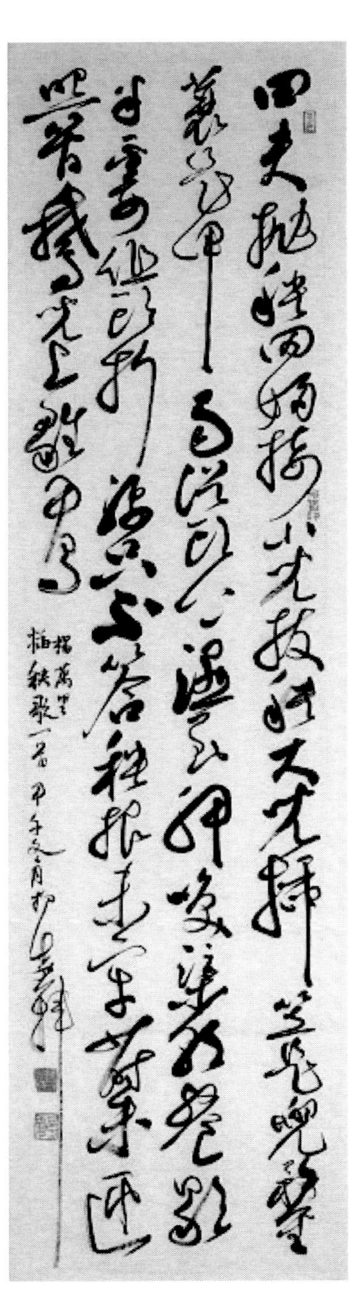

楊濤 作

篆刻釋文：復得返自然（李立山 作）

掃碼收聽

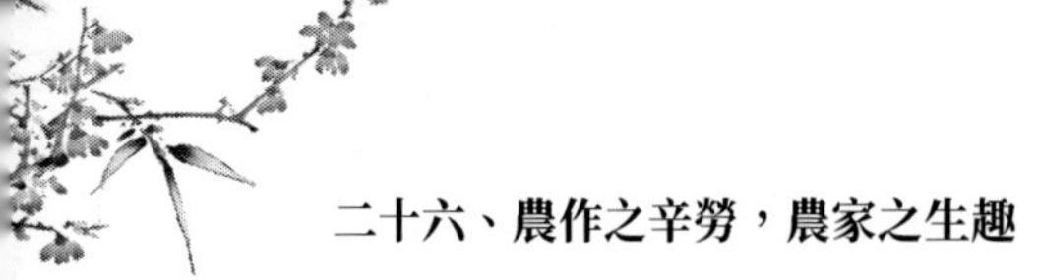

二十七、蓮葉荷花別樣景

泉眼無聲惜細流，樹陰照水愛晴柔。
小荷才露尖尖角，早有蜻蜓立上頭。
〈小池〉　楊萬里

畢竟西湖六月中，風光不與四時同。
接天蓮葉無窮碧，映日荷花別樣紅。
〈曉出淨慈寺送林子方〉　楊萬里

你一定讀過宋人周敦頤的〈愛蓮說〉吧，你對「出淤泥而不染，濯清漣而不妖」的荷花當留下高尚而聖潔的印象。你也一定讀過朱自清的〈荷塘月色〉，那清幽美妙的「荷香月色」更是沁人心脾，令人陶醉。現在我們一起來欣賞宋代大詩人楊萬里的兩首詠荷詩，同樣也能使你得到美的享受。

楊萬里最擅長描寫自然景物。他曾說過：「在後園散步，或者登臨古城，或者採菊賞花，總有千萬種景象紛至遝來，向我貢獻寫詩的素材，常常是揮之不去，前面的景物還沒有寫下來，後面的接著又來了，因此一點也不覺得作詩有什麼困難。」（原文引自《荊溪集》自序：「步後園，登古城，採擷杞菊，攀翻花竹，萬象畢來，獻予詩材，蓋麾之不去，前者未讎，而後者已迫，渙然未覺作詩之難也。」）這是因為詩人平時注意觀察自然，一旦把自然景物寫到詩中來就生動逼真，清新自然。下面我們將要賞析的這兩首詠荷詩，很能說明楊萬里這類詩歌的藝術特色。

先來看第一首〈小池〉。這是一首七絕，四句詩是這樣寫的：

泉眼無聲惜細流，樹陰照水愛晴柔。
小荷才露尖尖角，早有蜻蜓立上頭。

詩人先寫小池和周圍的環境：一汪清泉，涓涓細流，無聲地流淌著，形成這樣一個小小的池塘。池塘邊有鬱鬱蔥蔥的林木，濃密的樹蔭倒映在水面上；在陽光的映照下，顯得格外的柔和寧靜。

在這樣一片溫馨寧謐的小池塘裡，詩人再推出他要吟詠的對象：「小荷才露尖尖角，早有蜻蜓立上頭。」剛剛從泥中冒出水面的新荷，葉子還沒有舒展開來，方才露出一個尖尖的小角；在這個尖尖的小角之上，還有一隻蜻蜓站立在上面。

以上就是〈小池〉這首小詩給我們描繪的一幅小巧玲瓏、生趣盎然的畫面。透過畫面，我們可以看出詩人觀察自然景物的細緻以及詩人捕捉自然景物入詩手法的高妙。例如，第一句描寫泉水「泉眼無聲惜細流」，詩人用一個「惜」字，不僅把泉水的涓涓細流緩緩流出的景象表現得十分準確，而且又以擬人化的手法把泉水寫「活」了，彷彿這汪清泉十分吝惜自己，捨不得流出似的。這樣就使詩句頓時增添了無限情趣和韻致。又如，最後兩句描寫荷葉和蜻蜓，那剛出水面的新荷，翠綠的嫩葉卷起尖尖小角，卻早有一隻可愛的蜻蜓立於其上。這是詩人剎那間所見的景象，卻能手疾眼快，簡直就像一個高明的攝影師，把那稍縱即逝的一瞬定格為永恆的詩意，成為膾炙人口的名句。

小荷圖　陰澍雨 作

接下來我們再來看第二首，題為〈曉出淨慈寺送林子方〉。這首詩是描寫杭州西湖的，淨慈寺是西湖邊上一個著名的佛寺。「曉出」，拂曉時從淨慈寺出來。「林子方」是詩人的朋友，曾做過直閣秘書。這個題目交代了寫詩的緣起。一天早晨，詩人從淨慈寺出來，送朋友林子方出行，經過西湖邊，看到西湖美麗的景色，隨即吟成了這首小詩。這也是一首七絕，詩人寫道：

畢竟西湖六月中，風光不與四時同。
接天蓮葉無窮碧，映日荷花別樣紅。

前兩句交代時間和地點，強調六月的西湖風光特別美好。「四時」即春、夏、秋、冬四季。詩人說，畢竟是西湖啊！它的炎夏六月，比起春、秋和冬日，風光大有不同。農曆六月，在江南正是暑熱難當的時節，然而西湖卻不同。為什麼不同呢？詩題已經告訴我們，詩人是一大早從淨慈寺出來，來到西湖邊上，這裡地處山水之間，加之西湖水域寬廣，也能減少幾分暑氣，因此詩人此時不但不會有暑熱的感覺，反而覺得格外涼爽。再加上眼前的景色如此美好，所以詩人興致極高，覺得六月的西湖風光特別不同。

那麼，六月的西湖風光有什麼不同呢？它的特異之處何在？詩的後兩句做了具體描寫：「接天蓮葉無窮碧，映日荷花別樣紅。」西湖上一望無際的荷葉，一直延伸到水天相接的地方；在碧綠的荷葉之上，一朵朵粉紅色的荷花，映著早晨的陽光，顯得格外豔麗。

可以想像，愛好大自然的詩人，面對西湖萬頃碧葉紅花，怎能不為之而陶醉，為之而吟哦呢！詩的前兩句彷彿是詩人看到眼前這片勝景之後的一聲喝彩，脫口而出，誇讚西湖的風光，雖然並不具體，卻是滿懷熱情。隨著這聲喝彩，詩人便濃墨重彩地具體描繪了湖面上的荷花那浩渺廣闊的

氣象和鮮豔奪目的景色，使我們切實感受到西湖六月的不同風光。

楊萬里這兩首詠荷詩，雖然都是以自然界的荷花為吟詠對象，但境界絕然不同。前一首〈小池〉顯得清幽雅致，形象小巧；後一首〈曉出淨慈寺送林子方〉則寫得境界闊大，氣勢恢宏。然而，無論境界如何不同，而詩人師法自然的精神是一致的，正如詩人自己所說的那樣：「不是風煙好，何緣句子新！」

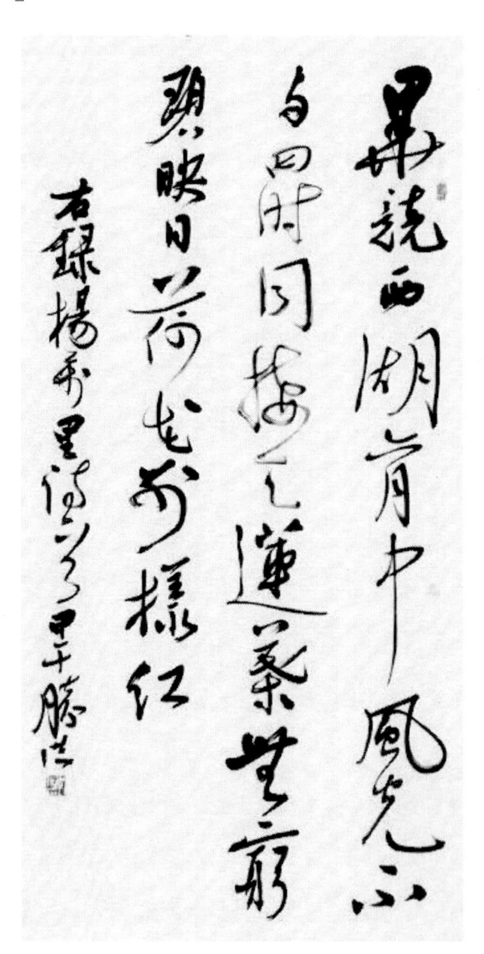

李勝洪 作

二十八、稻花香裡說豐年

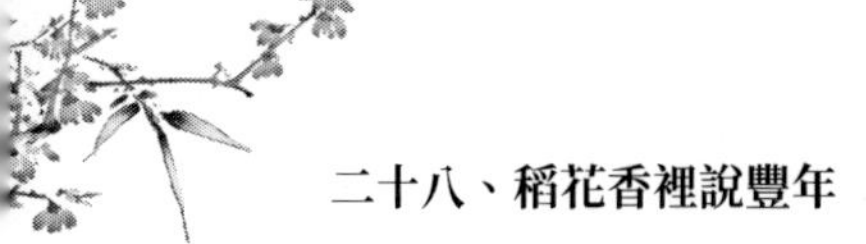

明月別枝驚鵲，清風半夜鳴蟬。稻花香裡說豐年，聽取蛙聲一片。
七八個星天外，兩三點雨山前。舊時茅店社林邊，路轉溪橋忽見。
〈西江月．夜行黃沙道中〉　辛棄疾

南宋愛國詞人辛棄疾以其「奮發激越」、「悲歌慷慨」的豪放詞風著稱，但他在江西上饒、鉛山一帶隱居期間，也寫下了不少「委婉清麗」的作品，描繪江南的風光景物，吟詠淳樸、寧靜的農村生活。〈西江月．夜行黃沙道中〉便是其中的一首。

這首詞沒有明確的寫作年代，根據內容，可知是作者在上饒閒居的時候寫的。詞的題目叫〈夜行黃沙道中〉。詩人透過夜行黃沙道中所見，描寫了農村夏夜的幽美景色和自己的內心感受。

「黃沙」，即「黃沙嶺」的簡稱。據《上饒縣誌》：「黃沙嶺在縣西四十裡乾元鄉，高約十五丈。」又據陳文蔚〈遊山記〉（見陳文蔚《克齋集》），辛棄疾在這裡建有書堂。也許這首詞就是作者從黃沙嶺書堂外出訪友夜歸途中所寫。

詞的上闋勾畫了一幅幽美的農村夏夜圖。

明月別枝驚鵲，清風半夜鳴蟬。

明月當空，驚鵲高飛；清風徐來，夜蟬低唱。

開頭這兩句，一下子就把我們帶進了一個充滿詩情畫意的境界。上句寫鵲鳥驚飛，展現了詩人觀察生活的細緻入微。皎潔的月光從樹葉的縫隙中篩落下來，照射到棲息在樹枝上的鵲鳥身上，鵲鳥被驚醒而飛落到別的枝頭，頓時引起林中一片騷動，其他的鵲鳥也隨之亂飛亂叫。蘇軾在〈次周令韻送赴闕〉和〈次韻蔣穎叔〉兩首詩中兩次寫到「月明驚鵲未安枝」的詩句，與辛棄疾在這裡所描寫的境界十分相似。「別枝」，即另枝，鵲鳥因月光照射，驚飛不定，從一枝飛到另一枝。有人把「別」解為離別，作動詞用，雖然詞義可通，但與下文「半夜」不相對偶。下句寫夜蟬迎風鳴叫。記得前幾年曾就朱自清的散文〈荷塘月色〉討論過夜蟬是否鳴叫的問題，有人認為夜蟬不叫，朱自清寫「夜裡最熱鬧的要數樹上的蟬聲和水裡的蛙聲」是描寫失實。由「清風半夜鳴蟬」可證，朱自清並沒有錯。「清風」與「鳴蟬」似乎有某種連繫，人們常用「餐風飲露」來形容蟬的高潔。所以，一陣清風吹過，夜蟬便迎風低唱起來。這兩句既點明時間是在「明月」「清風」的「半夜」，又透過「鳴蟬」告訴我們節令是在夏季。在那沉靜的清風吹拂的明月之夜，突然間驚鵲離枝、夜蟬鳴叫，這動靜交織、清幽奇麗的夜景，使得這位夜行的詩人心情十分舒暢。就在他欣喜不已的時候，接著又出現了更令其陶醉的景象。

稻花香裡說豐年，聽取蛙聲一片。

田野裡稻花飄香，沁人心脾；蛙聲陣陣，熱鬧非凡，似乎在談論著豐收的年景。這裡，詩人把「蛙」擬人化了，說蛙也懂得「說豐年」。在詩人看來，這一片蛙聲不啻一首優美動人的豐收樂曲。「稻花香裡說豐年，聽取蛙聲一片」，這樣寫，不僅可以使讀者聽到熱鬧的蛙聲，聞到撲鼻的稻香，看到遼闊的田野，和由此所構成的一派豐收在望的圖景，而且從中可以想像到詩人那興奮的情致，喜悅的心情和甜蜜的笑容。我們知道，辛棄疾十分重視農業生產，他常說：「人生在勤，當以力田為先。」並用莊稼的「稼」給他的住處取名叫「稼軒」，後來便成了他的別號。辛棄疾在各地做地方官期間，也特別關心農事，重視農桑，因此，即便是革職放閒的辛棄疾，當他在稻穀揚花時節從田間小徑經過時，也不能不為眼前這番景象而歡欣鼓舞，喜不自勝。

下闋寫天氣變化，以及作者作為一個夜行人的特殊感受。

七八個星天外，兩三點雨山前。

看來，天氣已經發生了變化，剛剛還是「明月」「清風」的夏夜，忽然間就剩下幾顆星星在高遠的天邊閃爍，幾點疏雨從山前飄灑過來。這是描寫夏雨到來之前的景象。

這兩句是從前蜀詩人盧延讓的兩句詩變化而來的。盧延讓〈宿東林〉詩云：「兩三條電欲為雨，七八個星猶在天。」這種景象在南方的夏天常常能夠見到。俗話說：「六月落雨隔牛背。」就是說，南方夏天雨來得急，範圍小，有時頭頂上幾片烏雲就會驟然下起雨來，以至於牛背的這一邊在下雨，而牛背的那一邊卻是晴天。倘若是夜晚，則在烏雲的雲層之外，還可以看到寥落的星星。「七八個星天外」所描寫的就是這種景象。作者告訴我們天已起雲，驟雨將至。一瞬間，驟雨說到就到，「兩三點雨」便從山前飄然而至。這兩句描寫夏夜驟雨將臨的天氣特徵，不僅十分逼真，而且對仗工整，富有情趣。「七八個」、「兩三點」既給人以虛疏的感覺，而「星」和「雨」又是在正常情況下不可能同時出現的奇觀，這就構成了一種淡遠奇特的境界，給人以深刻的印象。本來，酷熱的夏夜，吹來一陣涼風，灑下幾點小雨，正好可以消減幾分暑氣，讓人倍覺涼爽。可是，對於這位「夜行黃沙道中」的詩人來說，則不能不懷有被雨淋溼的顧慮。

這「兩三點雨」灑落在夜行人的面頰上，不免使他有些焦急和慌張，這樣，就把收尾兩句襯托得十分有力。

舊時茅店社林邊，路轉溪橋忽見。

記得往日經過這地方時，社林旁邊有一座茅店，但由於一時慌亂竟找不著了；正在疑惑之際，匆匆走過一道溪橋，再拐了個彎，茅店便突然出現在眼前。真是「山重水複疑無路，柳暗花明又一村」，我們可以想見：在這濃雲蓋頂、驟雨將至的夏夜，突然發現了往日曾經歇息過，而眼下又可避雨的「社林邊」的「茅店」，夜行人該會感到多麼親切，多麼高興！「忽見」的「忽」字用得十分傳神，把夜行人急尋不著而突然見到的驚喜之神情充分地表現出來了。「社林」，「社」即土地廟；「社林」，指土地廟周圍的樹林。古時候立社，通常都要栽種與本處土地相適應的樹木。所以，凡有「社」處必有「林」。

這首詞描寫農村夏夜的景色，月光皎潔，清風徐來，蟬吟蛙詠，稻花飄香，這優美的自然景物和豐收景象，給夜行人帶來無限的喜悅。後段寫天氣突變，驟雨將至，天外疏星，山前飄雨，溪邊社林，舊時茅店，從景物的變化到人物的感受都歷歷在目，逼真傳神，反映出作者輕鬆愉快的心情。

這首詞在藝術手法方面也有一些特色。首先，因為寫的是夜景，視覺受到了限制，詩人便透過描寫聽覺、嗅覺和觸覺加以補充。例如「驚鵲」、「鳴蟬」、「蛙聲」等是聽覺形象，「稻香」是嗅覺形象，「雨點」是觸覺形象。這些形象給月白風清的視覺畫面增添了動態和立體感，使得全詞的意境更加豐富，形象更加生動，詩意更加濃鬱。其次，辛詞多用典故，好掉書袋，很多詞都晦澀難懂，而這首詞卻未用一個典故，即便是襲用前人詩句，也能夠水乳交融，渾然一體，達到了出神入化的境地。這首詞的語言樸實自然，甚至有「七八個星」「兩三點雨」這樣的口語入詞，讀來清新流利，展現了這位大詞人以豪放為主而又豐富多彩的藝術風格。

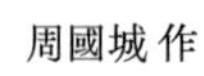

周國城 作

掃碼收聽

二十九、傷心人別有懷抱

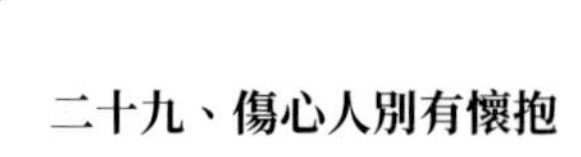

東風夜放花千樹，更吹落、星如雨。寶馬雕車香滿路。鳳簫聲動，玉壺光轉，一夜魚龍舞。

蛾兒雪柳黃金縷，笑語盈盈暗香去。眾裡尋他千百度，驀然回首，那人卻在，燈火闌珊處。

〈青玉案 · 元夕〉　辛棄疾

正月十五元宵節，這一天的夜晚要鬧花燈，往往通宵達旦，男女老幼都成群結隊出來觀看燈火，歡度良宵。因此，古往今來，不少文人墨客寫下了大量有關元宵的詩詞歌賦。宋代詞人辛棄疾的〈青玉案 · 元夕〉詞，就是一首著名的描寫元宵節的佳作。

「青玉案」是這首詞的詞牌，「元夕」是這首詞的題目。「元」，就是開始的意思，一年開始的第一天叫「元旦」，第一個月叫「元月」。過去元月指的是農曆的正月，現在的元月則是西曆的一月。古時候又把正月十五叫作「上元節」（七月十五為「中元節」，十月十五為「下元節」），這一天的夜晚叫「上元夜」，也叫「元宵」。「夕」是夜晚的意思，「元夕」即是「元宵」。那麼，根據這個題目，這首詞要寫的內容就是正月十五上元夜元宵節的事情。

現在我們就一起來賞析這首詞。

東風夜放花千樹，更吹落、星如雨。

詞一開頭就描繪出元宵佳節滿城燈火的熱鬧場面。「東風夜放」，「東風」即春風。一元復始，萬象更新，春風吹拂，鮮花盛開。彷彿眼前這「花千樹」、「星如雨」就是一夜春風送來的。請注意「東風夜放」的「夜」字，詞人在這裡是用誇張的手法描寫眼前的真實景象：那五光十色的彩燈綴滿了樓臺院落、大街小巷，好像一夜之間被春風催開的千樹繁花一樣；又如滿天星斗被春風吹落，化成無數晶瑩的水珠灑滿夜空。這是一幅多麼奇異瑰瑋、色彩明麗的畫面。唐代詩人蘇味道〈正月十五日夜〉詩云:「火樹銀花合，星橋鐵鎖開。」詩中所謂「火樹銀花」，既有誇張，亦是寫實。據《開元天寶遺事》記載:「韓國夫人置百枝燈樹，高八十尺，豎之高山，上元夜點之，光明奪月亮也。」街道中、城頭上彩燈高懸，火樹銀花；昔日緊鎖的城門，今夜洞開，平時黑沉沉的護城河，今夜在燈光的映照下，也如同天上的星河一般燦爛。辛棄疾的這首〈元夕〉詞或許正是從蘇味道的詩中化出，而境界尤為瑰麗。這幾句是描寫元宵的燈火和煙花之盛，接著則描寫遊人和車馬之盛。

寶馬雕車香滿路。

「寶馬」，即是好馬、名馬;「雕車」，即雕有紋飾的車。「寶馬雕車」，是極寫車馬的豪華。這是形容富貴人家乘坐高頭大馬或華輦麗車，傅粉熏香，出門觀燈。他們從街中緩緩而過，一路幽香四溢。這裡雖然沒有直接寫人，但我們透過「寶馬雕車香滿路」的烘托，便可以想像到遊人的稠密和繁盛。接下來詞人又進一步描寫了觀燈遊樂的熱烈場景：

鳳簫聲動，玉壺光轉，一夜魚龍舞。

正月十五鬧花燈，並不只是高掛彩燈，燃放焰火，同時還有其他一些技藝和歌舞等各種節目。「鳳簫聲動」、「魚龍舞」就是這一類的節目。「玉壺」，指的是元宵的明月，「玉壺光轉」是說月亮由東而偏西了。儘管如此，卻依然簫管聲聲不斷，歌舞陣陣猶歡，人們似乎要通宵達旦，徹夜遊樂。

以上為這首詞的上闋，主要描寫元宵節繁華熱鬧的場面；下闋則透過對一個帶有象徵意義的女子的追尋，抒發了自己的內心感慨。

蛾兒雪柳黃金縷，笑語盈盈暗香去。

我們說上闋描寫遊人是透過車馬烘托出來的，那麼這裡才是真實地、具體地描寫遊人——一群穿戴華貴、笑語盈盈的婦女。她們平時謹守在深閨繡樓，今夜難得出閣賞燈遊玩，於是一個個梳妝打扮，頭上戴著「蛾兒」、「雪柳」、「黃金縷」之類首飾，一路上笑語聲聲，香風陣陣，一面觀燈，一面打趣，盡情地欣賞玩樂。這兩句描寫這一群觀燈的女性，即是對上闋傾城鬧元宵的補充，也是為下文做鋪墊。

眾裡尋他千百度，驀然回首，那人卻在，燈火闌珊處。

原來詞人是在尋找一位女子，眼前這些打扮得花枝招展、嘴裡嘰嘰喳喳招搖過市的女子當然不是他所要尋找的。他在人群中尋覓、張望，一遍又一遍地，甚至是千百遍地尋找他的意中人，差不多找了一整夜了都還沒有找到。可是，就在那突然一回頭的一瞬間，卻看見「那人卻在，燈火闌珊處」。「燈火闌珊處」，就是燈火將盡，或者燈火疏落，僻靜而不起眼的地方。詞人於不經意中突然在那「燈火闌珊處」找到了他「千百度」尋覓的那個女子，其欣喜之情自不待言。全詞寫到這裡戛然而止，給讀者留下豐富的想像。

你一定會問：這位女子是誰呢？詞人為什麼在熱鬧非凡的元宵節偏偏要「千百度」地尋找這位女子呢？這當中是不是寄寓了詞人的某種情懷呢？這些問題的確是我們理解這首詞的關鍵。

這首詞收錄在四卷本《稼軒詞》的甲集，甲集編於宋淳熙十五年（西元一一八八年），毫無疑問，這首詞應當是淳熙十五年之前的作品。淳熙十五年，詞人在政治上受到排擠，被迫退休閒居在江西上饒一帶，已經六七年了。詞中所描寫的這位「燈火闌珊處」的女子，絕不可能是詞人

「相約黃昏後」的戀人，而只是一個象徵性的孤高、淡泊、不慕榮華、自甘寂寞的女性形象，它所寄寓的是詞人的身世之感，是詞人不同流俗的高尚人格的寫照。梁啟超評論這首詞說：「自憐幽獨，傷心人別有懷抱」，這是很有見地的。

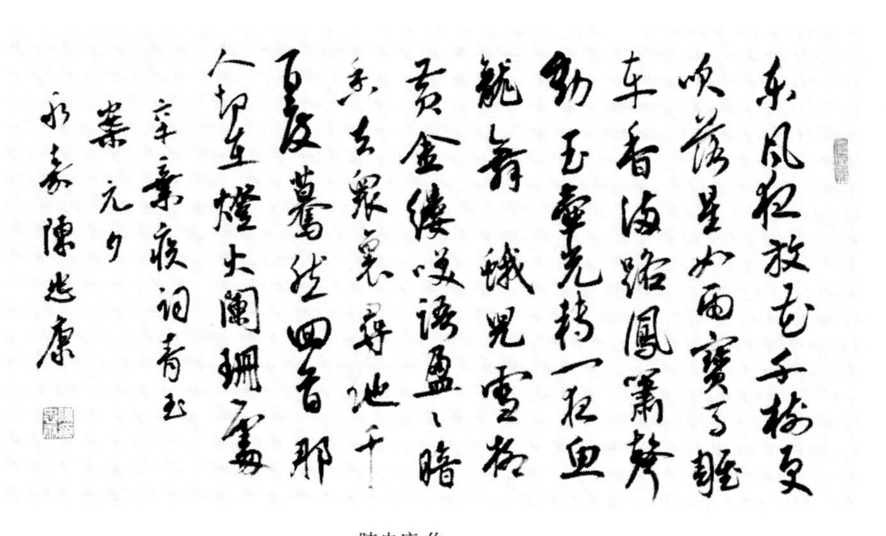

陳忠康 作

二十九、傷心人別有懷抱

三十、神鬼也怕惡人

艾子行水，途見一廟，矮小而裝飾甚嚴。前有一小溝，有行人至，水不可涉。顧廟中，而輒取大王像橫於溝上，履之而去。復有一人至，見之，再三嘆之曰：「神像直有如此褻慢！」乃自扶起，以衣拂拭，捧至座上，再拜而去。

須臾，艾子聞廟中小鬼曰：「大王居此為神，享裡人祭祀，反為愚民之辱，何不施禍以譴之？」王曰：「然，則禍當行於後來者。」小鬼又曰：「前人以履大王，辱莫甚焉，而不行禍；後來之人，敬大王者，反禍之，何也？」王曰：「前人已不信矣，又安敢禍之。」

艾子曰：「真是鬼怕惡人也！」

《艾子雜說 · 行水》

鬼神既是一個哲學上的大命題，也與芸芸眾生密切相關。儘管長期以來我們提倡科學，破除迷信，但至今仍有人相信鬼神，崇拜鬼神。近年來，那些早被破除的封建迷信的陳規陋習又死灰復燃，而且愈演愈烈。修建寺廟，重塑神像，善男信女，頂禮膜拜。難道神靈真能賜福於人嗎？難道菩薩真能保佑平安嗎？今天我們向大家介紹一則古代筆記，相信大家對這個問題可以得出自己的看法。

這則筆記選自《艾子雜說》。《艾子雜說》一卷，收錄在元末明初著名文學家陶宗儀編輯的筆記小說叢書《說郛》中，作者題為宋代蘇軾撰，實際上是後人偽託之作。艾子是作者虛擬的一個人物，歷史上並非實有其人。作者透過艾子的所見所聞，表達了自己對一些問題的見解。這則故事透過記敘艾子看見兩個對待神像採取不同態度和行為的人物，表明瞭作者不信鬼神的思想。

故事是這樣開頭的：「艾子行水，途見一廟，矮小而裝飾甚嚴。」「艾子行水」，是說艾子沿水而行。一天，艾子沿著河邊行走，途中看見一座廟宇。這座廟宇雖然不是很大，但裝飾得十分莊嚴肅穆。這幾句交代艾子的行蹤，實際上也就是故事發生的地點。

緊接著，這裡便出現了故事中的兩個人物。「前有一小溝，有行人至，水不可涉。」不一會兒，來了一個行人，他走到廟門口的一條水溝前，由於水溝太寬，行人跨不過去。怎麼辦呢？「顧廟中，而輒取大王像橫於溝上，履之而去。」行人便返回廟中，立即從神龕上搬來了大王的神像，並把神像橫放在水溝上，毫無顧忌地踏著神像，越過水溝，頭也不回地走了。這裡「顧廟中」的「顧」，就是返回、反顧的意思，「顧廟中」即返回到廟中。「輒取大王像」的「輒」與立即的「即」相通。「履之而去」，「履」是鞋子，這裡引申為踐踏。「之」指大王神像。「履之而去」，即踩著大王神像越溝而去。

上面是故事中出現的第一個人物。接著，又出現了與第一個人物迥然不同的第二個人物：「復有一人至，見之，再三嘆之曰：『神像直有如此褻慢！』」不一會兒又有一個人來到廟門口的水溝前，看見大王神像橫躺在水溝上，連連嘆息道：「大王神像竟遭到如此的褻瀆和侮慢，真是罪過，罪過！」於是，「乃自扶起，以衣拂拭，捧至座上，再拜而去。」這人一邊嘆息，一邊把神像扶起，用自己的衣服揩乾淨前面那人踏過的腳印和污泥，又把神像捧回廟中，恭恭敬敬地安放在原來的位置上，再三跪拜之後方才離去。

以上是文章的前半部分，描寫艾子行水途中所見；接下來寫他在廟中所聞。

「須臾，艾子聞廟中小鬼曰：『大王居此為神，享裡人祭祀，反為愚民之辱，何不施禍以譴之？』」過了一會兒，艾子聽見廟中的小鬼在議論這件事。這當然是採用擬人的手法，使得廟中的小鬼和大王都會講話。小鬼議論些什麼呢？他們對大王說：「大王您在這一帶是至高無上的神，享用

周圍百姓的香火祭祀，如今卻遭到那愚蠢無知之徒的侮辱，何不施降災禍來懲罰他呢？」聽了小鬼的建議，大王如何表態呢？「王曰：『然，則禍當行於後來者。』」大王回答道：「你們說得對！不過，災禍只能施降給後面的那個人。」

大王的話使小鬼大惑不解。「小鬼又曰：『前人以履大王，辱莫甚焉，而不行禍；後來之人，敬大王者，反禍之，何也？』」小鬼又問道：「前面那個人竟敢踐踏大王，奇恥大辱，莫過於此，卻不降禍於他；後來的那個人，明明是敬仰大王的，反而要降禍於他，這是什麼道理呢？」大王回答得十分乾脆。「王曰：『前人已不信矣，又安敢禍之。』」大王苦笑著說：「既然前面的那個人不相信鬼神，我如何能夠降禍於他呢。」

艾子在一旁聽了大王與小鬼的對話，大發感慨：「真是鬼怕惡人也！」原來，不信鬼神的人，鬼神也奈何他不得；相信鬼神的人，卻遭受鬼神的禍害。真是信則有，不信則無，作者的用意是十分明顯的。結論既已得出，全文也就水到渠成，到此結束了。

我們知道，唯物主義者是無神論者，用現代科學的觀點看問題，鬼神是根本不存在的。即使在科學並不發達的古代，我們的先哲也討論過鬼神是否存在的問題，他們當中也不乏無神論者。兩千多年前的孔夫子是不相信鬼神的，《論語》上就說：「子不語怪、力、亂、神。」南北朝時期的大思想家范縝著有《神滅論》，提出「形存則神存，形謝則神滅」的著名論斷，認為人的形體存在，精神也就同時存在；人死之後，形體消失了，精神也就不存在了。所以，鬼神是根本不存在的。這則筆記所反映的思想與古代無神論的思想傳統一脈相承，雖然文中沒有提出什麼明確的思想觀點，但故事本身給人的思想啟示是鮮明而深刻的。

這則故事文字不長，語言十分精練，沒有一個多餘的字句。刻畫人物，三言兩語，即形神兼備。前後兩人，對比鮮明，一舉一動，各具性情。前頭的那人遇水溝不能通過，即取神像橫於其上，履之而去，表現出大膽果敢的性格，我們彷彿能看見他乾脆俐落的動作和昂首闊步的神情。後頭的那人看見神像橫陳於水溝之上，先是嘆息再三，接著是扶起，以衣拂拭，捧至座上，再拜而去。這一系列動作刻畫出一副謹小慎微、敬奉神明的虔誠相。小鬼與大王的對話也都切合各自的身分，並且話中有話，暗含譏諷。這些，都給讀者留下了深刻的印象。

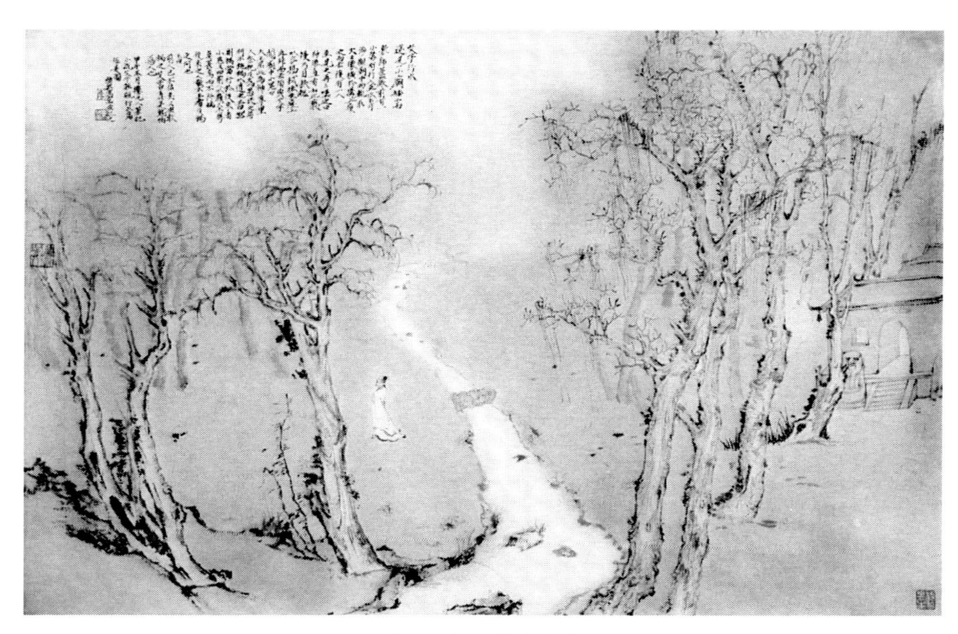

艾子行水圖 李樂然 作

三十、神鬼也怕惡人

三十一、人靈於物

東陵侯既廢，過司馬季主而卜焉。

季主曰：「君侯何卜也？」東陵侯曰：「久臥者思起，久蟄者思啟，久懣者思嚏。吾聞之，蓄極則泄，閟極則達，熱極則風，壅極則通。一冬一春，靡屈不伸；一起一伏，無往不復。僕竊有疑，願受教焉。」季主曰：「若是，則君侯已喻之矣，又何卜為？」東陵侯曰：「僕未究其奧也，願先生卒教之。」

季主乃言曰：「嗚呼！天道何親？惟德之親。鬼神何靈？因人而靈。夫蓍，枯草也；龜，枯骨也，物也；人，靈於物者也。何不自聽，而聽於物乎？且君侯何不思昔者也？有昔者必有今日。是故碎瓦頹垣，昔日之歌樓舞館也；荒榛斷梗，昔日之瓊蕤玉樹也；露蛩風蟬，昔日之鳳笙龍笛也；鬼磷螢火，昔日之金華燭也；秋荼春薺，昔日之象白駝峰也；丹楓白荻，昔日之蜀錦齊紈也。昔日之所無，今日有之不為過；昔日之所有，今日無之不為不足。是故一晝一夜，華開者謝；一春一秋，物故者新。激湍之下，必有深潭；高丘之下，必有浚穀。君侯亦知之矣，何以卜為？」

〈司馬季主論卜〉　劉基

近些年來，我們常常能在街頭巷尾，看到一些算命、占卜和看面相的人。從現代科學的角度來看，這些都是騙人的把戲，十分荒唐可笑。然而，在古代，特別是在科學技術和生產力水準十分低下的上古時代，占卜的風氣是很盛的，上至國家軍政大事，下至個人生活小事，都要預卜吉凶。現在所能見到的甲骨文，就是殷商時代記錄占卜的卜辭。後來還出現了一部專門研究卜筮的著作，這就是大名鼎鼎的《周易》。儘管如此，自古以來，也有不相信這一套的。漢代大思想家王充在《論衡》一書中專門寫了一篇〈卜筮〉對此進行批判。明代大政治家和文學家劉基也寫過一篇〈司馬季主論卜〉的文章，假託一位占卜的專家對占卜和鬼神都給予了否定，並引出一番興衰變化的大道理來。現在就向大家介紹劉基的這篇文章。

劉基，字伯溫，處州青田也就是現在的浙江省青田縣人。他是元朝末年中的進士，並在江西和浙江一帶做過地方長官，因不滿元人的殘暴統治，不久棄官歸隱。後來輔佐朱元璋平定天下，是明朝開國功臣之一。劉基精通政治、軍事、天文、曆法，並且兼長詩文。〈司馬季主論卜〉是他的寓言集《郁離子》中的一篇。「司馬季主」，是文中一個賣卜人的姓名，複姓「司馬」，「季主」是他的名字。據《史記》記載，司馬季主是楚人，精通《周易》，常在長安東市占卜，是漢朝初年一位著名的占卜專家。「卜」，即占卜，也叫卜筮、卜卦，又叫占卦。司馬季主論卜，就是司馬季主談他對占卜的看法。其實並不真是司馬季主的看法，而是作者透過司馬季主對占卜和天道、鬼神的一番議論，表達自己對這些問題的看法。

文章先引出人物和事件：「東陵侯既廢，過司馬季主而卜焉。」東陵侯被廢為平民之後，去拜訪司馬季主，請他占卜。東陵侯，是秦王朝的貴族，姓邵，名平，被封為東陵侯。秦被漢滅之後，東陵侯被廢為平民百姓，因為家貧，在長安城東種瓜，他種的瓜有五種顏色，味道很美，當時人稱為「東陵瓜」。「既廢」，是說東陵侯在秦滅以後喪失了侯的爵位。「過司馬季主而卜焉」中的「過」，是拜訪的意思。「卜」，即占卜。以上兩句是文章的第一段，寫東陵侯來到長安東市請司馬季主為他占卜。下面寫他們兩人關於占卜的問答。

當東陵侯來到司馬季主的卜席之前要求卜卦時，司馬季主就問他：「君侯何卜也？」君侯您要卜問什麼呢？「君侯」是司馬季主對東陵侯的尊稱，看來他們本是相互熟悉的。「何卜」，即卜何，卜問什麼。東陵侯沒有直接回答司馬季主要卜問什麼的提問，而是列舉了一大通自然現象，對此感到疑惑不解，請司馬季主給予解答。

「東陵侯曰：久臥者思起，久蟄者思啟，久懣者思嚏。」東陵侯說：長期臥床的人想坐起來，長期蟄居家裡的人想走出去，長期氣悶的人想打噴嚏。「久蟄者思啟」的「蟄」，本是指蟲類冬眠，也引申指人長期待在家裡，深居簡出；「啟」，打開閉塞的意思。「久懣者思嚏」，是說心氣憋得難受的時候就想打噴嚏。「懣」，是鬱悶的意思；「嚏」，就是打噴嚏。東陵侯接著還說：「吾聞之，蓄極則泄，悶極則達，熱極則風，壅極則通。」我還聽說過，積蓄到了極點就會洩漏，關閉到了極點就會開放，炎熱到了極點就會生風，堵塞到了極點就會暢通。上面兩層意思，講的都是物極必反的道理。自然，東陵侯隨著秦王朝的覆滅，由侯爵降為平民，這種盛衰變化，也是物極必反的結果。不過，東陵侯這裡所強調的是有衰然後有盛，有窮然後有通，他似乎在期待和盼望著衰落之後的復興。所以，他接著又說：「一冬一春，靡屈不伸；一起一伏，無往不復。」自然界中，冬去春來，沒有只是委曲而不能伸展的東西；一起一伏，沒有只是過往而不能回復的事物。這裡的言外之意更為明顯：我由貴族降為平民，什麼時候才能由平民又恢復到貴族呢？所以東陵侯最後說：「僕竊有疑，願受教焉。」連繫自然界中事物的發展變化，我對自己的前途命運感到疑惑不解，希望得到您的指教。「僕」，是東陵侯謙卑的自稱。「竊」，是自己心裡面私下琢磨。「受教」，是接受對方的指教。東陵侯兜了很大一個圈子，才回到司馬季主「君侯何卜」的問題上來，原來他是要請司馬季主釋疑解惑。

司馬季主聽了東陵侯這番話之後說道：「若是，則君侯已喻之矣，又何卜為？」如此說來，君侯早已明白這些道理了，還要問什麼卜呢！「若是」，如果像這樣的話。「喻」是知曉、明白的意思。司馬季主認為東陵侯所說的那些話，已經把事物變化循環往復的道理闡述得十分透澈了，還用得著自己再來說什麼呢！東陵侯仍然很謙虛地說：「僕未究其奧也，願先生卒教之。」他說：我不能深究其中的奧妙，還是希望先生多多指教。「未究其奧」的「奧」，是深奧、奧妙的意思。「願先生卒教之」的「卒」，是到底、終歸的意思。東陵侯認為自己所說的這些不過是事物的表面現象，至於其中深層的奧妙之處，還是要請您司馬季主先生賜教。於是引出司馬季主的一番議論來。

以上是文章的第二段，寫東陵侯向司馬季主問卜，自己卻先講了一通關於事物發展變化的道理。下面第三段是司馬季主就東陵侯所講的這番道理作進一步深入闡發，這是全文的重點所在，也是文章最精彩的部分。

司馬季主在東陵侯的誠懇敦促之下，終於發表了自己的看法。然而，他並沒有直接解答東陵侯提出的問題，而是先從另外的話題談起。他說：「嗚呼！天道何親？唯德之親。鬼神何靈？因人而靈。」唉！天道有什麼可親的呢？唯有道德修養才是最重要的。鬼神有什麼靈驗的呢？只不過因為有人迷信它才靈驗。這裡提出「天道」和「鬼神」，應該說這些對於一個占卜人來講，是神聖不可侵犯的，然而司馬季主卻並不虔誠和恭敬。接著他又談了對占卜的看法：「夫蓍，枯草也；龜，枯骨也，物也；人，靈於物者也。何不自聽，而聽於物乎？」「蓍」是一種草，「龜」是指龜甲，都是卜筮所用的材料。司馬季主認為這些東西只不過是一些枯草爛骨頭，都是一種物體，有什麼靈驗的呢？而人是比物更靈的，為什麼不聽從自己，卻要聽從物的擺佈呢？早在卜筮之風十分盛行的商周之際，姜太公就說過「枯草死骨，何知吉凶」的話，表示對卜筮的不相信（見王充《論衡．卜筮》）。司馬季主的看法與姜太公的話完全一致，所不同的是，司馬季主是一位卜筮的專家。我們簡直難以置信，這種言論竟然出自一個占卜人之口，唯其如此，這種批判和否定才最為有力，最為徹底。

上面這層意思，是對天道、鬼神和卜筮的否定，認為人們自身應該掌握和主宰自己的命運，不應該相信枯草爛骨頭有什麼靈驗。接著，司馬季主的話鋒一轉，連繫到東陵侯的實際和他提出的問題，闡述了事物盛衰興廢的變化規律。

「且君侯何不思昔者也？有昔者必有今日。」司馬季主進一步說：君侯何不想一想過去呢？有過去就必然有今日。這裡「君侯何不思昔」的「思」，與前面東陵侯說的「久臥者思起」等三句中的三個「思」字相關聯，但內容卻完全不同。

東陵侯的三個「思」字，都是企望美好的未來；而司馬季主卻倒過來要東陵侯想一想過去，並且由「有昔者必有今日」引出了下面一大段今昔對比、盛衰對照的文字。

「是故碎瓦頹垣，昔日之歌樓舞館也」，所以，如今的破瓦斷牆，正是昔日的歌樓舞館。「荒榛斷梗，昔日之瓊蕤玉樹也」，如今的荒草殘梗，正是昔日的瓊花玉樹。「荒榛斷梗」，是描寫草木叢生的荒蕪景象；「瓊蕤玉樹」，則是形容美好的花木。「露蛩風蟬，昔日之鳳笙龍笛也」，如今的哀蛩悲蟬，正是昔日的鳳笙龍笛。「露蛩風蟬」，指風霜寒露中蟋蟀和知了的哀鳴。「鳳笙龍笛」，指兩種樂器：形狀如鳳的笙和裝飾有龍形的笛子。「鬼磷螢火，昔日之金華燭也」，如今的螢光鬼火，正是昔日的金燈華燭。「秋荼春薺，昔日之象白駝峰也」，如今的苦菜薺菜，正是昔日的名貴菜肴象白駝峰。「丹楓白荻，昔日之蜀錦齊紈也，」如今的紅楓白荻，正是昔日的名貴衣料蜀錦齊絹。「丹楓白荻」，指紅色的楓葉和白色的蘆荻花，這裡用它們來代替棉絮做衣禦寒。「蜀錦齊紈」，指蜀地出產的錦和齊地出產的絹，都是古時名貴的衣料。這裡一連用了六個排比的句子鋪陳今衰昔盛的強烈反差，顯然是對東陵侯由貴族廢為平民的真實寫照。東陵侯昔日享有的榮華富貴，如今都成了過眼雲煙，面對的是破敗、荒涼和貧寒。這既是對東陵侯的委婉規勸，同時也警誡世人不要盲目追求功名富貴。所以司馬季主接著進一步開導：「昔日之所無，今日有之不為過；昔日之所有，今日無之不為不足。」過去沒有的，如今有了不算過分；過去有的，如今沒有了也不為不足。以上這一層主要是強調盛衰興廢的變化規律，規勸東陵侯面對現實，不要再存幻想。

接著，司馬季主又進一步發揮：「是故一晝一夜，華開者謝；一春一秋，物故者新。」隨著晝夜的變化，盛開的花朵凋謝了；隨著季節的更替，舊的事物變成了新的事物。「激湍之下，必有深潭；高丘之下，必有浚谷。」湍急的流水下面，一定會有深潭；高峻的山峰下面，一定會有深谷。司馬季主的這些看法實際上與東陵侯的觀點是完全一致的。所以最後總結道：「君侯亦知之矣，何以卜為？」這些道理您都是明白的，還有什麼必要向我問卜呢！他十分謙虛而又得體地結束了自己的議論。不用說，東陵侯的疑惑已經解開，不會再要司馬季主為他占卜了。全文也到此結束。

這是一篇議論文，卻採用了對話的形式，顯得生動活潑，富於變化，而不是呆板艱深，枯燥無味。作者假託古人之口揭示事物發展變化的規律，闡明人靈於物的無神論思想，這是具有積極意義的。劉伯溫在民間是一位被神化的人物，說他能知五百年前，能知五百年後，實際上，他不可能是什麼先知先覺，只不過善於發現和掌握歷史發展的規律而已。這篇文章駢散結合，以駢為主，對仗工整而又流暢自然。文中每用排比句，反覆論辯，因此文章雖短而富有才情和氣勢。總之，這是一篇從內容到形式都非常出色的好文章。

論卜圖（油畫） 魏新 作

掃碼收聽

三十二、用智勝於用力，用人高於自用

虎之力，於人不啻倍也。虎利其爪牙，而人無之，又倍其力焉，則人之食於虎也，無怪矣。

然虎之食人不恆見，而虎之皮人常寢處之，何哉？虎用力，人用智；虎自用其爪牙，而人用物。故力之用一，而智之用百；爪牙之用各一，而物之用百。以一敵百，雖猛必不勝。

故人之為虎食者，有智與物而不能用者也。是故天下之用力而不用智與自用而不用人者，皆虎之類也，其為人獲而寢處其皮也，何足怪哉！

〈說虎〉　劉基

俗話說，人為萬物之靈，因為與其他物類相比，人類有智慧，有思想，人是最聰明、最能幹、最偉大的。但是，人與動物相比，也有局限性。譬如，人不如鳥類，可以在高空飛翔；不如魚類，可以在水中漫遊；也不如走獸，可以在陸地上健步如飛……然而，人類依靠自己的智慧，可以製造出飛機、輪船和汽車，不僅水、陸、空都可以行走，而且其速度之快是禽魚走獸等動物所望塵莫及的，所以，最終還是萬物之靈的人類最了不起。

這個道理自古以來人們就一直在思考，今天要與大家一起欣賞的這篇短文，就是探討這方面問題的。文章拿老虎來與人類相比，雖然老虎兇猛過人，但是人類能夠用智慧和辦法制服它，戰勝它；並且進一步闡明用力與用智、自用與用物的關係，又從而推廣到用人的問題上，這可謂以小見大，寓意深刻。

文章是這樣開頭的：「虎之力，於人不啻倍也。」老虎的力量之大，是人的好幾倍。「於人」，就是與人相比較。「不啻倍也」，是說老虎的力量很大，與人相比較，不止大一倍。

接著又說：「虎利其爪牙，而人無之，又倍其力焉。」老虎還有鋒利無比的爪子和牙齒，而人沒有，這就更增添了老虎的力量。「利其爪牙」，是說老虎的爪牙很鋒利，「利」在這裡作動詞用。老虎的力量比人大得多，又有鋒利的爪牙，所以，文章接著說：「則人之食於虎也，無怪矣。」那麼，人被老虎吃掉，就沒有什麼奇怪的了。「食於虎」，是說人被老虎吃掉。這一段是從本能上比較老虎與人的力量，老虎不僅力氣比人大得多，而且還有爪牙這些利器也是人所不具備的，因此人被老虎吃掉是必然的結果。

接下來，文章筆鋒一轉：「然虎之食人不恆見，而虎之皮人常寢處之」，這兩句是承接上文的。上面說老虎力氣大，又有鋒利的爪牙，因而人被老虎吃掉是很自然的；但是，老虎吃人的事情並不常見，倒是老虎的皮毛常常被人們用來當作坐臥的用具。「然」是一個轉折連詞，表示雖然如此，卻如何如何的意思。「不恆見」，就是不常見，「恆」就是「常」的意思。「寢處之」，「寢」是睡覺；「處」是居處的意思，指日常生活；「之」指老虎皮，「寢處之」是說人們把老虎皮拿來墊座或做床褥子。「虎之食人不恆見，而虎之皮人常寢處之」這兩句的意思是，雖然老虎很兇猛、很厲害，但是老虎吃人的事很少見；而老虎被人獵殺，老虎的皮被人們用來坐臥倒是司空見慣。這是為什麼呢？這種現象說明瞭什麼道理呢？

「虎用力，人用智；虎自用其爪牙，而人用物。」這層是分析老虎雖力氣過人卻被人獵殺的原因：老虎用的是力氣，而人用的是智慧；老虎只會使用自身的爪牙，而人則利用其他可以捕殺老虎的器物。這裡還是繼續採用對比的寫法，要特別注意兩組對比的詞語：一組是「用力」與「用智」的對比，另一組是「自用」與「用物」的對比，透過這樣的對比，就突出了人比老虎的高明之處。

緊接著，文章進一步分析「用力」與「用智」和「自用」與「用物」的不同作用和功效，說明老虎之所以失敗的道理：「故力之用一，而智之

用百；爪牙之用各一，而物之用百。以一敵百，雖猛必不勝。」如果力氣的作用是一的話，那麼智慧的作用可以達到百；如果爪子和牙齒的作用各為一的話，那麼利用外物的作用就能達到百。以一和百相敵，所以老虎雖有猛力也必定勝不過聰明智慧的人。這裡的「一」和「百」都不一定是確數，只不過強調兩者之間比例的懸殊、差別的巨大，從而充分表明了老虎「用力」和「自用」的局限性，突出了人「用智」和「用物」的無窮威力。這一段透過「用力」與「用智」和「自用」與「用物」的對比分析，闡明老虎「雖猛必不勝」的道理。

以上兩段描寫人被虎食或者虎被人獲而寢處其皮這兩種不同情況，都是從虎與人的對比入手，為下文做鋪墊，文章的重點在第三段。第三段是這樣寫的：「故人之為虎食者，有智與物而不能用者也。」這是就以上兩段的內容所做的歸納和總結，認為人之所以被老虎吃掉，那是因為突然遇上老虎而隨身又沒有帶著武器或其他工具，倉促之間智慧和器物都用不上的緣故。這兩句主要是對第一段的呼應，是一個過渡，重要的是下面這幾句：「是故天下之用力而不用智與自用而不用人者，皆虎之類也，其為人獲而寢處其皮也，何足怪哉！」所以天下那些只用力而不用智的人，那些只依靠自己而不依靠別人的人，豈不都是與上文所說的老虎一樣的笨蛋！這種笨蛋像老虎一樣被人們捕獲而寢處其皮，這樣的下場和結局又有什麼奇怪的呢！

細心的讀者也許已經注意到，這裡出現了「天下」二字，所謂「天下」，指的就是人世，也就是我們今天所說的人類社會。當然也可以把「天下」的含義理解得更廣泛一些，即把它看成是自然界，是自然規律、自然法則。文章到這裡已推開一步，由「人」與「虎」的對比推廣到「天下」，由一種現象上升為規律，上升為哲理，這就不能不引起人們的警醒和深思。「天下之用力而不用智與自用而不用人者，皆虎之類也。」這是全文的歸結點，也是文章透過人與虎的對比所要闡明的深刻寓意。

這篇短文透過虎與人的對比，指出用力不如用智，自用不如用物，又從用物連繫到用人，強調外物為我所用，強調人的主觀能動作用，是富有積極意義的。這不禁使我們想起先秦大哲學家荀子《勸學篇》中的一段話：「登高而招，臂非加長也，而見者遠；順風而呼，聲非加疾也，而聞者彰。」這段話的意思是說：站在高處向人招手，距離很遠的人也能看得到，這並不是手臂加長了，而是因為站得高。順著風向呼喊，距離很遠的人都能聽得清楚，這並不是聲音加大了，而是風起了傳聲的作用。荀子接著還說：「假輿馬者，非利足也，而致千里；假舟楫者，非能水也，而絕江河。君子性非異也，善假於物也。」荀子說：駕車馬可以日行千里，並不是腳力特別好。乘舟船可以渡江河，並不是很會泅水。總而言之，聰明的人並沒有什麼特別之處，就在於他善於借助和利用外物罷了。荀子這裡所說的「善假於物」，與〈說虎〉這篇文章中所強調的「用物」完全是一個意思。人類正是透過利用外物來改造自然、改造世界，從而提高人類的生存能力，改善生存條件，推動人類社會向前發展。如果說人類不會利用外物，不發揮自己的聰明才智，這就與一般動物沒有什麼區別了，人類社會也就不可能前進了。這或許就是這篇短文給我們的啟示。

〈說虎〉這篇短文的作者是元末明初的大文學家、大政治家劉基。〈說虎〉和前一篇〈司馬季主論卜〉都選自劉基的《誠意伯文集》中的《郁離子》。《郁離子》是一個寓言集，是作者仕途失意之後退居鄉裡時所寫的，採用寓言的形式諷刺、批判當時的社會現實。這篇短文也是典型的寓言手法，透過人與虎的對比，以虎為喻，批評「天下」即統治者不善用人，就像老虎一樣，「雖猛必不勝」，甚至有可能導致被食肉寢皮的可悲

下場，其寓意是十分明顯而深刻的！這篇文章很短，全文不足兩百字，語言極其精練，卻又一波三折，一環緊扣一環，邏輯嚴密，說服力強，讀後不能不嘆服文章的寓意既曲折委婉而又無懈可擊。

猛虎圖 孟祥順 作

掃碼收聽

三十三、宦官弄權，禍國殃民

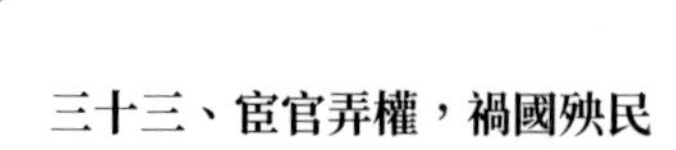

喇叭，嗩吶，曲兒小，腔兒大。官船來往亂如麻，全仗你抬聲價。軍聽了軍愁，民聽了民怕，那裡去辨甚麼真共假？眼見的吹翻了這家，吹傷了那家，只吹的水盡鵝飛罷。

〈朝天子．詠喇叭〉　王磐

中國封建時代，宦官弄權為害最烈的是東漢、唐朝和明朝。明朝的兩大宦官劉瑾和魏忠賢，欺君罔上，結黨營私，欺壓百姓，胡作非為，他們把持朝政，為禍之烈在中國歷史上達到了頂點。王磐的散曲〈朝天子．詠喇叭〉就寫於明武宗正德年間劉瑾當權之時。作品對狐假虎威、飛揚跋扈的宦官進行了諷刺，揭露了他們到處橫徵暴斂、搜刮民脂民膏的罪惡，從一個側面反映了當時的社會現實。

王磐字鴻漸，號西樓，高郵（即今江蘇省高郵市）人。他的生卒年沒有確切記載，大約生活在弘治、正德年間。根據萬曆《揚州府志》記載，他有雋才，好讀書，灑落不凡，一生縱情於山水詩畫之間。自幼鄙薄舉業，不參加科舉考試，築樓於高郵城西，與一些文士談詠其間。他愛好詞曲，精於音律，是明代著名的散曲作家之一，在當時名聲很大，被譽為「詞人之冠」，著有散曲集《王西樓樂府》。

王磐的家鄉高郵就在運河邊上。那時運河是南北交通運輸的重要通道。當時劉瑾「挾天子以令諸侯」，實際上操縱了國家機器；而正德皇帝也就落得清閒，不理政務，縱容劉瑾及其黨羽胡作非為。他們不僅掌握了軍政大權，而且經營皇莊、皇店，出任稅監，控制鹽、茶等國家專賣商品，還控制了海外貿易，把爪牙伸向四面八方，到處敲詐勒索，搜刮民財。他們到南方各地搜刮，時常從運河經過，每到一處城鎮，就吹起喇叭招呼當地百姓侍候他們。明人蔣一葵《堯山堂外紀》說：「正德時，閹寺當權……民不堪命，西樓乃作〈詠喇叭〉以嘲之。」

曲子一開頭就開門見山，直接引入本題：「喇叭，嗩吶，曲兒小，腔兒大。」這裡字面上是描寫官船到來時喇叭、嗩吶齊鳴的情景，實際上是諷刺押解官船的宦官依仗皇家勢力耀武揚威的樣子。「喇叭」和「嗩吶」這兩種普通的吹奏樂器，在這裡成了某種象徵，暗指那些押解官船的宦官。儘管他們地位卑微，本事不大，卻狐假虎威，吆三喝四，氣焰十分囂張，所以說「曲兒小，腔兒大」。這種比喻是非常巧妙而辛辣的嘲諷。緊接著說：「官船來往亂如麻，全仗你抬聲價。」這裡點明「官船」。作者用「亂如麻」形容運河上官船來往的頻繁與雜亂，不僅生動形象，而且透露了自己的傾向和態度。「全仗你抬聲價」，這句又回應了開頭，說官船到來時，靠喇叭、嗩吶顯示威風。作者指桑罵槐，對喇叭、嗩吶的責罵，便是發洩對宦官的仇恨。以上是一層意思，描寫官船到來時，喇叭、嗩吶齊鳴的喧鬧情景。全曲就在這樣一種亂哄哄的氣氛中展開。

官船靠岸後，船上的官員及其爪牙是如何搜刮搶掠的呢？作者沒有具體描寫這種場面，而是用十分沉重的語氣告訴我們：「軍聽了軍愁，民聽了民怕。」當地軍民一聽到這催命般地預示著災難來臨的喇叭聲，就得去服役，忍受官吏的勒索，心裡怎能不擔驚受怕呢？這兩句又與上面「官船來往亂如麻」相呼應。官船來往如此頻繁，人民該要承受多麼沉重的壓榨！所以官船一到，喇叭一吹，他們便心裡發怵，擔心不知又要降臨什麼災難。宦官弄權，常常假傳聖旨，矯詔辦事，所以官船到地方搜刮民財，還有誰敢違抗，誰敢追究是真是假呢？「那裡去辨甚麼真共假？」這雖然是無可奈何的嘆息，但隱藏在字面底下的，則是作者對宦官政治的無比憤慨。這種憤慨，其中包括了對最高統治者縱容宦官為非作歹的指責。這幾句又是一層意思，透過描寫老百姓對官船到來的懼怕，揭示了宦官的橫行和淫威。

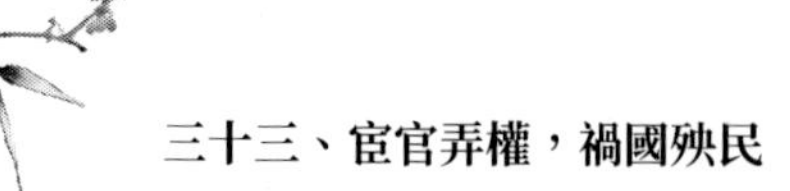

最後一層是說在這種代表著災難的喇叭聲中，老百姓一個個傾家蕩產，被洗劫一空。「眼見的吹翻了這家，吹傷了那家，只吹的水盡鵝飛罷。」讀到這裡，不禁聯想起柳宗元〈捕蛇者說〉描寫官吏催收賦稅的情景：「悍吏之來吾鄉，叫囂乎東西，隳突乎南北，譁然而駭者，雖雞狗不得寧焉。」官船所到之處，「水盡鵝飛」，作者以十分憤慨和憎惡的心情，揭露了宦官貪得無厭，不顧人民死活的罪惡。明代宦官聚斂貪汙的情況是非常驚人的。根據《明史紀事本末》記載，劉瑾被彈劾之後，從他家中抄出黃金二十四萬錠，元寶五百萬錠以及大量的珠寶玉石。這些金銀財寶從何而來？還不都是直接或間接地從千千萬萬勞動人民身上榨取來的嘛！

這篇作品題為〈詠喇叭〉，通篇借喇叭為題，對狗仗人勢、耀武揚威的宦官給予了辛辣的諷刺，揭露了他們橫征暴斂、魚肉百姓的罪行，反映了明代宦官弄權給社會和人民帶來的深重災難。「喇叭」完全是人格化了的宦官形象，透過對喇叭的生動描寫，宦官的可惡形象給讀者留下了深刻的印象。

這是一首散曲。散曲盛行於元、明兩朝，就其體制而言，可以分為小令和套數兩類。小令是單支的曲子，套數是由若干個同一宮調的單支曲子聯結而成。〈朝天子．詠喇叭〉是首小令。散曲又有北曲和南曲的區分，北曲就是北方的歌曲，南曲是南方的歌曲。它們各自的唱腔和所用的樂器不同，情趣風格也不一樣，而〈朝天子．詠喇叭〉是一首北曲。一般認為，曲是從詞演變而來的，它與詞有很多相似之處。詞有詞牌，曲也有曲牌，這首曲子的曲牌是「朝天子」。詞和曲都可以演唱，都採用長短參差的句式，不過曲不像詞那麼嚴格，可以增減字數，有襯字，譬如這首曲的最後一句「只吹的水盡鵝飛罷」，其中「只吹的」三字就是加上去的襯字。因為補入襯字的關係，所以曲的語言比詞的語言更通俗，更淺白。另外，曲的用韻也比詞更密集，例如這首曲幾乎句句押韻，僅有「小」與「愁」兩句不用韻，這樣演唱起來就更加朗朗上口。散曲還有其他一些特點，這裡就不一一介紹了。

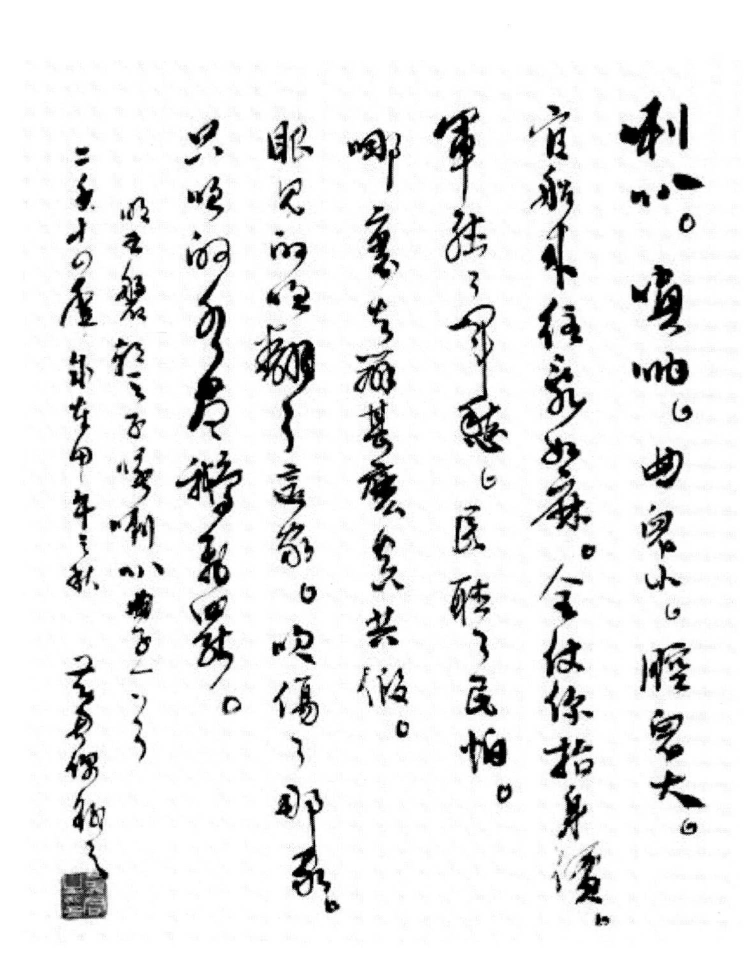

黃君 作　（黃君，書法家、學者、詩人）

掃碼收聽

三十四、愛子有道，教子有方

余五十二歲始得一子，豈有不愛之理！然愛之必以其道，雖嬉戲玩耍，務令忠厚悱惻，毋為刻急也。

平生最不喜籠中養鳥，我圖娛悅，彼在囚牢，何情何理，而必屈物之性以適吾性乎！至於髮繫蜻蜓，線縛螃蟹，為小兒玩具，不過一時半刻便折拉而死。夫天地生物，化育劬勞，一蟻一蟲，皆本陰陽五行之氣，絪緼而出，上帝亦心心愛念。而萬物之性人為貴，吾輩竟不能體天之心以為心，萬物將何所托命乎？

我不在家，兒子便是你管束，要須長其忠厚之情，驅其殘忍之性，不得以為猶子而姑縱惜也。家人兒女，總是天地間一般人，當一般愛惜，不可使吾兒淩虐他。凡魚飧果餅，宜均分散給，大家歡嬉跳躍。若吾兒坐食好物，令家人子遠立而望，不得一沾唇齒；其父母見而憐之，無可如何，呼之使去，豈非割心剜肉乎！

夫讀書中舉中進士作官，此是小事，第一要明理作個好人。可將此書讀與郭嫂、饒嫂聽，使二婦人知愛子之道在此不在彼也。

〈濰縣署中與舍弟墨第二書〉　鄭板橋

教育子女是天下父母都十分關心的問題，尤其是現在，獨生子女的教育已成為一個突出的社會問題。許多獨生子女的父母以及他們的爺爺、奶奶、外公、外婆們對孩子過分寵愛，使他們一個個都成了「小皇帝」、「小公主」。這些「小皇帝」、「小公主」嬌生慣養，唯我獨尊，不懂得謙讓，不會關心別人，缺少吃苦耐勞的精神，這樣的孩子長大之後，往往成不了有用之才。因此，一味地寵愛孩子，不是真正的愛，不是正確的教育方法。那麼，怎樣才是真正的愛呢？怎樣才能教育好孩子呢？這裡向大家介紹鄭板橋關於教育子女的一封書信，從中我們可以得到一些啟示和教益。

鄭板橋，大家可能都十分熟悉，他是清代著名的畫家，「揚州八怪」之一。鄭板橋名燮，字克柔，板橋是他的號。他是江蘇興化人，自幼家貧，四歲喪母，刻苦讀書，先後考取秀才、舉人、進士，曾在山東範縣、濰縣等地做過知縣。

後來因為荒年為民請賑，又幫助窮人打官司，得罪了豪紳，罷官歸裡，賣畫為生。下面要介紹的這封信，是鄭板橋在濰縣當知縣的時候寫給他弟弟鄭墨的。他在濰縣任上時給他弟弟一共寫了五封信，這是第二封，所以叫〈濰縣署中與舍弟墨第二書〉（這個題目可能是編文集的時候加上去的）。「濰縣署中」，就是濰縣縣衙；「署」即官署、衙門的意思。「舍弟」，是對自己弟弟的謙稱。鄭板橋寫給他弟弟的這些信，大都是談教育子女方面的問題，因為他沒有帶家屬，子女在老家由弟弟管教。鄭板橋在這封信中闡述了他的「愛子之道」，強調對孩子要重視品德教育，要嚴加管教，要讀書明理做個好人。

信是這樣開頭的：「余五十二歲始得一子，豈有不愛之理！」我五十二歲上才得到一個兒子，哪有不疼愛的道理呢？古時候有重男輕女的思想，認為只有生了兒子才能傳宗接代，所以對男孩特別珍愛。鄭板橋老年得子，比起一般人來，自然更要愛惜千倍百倍，然而他對幼子並沒有溺愛。作者先強調對幼子的愛，接著筆鋒一轉，「然愛之必以其道」。這就是說對孩子的愛不可太過分，太沒有節制，而應當愛得合乎情理，恰到好處，愛得有原則、有節制，這就是作者的「愛子之道」，也是這篇文章的中心思想。下面就圍繞這個中心思想具體說明怎樣才是「愛之必以其道」。

「雖嬉戲玩耍，務令忠厚悱惻，毋為刻急也。」即便是嬉鬧玩耍的時候，也要注意教育孩子忠厚仁愛，有惻隱之心，不要刻薄兇狠。鄭板橋寫這封信的時候是五十七歲，他的兒子大約五歲，正是天真爛漫、喜歡玩耍的時候。他在信中叮囑弟弟，即便是孩子玩耍的時候，也不可忽視對他們的教育。

接下來作者就「嬉戲玩耍」的時候如何培養孩子忠厚悱惻的性格具體加以說明。「平生最不喜籠中養鳥，我圖娛悅，彼在囚牢，何情何理，而必屈物之性以適吾性乎！」作者說他平生最不喜歡用籠子來養鳥，因為對

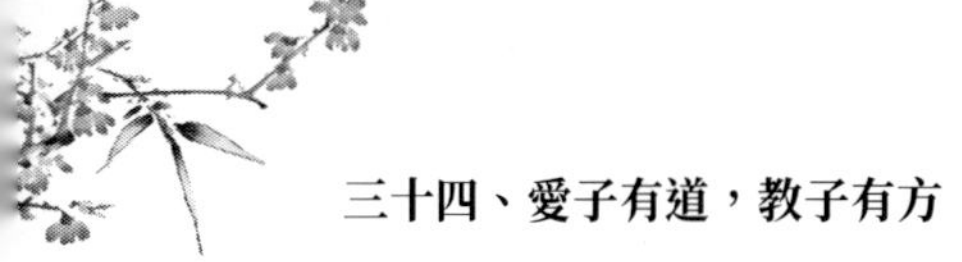

於養鳥的人來說，可以享受到某種娛樂和愉悅；而對鳥來講，成天關在籠子裡，就像囚牢一般，這哪裡合乎情理呢？為什麼非要委屈動物的性情來滿足自己的要求呢？「至於髮繫蜻蜓，線縛螃蟹，為小兒玩具，不過一時半刻便折拉而死。」「髮繫蜻蜓」，就是用頭髮或線繩綁住蜻蜓，讓它飛卻又不能飛走。

「線縛螃蟹」，即是用線綁住螃蟹的腿，讓它在地上爬行卻又走不脫。這些都是小孩經常玩的遊戲，這種「小兒玩具」雖能一時取樂，但蜻蜓、螃蟹之類小生命經不起折騰，不一會兒就會斷胳膊缺腿，很快死去。

緊接著，作者就這事發表議論：「夫天地生物，化育劬勞，一蟻一蟲，皆本陰陽五行之氣絪縕而出。」這段話的意思是，天地間生出萬物，辛辛苦苦化育而成，即使是一隻小螞蟻、一隻小蟲子，也都是陰陽五行之氣變化而來的。「陰陽五行」，是古人對自然現象的解釋，認為天地間存在著陰陽二氣，它們相生相剋，既互相對立又互相作用，從而引起一切自然現象的發生和變化。後來有人進一步從自然界本身來理解自然的本源及其變化，用日常生活中的金、木、水、火、土五種物質來說明各種事物的起源。這兩種說法結合到一起就叫「陰陽五行說」。「絪縕」（ㄧㄣㄩㄣ），是中國古代哲學術語，是指天地間萬物因陰陽五行之氣相互作用而變化生長的意思。作者認為天地間萬物都是陰陽之氣化育而成的，所以「上帝亦心心愛念」，老天爺都一視同仁，對世間萬物都有愛憐之心。「而萬物之性人為貴，吾輩竟不能體天之心以為心，萬物將何所托命乎？」天地間萬物以人最為聰明，但我們作為人卻不能體察老天爺的愛憐之心，摧殘其他生靈，這些生靈將何以寄託生命呢？

這一段從「籠中養鳥」講到「髮繫蜻蜓」、「線縛螃蟹」，引發作者一通議論，無非是要告訴他弟弟不要以摧殘異類的方式做「小兒玩具」，應當使小孩從小就有憐愛之心，培養他們忠厚仁愛的性情。作者在這封信的後面還附了一段話，專門就籠中養鳥的問題談了自己的看法，他認為要想養鳥的話，就應當在房前屋後多種一些樹木，使之成為鳥的天堂，讓鳥在這裡自由地飛翔、鳴叫，只有這樣才適合鳥的天性。這些都從一個側面反映了作者忠厚慈愛的性情和自由解放的思想。

接下來的一段，作者要求他弟弟嚴格管教他的兒子。「我不在家，兒子便是你管束。」「管束」，就是管教、約束的意思。作者說，我在外做官，平時都不在家，兒子就由你來管教他。如何管教呢？「要須長其忠厚之情，驅其殘忍之性，不得以為猶子而姑縱惜也。」這幾句是承接上文的意思，再一次強調要培養增長孩子的忠厚之情，驅除他的殘忍之性，不能因為是自己的姪兒就放縱遷就他。「猶子」，就是姪子。

接著，就教育兒子如何與家中僕人的兒女很好相處的問題提出了一些具體要求。「家人兒女，總是天地間一般人，當一般愛惜，不可使吾兒淩虐他。」這幾句也與上文緊密相連，上文說到天地生萬物，老天爺都有愛念之心；這裡講天地間的人類，更應當平等相待、「家人」，就是家裡的僕人。在有的人看來，主人與僕人是等級森嚴的，主人的兒女與僕人的兒女更是要嚴格區分開來。但作者卻不這樣看，認為對僕人的兒女要平等相待，要同樣愛惜，不允許自己的兒子欺負他們，虐待他們，淩駕於他們之上。那麼，對「家人兒女」如何平等相待，同樣愛惜呢？「凡魚飧果餅，宜均分散給，大家歡嬉跳躍。」這裡的「魚飧」，原指魚做的食物，一說即魚羹，這裡泛指一般零食。這幾句的意思是，凡是水果、糖餅之類的點心零食，都應當平均分給孩子們，使大家都高興。為什麼要這樣做呢？作者進一步分析：「若吾兒坐食好物，令家人子遠立而望，不得一沾唇齒」，如果只是我們的孩子得到了好東西吃，「家人」的孩子只能遠遠地望著，

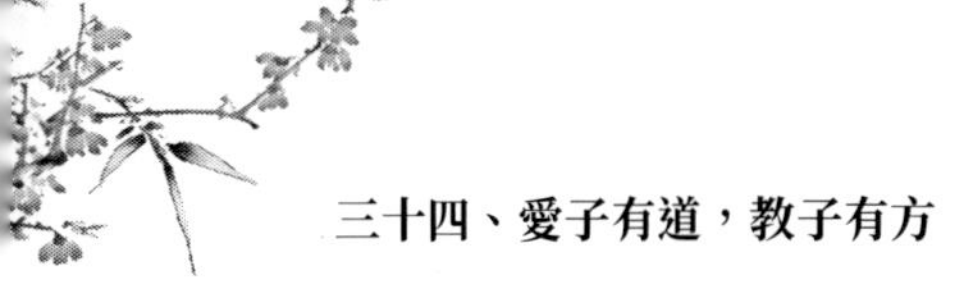

得不到一點嘗嘗，「其父母見而憐之，無可如何，呼之使去，豈非割心剜肉乎！」他們的父母看到這種情景，自然十分憐愛他們，但又無可奈何，因為他們沒有錢給自己的孩子買零食吃，只得喊他們離開。這時候做父母的心情怎能不像「割心剜肉」一樣難受呢？這一段，作者從「魚飧果餅」這類家常瑣事入手，教育子女要與窮人的孩子平等相待。

最後一段強調教育子女要明確讀書的目的:「夫讀書中舉中進士作官，此是小事，第一要明理作個好人。」封建時代，透過科舉取士，只有考上了舉人，考上了進士，才有可能升官發財，這幾乎是所有讀書人所追求的。然而作者並不這樣認為，在他看來，中舉中進士做官是小事，最重要的是透過讀書明白道理，提高道德修養，最終做一個好人。

最後，作為書信，作者還有幾句交代的話:「可將此書讀與郭嫂、饒嫂聽，使二婦人知愛子之道在此不在彼也。」「郭嫂、饒嫂」，是鄭板橋的妻和妾，可能她們都不識字，所以作者讓弟弟把信讀給兩位嫂嫂聽，使她們懂得「愛子之道」，共同教育好子女。所謂「愛子之道在此不在彼」，就是說要按照上文所說的那些去教育孩子，而不是別的什麼。因為做母親的往往寵愛孩子，容易把孩子慣壞，所以特別叮囑了一番。

以上就是鄭板橋這封書信的主要內容。作者在信中除了強調對孩子要培養忠厚悱惻之心，要與「家人兒女」平等相待，要讀書明理做個好人，等等，可以給我們許多教益之外，我想還有十分重要的一點，就是這封信自始至終貫穿了一種平等的思想和人道主義的精神。作者推己及物，認為天地萬物，雖一蟲一蟻，也要加以愛惜；尤其推己及人，強調對家中僕人兒女要平等相待。作者甚至站在僕人的角度，先分析兒童心理，再體會父母心情，寫得入情入理，感人至深！鄭板橋作為一個封建時代的知識份子，作為一名統治階級的下層官吏，具有這種進步的思想，應該說是難能可貴的！

余五十二歲始得一子豈有不愛之理然愛之必
以其道雖嬉戲玩耍務令忠厚悱惻毋為刻
急也
平生最不喜籠中養鳥我圖娛悅彼在囚牢何情
何理而必屈物之性以適吾性乎至於發系蜻蜓線縛
螃蟹為小兒玩具不過一時片刻便折拉而死夫天地
生物化育劬勞一蟻一蟲皆本陰陽五行之氣絪縕而
出上帝亦心心愛念而萬物之性人為貴吾輩竟不
能體天之心以為心萬物將何所託命乎
我不在家兒子便是你管束要須長其忠厚之情
驅其殘忍之性不得以為猶子而姑縱惜也家人兒女總
是天地間一般人當一般愛惜不可使吾兒淩虐他凡
魚飧果餅宜均分散給大家歡嬉跳躍若吾兒坐食
好物令家人子遠立而望不得一沾唇齒其父母見而憐
之無可如何呼之使去豈非割心剜肉乎
夫讀書中舉中進士作官此是小事第一要明理作個
好人可將此書讀與郭嫂饒嫂聽使二婦人知愛子
之道在此不在彼也

丙申夏至後五日寫如竹奉為吾師
維崑教授書鄭板橋與舍弟書一文
亞琳

丁亞琳 作

掃碼收聽

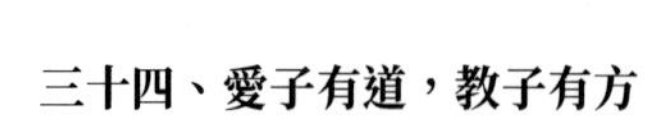

三十五、欲速則不達，躁急者自敗

庚寅冬，予自小港欲入蛟川城，命小奚以木簡束書從。

時，西日沉山，晚煙縈樹，望城二裡許。因問渡者：「尚可得南門開否？」渡者熟視小奚，應曰：「徐行之，尚開也；速進則闔。」予慍為戲。

趨行及半，小奚僕，束斷，書崩，啼，未即起。理書就束而前，門已牡下矣。

予爽然思渡者言近道。天下之以躁急自敗、窮暮而無所歸宿者，其猶是也夫，其猶是也夫！

〈小港渡者〉　周容

這篇文章的作者周容，是明末清初浙江鄞縣（現為鄞州區）也就是現在的寧波人，明諸生（科舉中已透過省級考試）。明亡後他削髮為僧，浪跡天下，以表示對清朝統治者的痛恨。後來有人推薦他做官，他竟然以死相拒。擅長畫松林枯石，著有《春涵堂詩文集》。這篇短文，大約是他雲遊四方的時候，以他作為僧人所特有的禪機佛理，對自己親身經歷的一件小事有所感悟而寫下來的，下面我們就來賞析〈小港渡者〉這篇文章。

文章開頭三句交代時間、地點、人物和事件。「庚寅冬」，庚寅年的冬天。古代以干支紀年，「庚寅」，指庚寅年，就是清順治七年（西元一六五〇年）。「予自小港欲入蛟川城」，我從小港出發打算進入蛟川城。「蛟川城」，據從前的注解說，浙江鎮海縣東海中有蛟門山，蛟川城當指鎮海縣的縣城；「小港」，也許就是蛟川城附近的一個小渡口。從文章中體會，作者可能剛從小港下船，打算由此而入蛟川城。下面將要敘述的故事，就發生在從小港到蛟川城的路上。「命小奚以木簡束書從」，吩咐書童用木板夾著捆了一摞書跟隨著。「命」，指派的意思；「小奚」，這裡就是小書童；「木簡」，指用木板做的書夾子，捆紮書籍時既便於捆紮又能在外面起到保護書的作用；「束書」，就是把書捆起來；「從」，就是跟著。以上是文章的第一段。因為這是一篇敘事文，所以一開始就交代了時間（庚寅冬），交代了地點（小港），交代了人物（作者和小奚），交代了事件（命小奚以木簡束書從）。

接著第二段，主要寫離開小港渡口之前與渡者的對話。作者先宕開一筆，描寫當時的景色：「時，西日沉山，晚煙縈樹，望城二裡許。」當時，太陽已經落山了，傍晚的炊煙縈繞在樹梢上，遠遠望去，距離蛟川城還有兩裡多路程。這裡的景物描寫歷歷如畫，使人有身臨其境之感。這幾句看似閒筆，實際上很起作用，不僅交代了具體時間和去縣城的路程，更主要是營造了一種氣氛 —— 日暮時分趕路人的急迫和憂慮，為下文做好鋪墊。

「因問渡者：『尚可得南門開否？』」於是作者向擺渡的人打聽：能在南城門關閉之前趕到那裡嗎？這裡又點出了第三個人物。根據文章題目來看，這位渡者正是這篇文章的主人公，是作者要著力表現的人物。這位渡者大概就是剛剛把作者擺渡過來的那位艄公。他常年在這裡擺渡，不僅對這一帶的情況十分熟悉，而且應付形形色色的搭船人當然也是很有經驗的。聽到作者詢問之後，他沒有馬上回答，而是先「熟視小奚」，先仔細地打量了一番小書童。「熟視」二字，值得玩味。渡者為什麼要仔細打量這位小書童呢？也許他發現了小書童捆紮書籍捆紮得不結實，也許他看到了小書童露出了慌亂的神色，也許他還看到了別的什麼……「熟視小奚」之後，渡者「應日：『徐行之，尚開也；速進則闔。』」渡者回答說：如果你們慢慢地走，到了那裡也許城門還開著；如果你們急急忙忙地趕路，到了那裡城門可能就關上了。「闔」，就是關閉的意思。聽到渡者如此回答，作者大惑不解：為什麼「徐行尚開」，而「速進則闔」呢？因此，「予慍為戲」，我很生氣，以為渡者在捉弄人。「戲」，就是開玩笑，捉弄人。「慍」，就是生氣。是啊！聽到如此不合常理的回答，怎能不叫人生

氣呢？於是，他帶著書童，也帶著怒氣上路了。接下來第三段就是描寫在去蛟川城途中發生的事情。

由於當時「西日沉山」，天色已晚，再加上與渡者一席談話，招來了不快尚屬其次，又耗去了一些寶貴時間，因此，可以想見，他們上路之後，為了趕在城門關閉之前能夠進城，一定急急忙忙，速速趕路。誰知「趨行及半」，快行疾走了一半路程的時候，「小奚僕」，小書童摔倒了。「僕」，是倒了的意思。因為「奚僕」「束斷」，捆書的繩子也斷了。「束」，這裡作繩子講。隨著「束斷」「書崩」，書籍立即崩裂開來，散了一地。「啼，未即起。」小書童也摔哭了，好半天沒有爬起來。看樣子還摔得不輕。俗話說，急行無好步，越忙越添亂。就因為摔了這一跤，現在變得更加被動了。等到小書童啼哭停止，慢慢從地上爬起來，「理書就束而前」，再把書籍重新整理捆紮好了向前趕路，「門已牡下矣」，這時候城門已經關上了。「牡」，本是指雄性動物，後來引申為門閂；「牡下」，就是門閂閂上了的意思。

以上三段是文章的前一部分，屬於敘事部分；剩下最後一段是作者就前面發生的事情所做的思考，屬於說理部分。看到城門已關，進城的希望徹底破滅，「予爽然思渡者言近道」，這時我豁然開朗，覺得渡者的話是有道理的。作者剛剛還對渡者之言大惑不解，怎麼慢慢走還可以趕得上，走快了反倒趕不上了呢？現在他醒悟過來了。這裡，說「渡者言近道」的「道」，就是古代哲學家老子所說的「形而上者謂之道」的「道」，也就是適合宇宙間萬事萬物的一種普遍的道理。不用說，這個道理就是我們常說的所謂「欲速則不達」。真是「卑賤者最聰明」，那位擺渡的老艄公居然懂得事物發展的辯證法。由於終於領悟了渡者之言的深刻道理，現在作者自然也就明白自己今天失敗的教訓了：「天下之以躁急自敗、窮暮而無所歸宿者，其猶是也夫，其猶是也夫！」世上因為急躁魯莽而給自己招來失敗，弄得昏天黑地到達不了目的地的，大概就像我今天這樣狼狽不堪吧，大概就像我今天這樣糟糕透頂吧！「以躁急自敗」中的「以」，是因為的意思；「躁急」，就是急躁。「其猶是也夫，其猶是也夫！」全文以反覆加重的自責語氣作總結，意在提醒自己，也是提醒別人，以後可不應該再犯「以躁急自敗」的錯誤了。

〈小港渡者〉這篇短文雖然寫的只是日常生活中的一件小事，卻能以小見大，富於哲理，耐人尋味。在寫作手法上，這篇文章的最大特色是語言簡練，筆墨經濟。如第三段描寫書童摔跤，只連用了幾個短語，一共不過十一個字——「小奚僕，束斷，書崩，啼，未即起」——就把書童摔跤後的窘況刻畫得活靈活現，好像就在我們面前。整篇文章寫得一波三折，跌宕有致，讀來引人入勝，情趣盎然。

渡者圖 李樂然 作

掃碼收聽

古詩文課

作　　者：王能憲
編　　輯：劉芸
發 行 人：黃振庭
出 版 者：崧燁文化事業有限公司
發 行 者：崧燁文化事業有限公司
E-mail：sonbookservice@gmail.com
粉 絲 頁：https://www.facebook.com/sonbookss/
網　　址：https://sonbook.net/
地　　址：台北市中正區重慶南路一段六十一號八樓 815 室
Rm. 815, 8F., No.61, Sec. 1, Chongqing S. Rd., Zhongzheng Dist., Taipei City 100, Taiwan
電　　話：(02)2370-3310
傳　　真：(02)2388-1990
印　　刷：京峯彩色印刷有限公司（京峰數位）
律師顧問：廣華律師事務所 張珮琦律師

定　　價：350 元
發行日期：2022 年 12 月第一版
◎本書以 POD 印製

國家圖書館出版品預行編目資料

古詩文課 / 王能憲著 . -- 第一版 . -- 臺北市：崧燁文化事業有限公司，2022.12
面；　公分
POD 版
ISBN 978-626-332-954-6(平裝)
1.CST: 文學鑑賞 2.CST: 中國古典文學
820.77　111019232

電子書購買

臉書